加錄英國畫師為莎翁作品繪製的數十幅插畫
本書共收入了莎翁20部悲、喜劇作品，由英國傑出散文家蘭姆姊弟改寫，
是目前流傳最廣、最知名的莎士比亞作品版本。

Tales from
Shakespare

莎士比亞
故事集

經典插圖版

莎士比亞 *William Shakespeare* — 著　蘭姆姐弟 *Mary & Charles Lamb* — 改寫
劉紅燕— 譯

【序言】

閱讀莎士比亞的入門磚

這些故事是爲年輕讀者而寫的，就當成是他們閱讀莎士比亞作品的入門磚。爲盡量表現出莎士比亞原著的精髓，我們試圖盡可能地使用莎士比亞的語言。另外，對於改編時加入的詞語，我們也是字斟句酌，爲了不損害莎士比亞的優美英文，我們也儘量避免使用莎士比亞時代之後流行的語言。

等以後他們讀到這些故事的原著時，將會發現：在悲劇的改寫方面，莎士比亞的語言並未經過太大的變動，而是以原本的面目出現在故事的敘述體或對話體中；然而在喜劇的改寫方面，我們卻設法把莎士比亞的語言改成敘述文字。因此，對不習慣戲劇形式的年輕人來說，對話恐怕太多了。如果這是個缺陷的話，也請各位明白，我們的初衷只不過是想讓大家盡量讀懂莎士比亞的語

1此篇爲本書於一八〇七年英國出版時，蘭姆姊弟所寫之序。

言。如果年輕的讀者對「他說」、「她說」以及一問一答的地方感到厭倦，也請諒解，因爲唯有如此才能讓大家稍稍體會原著的精髓。

莎士比亞的戲劇是一座豐富的寶藏，值得人們在不斷的閱歷中欣賞。而我們改編的這些故事只是寶藏中微乎其微的一部分，充其量不過是根據莎士比亞完美的圖畫臨摹的複製品，而且是模糊、不完整的複製品。爲了讓這些「複製品」讀起來更像散文，我們不得不改動一些莎士比亞的經典詞句，這樣一來，就遠不能表達原著的涵義了，也破壞了莎士比亞語言的美感。不過，即使有些地方我們原封不動地採用了原作的自由體詩，希望利用原作的簡潔樸素達到散文的效果；然而這仍然意味著把莎士比亞的語言從天然的土壤和野生的花園中移植過來，無論如何都避免不了減損了它固有的詩意與美麗。

曾經，我們也想把這些故事寫得通俗、易懂，甚至連年紀較小的孩子也可以成爲讀者。我們也曾時時刻刻朝這個方向去做，可是大部分故事的主題都阻礙了我們這個意圖的實現。畢竟，讓幼小的心靈來理解人生的各種經歷，並不是一件容易的事。我們希望，年輕的讀者翻閱完最後一頁時，會有這樣的認識：這些故事足以豐富大家的想像，美化大家的心靈，使每個人拋棄自私自利、惟利是圖的思想；這些故事讓每個人學會禮貌、仁慈、慷慨，並極富同情心。我們還希望，等各位長大繼續讀莎士比亞的原作劇本時，更能證明今天的認識是正確的，因爲莎士比亞的作品眞的充滿了人類所有美德的典範。

:: 目錄 ::

暴風雨

故事發生在海洋中一個不知名的小島上，那裡住著老人普洛斯彼羅和他的女兒米蘭達，他們是島上僅有的居民。米蘭達美麗而年輕，她在年紀很小的時候便被父親帶到島上。除了父親，她已經記不起任何人了。

他們居住在一個石洞裡，石洞被隔成數個小房間，普洛斯彼羅把其中一間稱做書房，裡面擺放著他心愛的書籍，其中大部分是魔法書。當時有學識的人都喜歡研究魔法，而普洛斯彼羅也發現魔法對他十分有用。由於一個奇怪的機緣，他漂流到這個小島上來，這座島曾經被一位名叫西考拉克斯的女巫施過巫術，不過在普洛斯彼羅來到島上之前不久她就死了。普洛斯彼羅依靠自己的魔法，把許多善良的精靈從女巫的巫術下釋放出來。這些精靈當初因爲不願按照西考拉克斯的邪惡命令行事，被她囚禁在大樹幹裡。從此，這些溫順的精靈就一直聽命於普洛斯彼羅，小精靈愛麗爾便是他們的頭目。

愛麗爾這個活潑的小精靈其實並不是搗蛋鬼，但卻總是要捉弄一個名叫凱列班的妖怪。他痛恨凱列班，因爲凱列班是仇人西考拉克斯的兒子。凱列班的模樣古怪，連猴子也長得比他更像人。普洛斯彼羅在樹林裡找到他，將他帶回石洞，還教他說話。普洛斯彼羅本想善待他，可是凱列班從他母親西考拉克斯那裡遺傳到的惡劣性格，使他學不到什麼好的或有用的東西，最後也只能被當成奴隸來使喚，專作一些撿柴或較吃力的工作，而愛麗爾的任務就是對他發號施令。

每當凱列班偷懶或者怠忽職守的時候，愛麗爾（除了普洛斯彼羅以外誰都看不見他）就會輕手輕腳的跑過來掐他，有時候會把他摔到爛泥坑裡，然後再變成一隻猴子向他擠眉弄眼，或是變成一隻刺蝟躺在凱列班面前翻滾，而凱列班生怕刺蝟的尖刺紮傷他的腳，就會恐懼地蹦來蹦去。只要凱列班對於普洛斯彼羅交待的工作一有鬆懈，愛麗爾就會玩弄這一套惱人的花招來折磨他。

普洛斯彼羅有了這些神通廣大的精靈聽他使喚，便能夠利用他們的力量來呼風喚雨、駕馭海浪。這天，在他的命令之下，精靈們興起了一陣猛烈的風浪，與此同時，卻有一艘華麗的大船在狂暴的風浪中奮力掙扎著，隨時都有被波濤吞沒的危險。普洛斯彼羅指著那艘大船告訴女兒，船裡載滿了跟他們一樣的生靈。

「哦，親愛的父親，」她說，「如果是您用魔法興起了這場可怕的風浪，那麼請您可憐一下他們的不幸遭遇吧。您看，船就要被撞得粉碎。可憐的人們會全部葬身海底。如果我能夠擁有挽回這一切的力量，我寧可讓海沉入地下，也不會眼睜睜地看著如此華美的船隻和船上所載的寶貴生靈們毀於一旦。」

每當凱列班偷懶時，愛麗爾就會跑過來掐他

插畫／Arthur Rackham（1867 - 1939）
英國插畫家。是英國二十世紀初插畫「黃金時代」代表畫家之一。《莎士比亞故事集》是其最著名的插畫作品之一。

「米蘭達，我的女兒，妳大可不必如此驚慌，」普洛斯彼羅說，「他們不會有任何危險。我已經吩咐下去，船上的人不會受到一丁點傷害。親愛的孩子，我所做的一切都是爲了妳。妳不知道自己的出生，也不知道自己來自何方；至於我呢，妳也只知道我是妳的父親，住在這個破山洞裡。妳是否還記得來到這個石洞之前發生的事情？我想妳是記不得了，因爲妳那時候還不到三歲。」

「我當然記得，親愛的父親。」米蘭達回答。

「記得什麼？」普洛斯彼羅緊接著問道：「記得住過的房子或是別的什麼人？我的孩子，快告訴我妳記得什麼！」

米蘭達回答道：「我覺得一切都像是一場夢，印象中似乎有四、五個女人照顧過我。」

「是的，是的，而且更多，可是妳怎麼還能記得這些事呢？那妳還記得是如何來到這兒的嗎？」普洛斯彼羅多麼希望女兒還能記起些什麼。

「不記得了，親愛的父親，」米蘭達說，「除了這些，過去的生活對我來說是一片空白。」

「我的女兒，米蘭達，就在十二年前，」普洛斯彼羅說道，「我是米蘭公爵，而妳是一位高貴的公主，我唯一的繼承人。我有個弟弟，叫作安東尼奧，我非常信任他。因爲我喜歡潛心讀書，所以就把國事都託付給他。而我則完全拋棄了世俗的瑣事，一味地埋頭讀書，把全部的時間都用來修身養性。沒想到，他卻辜負了我的信任，等他掌權以後，居然以爲自己就是眞正的公爵了。我給了他機會，讓他受到人民的愛戴，但他卻狂妄地想奪取我的王國。不久，在我的死敵——那不勒斯國王——一位勢力強大的君主的幫助下，他終於達到了自己的目的。」

「那時候，他們怎麼沒有對我們趕盡殺絕呢？」米蘭達好奇地問道。

「我的孩子，」普洛斯彼羅回答說，「他們不敢，因爲我深受人民的愛戴。於是，安東尼奧就將我們帶到一艘大船上，當船才駛出幾英里遠的時候，他就逼著我們坐上一艘小船——船上既沒有纜繩、蓬帆，也沒有桅杆——然後就狠心地離開了。他天眞地以爲我們將必死無疑。上天有眼，多虧一位好心的大臣，他叫貢柴羅，偷偷在船裡放了水、乾糧、衣裳和一些對我來說比王國還要寶貴的書，我們才得以活命啊！」

「親愛的父親！」米蘭達說，「那時候我是您多麼大的一個累贅呀！」

「不，我的寶貝，」普洛斯彼羅說，「妳是個可愛的小天使，幸虧有妳的陪伴，我才能堅強活下來。妳那純眞的笑容讓我承受住一切的不幸，而我們的食物也恰好可以維持到登上這座荒島。從那時起，我最大的快樂就是對妳言傳身教，而妳也從中受益匪淺。」

「眞的非常感謝您，親愛的父親，」米蘭達說，「那麼，請您告訴我，您爲什麼要興起這場風浪呢？」

「是這樣的，」普洛斯彼羅答道，「這場風浪將把我的仇人那不勒斯國王和我那狠心的弟弟帶到這個島上來。」

話音剛落，普洛斯彼羅就用魔杖輕輕觸碰一下女兒，她很快就進入了甜美的夢鄉。因爲此時小精靈愛麗爾正巧在他面前出現，來報告自己興風作浪的經過，並請問主人該如何處置船上的人。儘管米蘭達永遠看不見這些精靈，普洛斯彼羅卻也不願意讓她感覺自己在跟空氣談話（至少她會這麼覺得）。

「哦，勇敢的精靈，」普洛斯彼羅對愛麗爾說，「事情辦的怎麼樣了？」

愛麗爾把這場風暴有聲有色地描述了一番，說水手們是怎樣地害怕，國王的兒子費迪南是第一個落海的，他的父親親眼看著心愛的兒子被海浪吞沒，以爲他必死無疑了。「其實他很安全啊。」愛麗爾說，「他正坐在島上的某個角落裡，爲父王的死而悲痛萬分，他以爲父王一定被淹死了。費迪南連一根頭髮都沒有傷著，他那王子的華麗衣衫雖然被海浪浸濕了，但看上去倒比以前更光彩鮮亮了。」

「幹得漂亮，愛麗爾，」普洛斯彼羅說，「把他帶到這兒來吧，一定得讓我女兒見見這位年輕的王子。還有，那不勒斯國王和我那可惡的弟弟在哪兒？」

「當我離開的時候，他們正在四處尋找費迪南，」愛麗爾回答，「他們覺得費迪南生還的希望渺茫，他們眼睜睜地看見他被淹沒的。船上的水手一個也沒少，儘管他們每個人都以爲只有自己幸運得救。還有那艘船，雖然沒人能看見它，但它的確安全地停靠在港口裡。」

「愛麗爾，」普洛斯彼羅說，「交給你的差事你都忠實地辦妥了，接下來還有一些事需要你去做。」

「還有什麼事要辦嗎？」愛麗爾說，「主人，請允許我提醒您一下，您曾經許諾給我自由。請您回想一下我曾爲您效勞的事情，甚至從未對您撒謊，也從未出過任何差錯，對於您所交付的工作，從未有過半句怨言和牢騷。」

「愛麗爾，你究竟怎麼了？」普洛斯彼羅對愛麗爾的回答十分不悅，「難道你忘了是我把你從苦難中解救出來的？你難道已經忘記那個兇惡的女巫西考拉克斯了嗎？一個老到不能再老，嫉妒心極強，彎著腰，頭幾乎快要著地的女人。告訴我，她在哪裡出生的？」

「主人，她出生在阿爾及爾。」愛麗爾回答道。

「哦，是嗎？」普洛斯彼羅說，「看來我得好好說說你的來歷了，看來你是記不得了。這個名叫西考拉克斯的女巫以其邪惡的巫術令生活在阿爾及爾的人們不得太平，於是就被大家趕出了阿爾及爾，水手們把她扔到這個小島上。而你，心地善良的小精靈，因爲不願屈從於她的邪惡指令，被囚禁在樹幹裡，我發現你時，你正在裡面哇哇地大哭。要知道，是我把你從那場可怕的災難中拯救出來的。」

「寬恕我的不敬吧，親愛的主人，」愛麗爾說道，他爲自己的忘恩負義倍感慚愧，「我將繼續聽憑您的指令。」

「好吧，」普洛斯彼羅說，「到時候我會給你自由的。」然後他又吩咐愛麗爾接下來該做的事情。愛麗爾立刻領命去執行，他先來到剛才丟下費迪南的地方，發現他仍然垂頭喪氣地坐在草地上。

「啊，高貴的少爺，」愛麗爾對他說道，「我馬上就要帶你去個地方，讓我們的米蘭達小姐看看你這英俊的模樣。來吧，少爺，跟我走吧。」接著，他便開始吟唱起來：

你的父親躺在五英尺下的深淵，
他的骨骼已經幻化成珊瑚，珍珠恰似他的眼睛。
全身沒一點點腐爛，只是經受了海水的洗禮，
變得富麗而珍奇。
大海的女神們為他敲響了喪鐘，
聽！叮叮噹噹——我聽到了她們的鐘聲。

王子聽到父親失蹤的離奇消息，很快就從昏迷中甦醒過來。他好奇地追尋著愛麗爾的聲音，一直被引到普洛斯彼羅和米蘭達那邊，他們正坐在大樹底下。除了自己的父親，米蘭達從未見過其他男人。

「米蘭達，」普洛斯彼羅問道，「告訴我，妳看到了什麼？」

「哦，父親，」米蘭達極為驚訝地說，「那一定是個精靈。天哪！他在東張西望！父親，他長

得眞漂亮。難道他不是精靈嗎?」

「女兒,他不是精靈,」普洛斯彼羅回答道,「他也需要吃飯、睡覺,和我們一樣有各種知覺。妳眼前的這位年輕人原本待在那艘船上,如今因爲憂傷,已經變了模樣,不然妳絕對會稱讚他是個美男子。他和自己的同伴失散,這時候正在四處尋找他們呢。」

米蘭達原以爲所有的男人都像父親那樣,有著嚴肅的面孔,留著灰白的鬍子,因此眼前這位年輕英俊的王子,令她感到喜出望外。而費迪南能在這個荒涼的小島上遇到一位美貌動人、聲音奇異的年輕姑娘,也覺得如同夢境一般,難以置信。於是,他認定自己闖入了仙境,而眼前這位擁有天仙般美貌的姑娘應該就是島上的女神。他開始稱她爲女神。

米蘭達羞怯地回答說,她並不是什麼女神,只是一個普普通通的女孩子。她剛要向費迪南道出自己的身世,便被普洛斯彼羅打斷了。普洛斯彼羅看著他們互相欣賞,心裡暗自高興,顯然他們已經一見鍾情了。但是爲了考驗費迪南的愛情是否忠貞,他決定故意爲難他們一下。於是,他走上前去厲聲指責王子是被派到島上來的奸細,企圖從他這位島主手中奪走小島。「跟我來,」他說,「我要把你的脖子和雙腳捆綁在一起。讓你只能喝苦澀的海水,吃貝殼、老樹根和橡子殼來充饑。」

「絕不,」費迪南說,「除非我遇到更爲強勁的敵人,否則我拒絕接受這樣的待遇。」說完他就迅速抽出寶劍,但普洛斯彼羅卻快人一步,將魔杖一揮,就把他定在原地,動彈不得了。

米蘭達緊緊抱著她的父親說：「您爲何如此無情啊？父親，請您發發慈悲吧，我願意爲他作擔保。他是我這輩子看到的第二個男人，我覺得他並無惡意。」

「住嘴！」普洛斯彼羅厲聲說道，「女兒，不要再多說了，否則我就要責罵妳了！難道妳想袒護一個騙子？妳也只見過他和凱列班，就天眞地以爲再沒有比他更好的男人了。告訴妳，傻丫頭，大部分男人都比他強得多，就像他比凱列班強很多一樣。」他說這話是爲了試探米蘭達的愛情是否也能忠貞不渝。她堅定地回答：「我對愛情並沒有什麼奢望，也根本沒想過會遇到一位比他更英俊的男子。」

「來吧，年輕人，」普洛斯彼羅對王子說，「現在你根本沒有力量來違背我。」

「的確沒有。」費迪南說，但他還不知道是魔法讓他失去了所有抵抗的力量，只是吃驚地發現，自己不得不莫名其妙地跟著普洛斯彼羅走。他邊走邊回頭看米蘭達，一直到看不見她爲止。當他跟著普洛斯彼羅走進洞穴的時候，說：

「我的精神已被束縛了，一切都像在夢中一樣。可是只要能讓我每天看一眼那位美麗的姑娘，我寧願接受那個人的恐嚇和渾身的軟弱無力。」

過了一會兒，普洛斯彼羅就把費迪南帶了出來，派給他一個又苦又累的工作，還特意讓女兒知道，然後假裝到書房去，實際上，他正躲在一邊偷看他們。

費迪南的工作是把一些沉重的木頭堆起來，王子從沒做過這種吃力的活兒，所以不一會兒，就感到疲憊不堪了。

「哎，」米蘭達說：「你不要這麼辛苦。我父親去讀書了，他三個小時內是不會出現的。你快休息一下吧。」

「哦，親愛的小姐，」費迪南說，「那可不行，我得先做完工作再休息。」

「那麼你先坐下，」米蘭達說，「我幫你搬一會兒。」可是費迪南無論如何都不答應。結果，米蘭達不但沒有幫上忙，反而礙事了，因爲他們毫無忌憚地聊天，工作進行得很慢。

其實，普洛斯彼羅並不是眞的想讓費迪南工作，只不過是爲了試試他的愛情。所以，他一直隱身站在他們旁邊，偷聽他們說話。

費迪南問起她的名字，她毫不猶豫地說了，雖然這麼做違背了父親的囑咐。

這是女兒第一次違背命令，而且是基於愛情，但普洛斯彼羅只是微微一笑，並沒有生氣，因爲是他用魔法讓女兒迅速地深陷情網的。聽到費迪南對米蘭達的表白，他很高興。費迪南說，在他生平所見過的女人中，他最愛的就是米蘭達了。

米蘭達聽到他稱讚她的容貌，說她比世界上所有的女人都美，就回答說：「我不知道別的女人長什麼樣，除了你和我親愛的父親，我也沒見過別的男人；我不知道這個海島以外的人是什麼樣子。但請你相信我，在這個世界上，除了你以外，我不想有別的伴侶；除了你以外，我也想像不出一個讓我喜歡的容貌。可是，先生，我怕自己講話太隨便，結果把我父親的教訓全忘了。」

聽到這裡，普洛斯彼羅笑著點了點頭，好像在說：「這事正合我意，看來我的女兒就要成為那不勒斯的王后了。」

也許年輕的王子講話一向都如此文雅，隨後費迪南又說了一段動聽的話，他告訴天真浪漫的米蘭達，他是那不勒斯王位的繼承者，他要她成為他的王后。

「啊，先生！」她說：「你看，我真是太傻了，高興地都掉眼淚了。不過我可以確定地告訴你，既然你願意娶我，那麼我就是你的妻子了。」

費迪南還沒來得及說聲謝謝，普洛斯彼羅就在他們面前現了身。

「不要害怕，我的孩子，」他說，「你們說的話我都聽見了，而且我也同意了。費迪南，如果你覺得我之前對你太苛刻了，那我就好好彌補一下，把我女兒嫁給你。其實，你所受的苦只不過是我對你愛情的考驗，而你已經通過考驗了。那麼，當作是我送給你的禮物，我就把女兒嫁給你，當然這也是你應得的報償。你不要笑我誇口，但是什麼言語都不足以表達她的好，這是真的。」然後，他說要去辦一件事，希望他們坐下來等他，這個命令米蘭達看起來很樂意遵從。

普洛斯彼羅離開以後，就把愛麗爾叫來。愛麗爾出現後，講述了他是怎麼對付普洛斯彼羅的弟弟和那不勒斯王的。愛麗爾說他離開他們的時候，先讓他們看到一些奇怪的事物，把他們嚇得都快發瘋了。當他們走得又累又餓時，他又忽然擺上一桌美酒佳餚，等他們要吃的時候，他又變成一個鳥身的妖婦——有著翅膀、貪得無厭的怪物——出現在他們面前，那桌酒席跟著消失了。然後，更叫他們大吃一驚的是，這個看起來像個鳥身女妖的東西竟跟他們說起話來，提醒他們當初把普洛斯彼羅趕出他的王國，讓他和他幼小的女兒在海裡淹死有多麼殘忍；還說，就是因爲如此，他們才會受這樣可怕的罪。

那不勒斯王和他那個不忠實的弟弟安東尼奧都很懊悔，當初不該對普洛斯彼羅那樣無情無義。愛麗爾告訴他的主人說，他相信他們是眞的後悔了，他自己雖然是個精靈，也不得不同情起他們來。

「那就把他們帶到這兒來吧！愛麗爾，」普洛斯彼羅說，「你只不過是個精靈，既然連你都同情他們所受的苦，我跟他們同樣是人，難道能不同情他們嗎？快把他們帶來吧，忠誠的愛麗爾。」

愛麗爾很快就把國王、安東尼奧和跟在他們後面的老貢柴羅帶來。爲了把他們帶領到主人面前，愛麗爾在空中奏起美妙的音樂，使得他們很驚訝，都跟著他走來。這個貢柴羅就是當年好心替普洛斯彼羅準備書籍和糧食的那個人。當時，普洛斯彼羅的壞弟弟把他丟在海上一艘沒有遮蔽的船裡，以爲這樣他就會死掉。

他們傷心害怕得都麻木了，竟沒能認出普洛斯彼羅來。他先在好心的老貢柴羅面前顯了身，稱他是自己的救命恩人，然後，他的弟弟和國王才知道他就是當年受害的那個普洛斯彼羅。

安東尼奧流著淚，用悲痛的話和眞誠的悔悟乞求他哥哥的寬恕，國王也眞誠的表示懊悔不該幫助安東尼奧推翻他哥哥。普洛斯彼羅原諒了他們。當他們保證一定要恢復他的爵位的時候，他對那不勒斯王說：「我也爲你準備了一份禮物。」於是他打開一扇門，讓他看見他的兒子費迪南正在跟米蘭達下棋呢。

沒有什麼比他們父子這番意外的相遇更快樂的啦，因爲他們彼此都認定對方已經在風浪裡淹死了。

「多麼奇妙啊！」米蘭達說，「這些人多麼高尙啊！世界上住了這樣的人們，它一定是美麗的。」

那不勒斯王看見年輕的米蘭達長得這麼漂亮，風度又這樣優雅，也跟他兒子一樣吃驚。「這個女孩子是誰？」他說，「她簡直就是把我們拆散了又讓我們團圓起來的女神。」

「不，父親，」費迪南回答說，他看得出父親也像他自己當初遇見米蘭達時那樣弄錯了，所以笑起來。「她是凡人，可是非凡的上天已經把她賜給了我。父親，我選中她的時候沒能徵求您的同意，當時我沒想到您還活著。她是這位著名的米蘭公爵普洛斯彼羅的女兒，我久聞公爵的大名，可是直到現在才見到他。他給了我新的生命，成爲我的第二個父親，因爲他把這位親愛的姑娘嫁給我了。」

「那麼我也就是她的公公了，」國王說，「可是說起來多麼奇怪啊，我必須先徵求我這個兒媳婦的饒恕。」

「別提了，」普洛斯彼羅說，「咱們既然有了如此快樂的結局，就不必回想以往的不快了吧。」然後普洛斯彼羅擁抱他的弟弟，又一次向他保證饒恕他。還說，賢明、無所不能的老天爺讓他從貧瘠的米蘭公國被趕出來，只是爲了讓他的女兒繼承那不勒斯的王位，因爲正是由於他們在這個荒島上的會面，國王的兒子才愛上了米蘭達。

普洛斯彼羅安慰他弟弟的這一番寬厚的話語，使安東尼奧十分慚愧和懊悔，他哭得連話都說不出來了。慈祥的老貢柴羅看到這場令人快樂的和解也哭了，祈禱上天祝福這一對年輕人。

普洛斯彼羅這時候告訴他們說，他們的船停在海港裡，很安全，水手們都在船上，他和他女兒第二天早晨會陪他們一起回去。「現在，」他說，「請來分享一下我這寒傖的洞穴裡所能招待你們的食物吧，晚上我會把我在這個荒島上所度過的生活講給你們聽，給你們解解悶。」然後他叫凱列班去預備食物，並且把山洞收拾好。這些人看到妖怪殘忍、醜陋的相貌，都大吃一驚。普洛斯彼羅說，這是他唯一的僕人。

普洛斯彼羅離開荒島以前，解除了愛麗爾的職務，這個活潑的小精靈快樂極了。儘管愛麗爾是主人的一個忠實奴僕，他卻總是渴望著享受充分的自由，像一隻野鳥那樣無拘無束地在空中翱翔，在綠樹底下，在悅目的果林和芬芳的花叢中漫遊。

「機靈的愛麗爾，」普洛斯彼羅在釋放這個小精靈的時候說，「我會想念你的。可是你應該去享受自由了。」

「謝謝你，我親愛的主人，」愛麗爾說，「可是，請讓我先用溫柔的和風把你們的船吹送到家，然後您再跟幫助過你的這個忠實的精靈告別吧。主人，等我恢復了自由，我會活得多麼開心啊！」這時候愛麗爾唱起了這支優美的歌曲：

蜜蜂吮吸的地方，我也在吮吸，
我躺在蓮花的花冠裡休息，
當貓頭鷹啼叫時我安然睡去。
我騎在蝙蝠的背上飛來飛去，
快快樂樂地追逐著炎熱的夏季。
如今我要快快活活地，
在枝頭的累累花叢底下過生活。

然後普洛斯彼羅把他的魔法書和魔杖都深深地埋在地下，因爲他已經下定決心，再也不使用魔法了。他既然已經戰勝了敵人，又跟他弟弟和那不勒斯王講和了，如今，只等他重新回到本國去，恢復他的爵位，並且親眼看到他的女兒米蘭達跟費迪南王子舉行快樂的婚禮，他的幸福就沒有任何缺憾了。國王說他們一回到那不勒斯，就要立刻舉行隆重的婚禮。在精靈愛麗爾的平安護送下，他們經過一程愉快的航行，不久就到達了目的地。

仲夏夜之夢

雅典城有一條法律，規定市民願意把女兒嫁給誰，就有權力強迫她嫁給誰。要是女兒不肯跟她父親選中的男人結婚，父親就可以憑這條法律要求判她死罪。可是作父親的一般是不願意送掉自己女兒的性命的，所以儘管城裡的年經姑娘們也有不大聽話的時候，這條法律卻很少或者從未施行過，也許父母只是時常用這可怕的法律來嚇唬她們罷了。

可是有一回竟發生了這麼一件事。一個名叫伊吉斯的老人眞的跑到當時的雅典公爵——忒修斯面前來控訴說：他命令他女兒赫米亞嫁給雅典貴族家庭出身的一個青年狄米特律斯，可是女兒不願意，因爲她愛上了另外一個叫拉山德的年輕雅典人。伊吉斯請求忒修斯進行審判，並且要求按照那條殘酷的法律來處治他的女兒。

赫米亞替自己辯解說，她之所以不聽話是因爲狄米特律斯曾經向她的好朋友海麗娜示愛過，而且海麗娜也瘋狂地愛著狄米特律斯。可是儘管赫米亞提出了這個正大光明的理由來說明她爲何違背父親的命令，卻不能說服嚴厲的伊吉斯；忒修斯雖然是位偉大而又富有同情心的君主，卻沒有權力

赫米亞

改變國家的法律。因此，他只能給赫米亞四天的時間去考慮；四天以後，如果她仍然不肯嫁給狄米特律斯，就要被判處死刑。

赫米亞從公爵那裡離開以後，就去找她的情人拉山德，把她的危急狀況告訴他，說她要麼就得放棄他而嫁給狄米特律斯，要麼就得在四天以後死掉。拉山德聽到這個不幸的消息十分悲傷。這時候，他想起有個姑媽住在離雅典不遠的地方，到了那個地方，雅典城就不能對赫米亞施行這條殘酷的法律（因爲出了城界法律就無效了），他提議赫米亞當天晚上就從她父親那裡逃出來，跟他一起到姑媽家去，他們就在那兒結婚。「我在幾英里外的樹林子裡等著妳，」拉山德說，「就是咱們在愉快的五月裡，常跟海麗娜一起散步的那個可愛的樹林子。」

赫米亞興高采烈地同意了這個建議。除了她的朋友海麗娜，她沒把要逃跑的事告訴任何人。海麗娜（姑娘們常會爲了愛情做出傻事來）非常不仁厚地決定把這件事告訴狄米特律斯。洩露朋友的秘密對她並沒有什麼好處，除了跟著她那不忠實的愛人到樹林子裡去那點可憐的樂趣外，因爲她知道狄米特斯一定會到那裡去跟蹤赫米亞。

拉山德跟赫米亞約定見面的樹林子，就是那些叫作仙人的小東西經常喜歡去的地方。

仙王奧布朗和仙后提泰妮婭帶著他們所有的小隨從，正在這個樹林裡舉行午夜的宴會。

這時候，小仙王和小仙后之間不幸起了爭執。每逢皓月當空的夜晚，他們在這個快樂的樹林中的蔭涼小道上總是一見面就吵架，直到吵得那些小仙子都因爲害怕而爬到橡果殼裡藏起來。這次不

正在這個樹林裡舉行午夜的宴會

愉快的爭吵是由於提泰妮婭不肯把她偷偷換來的小男孩送給奧布朗——這個小男孩的母親是提泰妮婭的朋友，她一死，仙后就把孩子從奶媽那兒偷來，在樹林裡撫養。

這一對情人在樹林裡相遇的晚上，提泰妮婭正帶著幾個宮女散步，她遇見奧布朗，後頭還跟著幾個仙宮的侍臣。

「眞不巧又在月光下碰見了妳，驕傲的提泰妮婭！」仙王說。

仙后回答說：「怎麼，是好妒忌的奧布朗嗎？仙子們，快走開吧，我已經發誓不跟他在一起啦！」

「等一等，莽撞的仙女，」奧布朗說，「難道我不是妳的丈夫嗎？為什麼提泰妮婭要違抗她的奧布朗呢？把妳偷偷換來的小男孩送給我作童兒吧。」

「你死了這條心吧，」仙后說，「就算你拿整個仙國爲代價也買不了我這個孩子。」然後她氣衝衝地離開了她的丈夫。

「好，去妳的吧。」奧布朗說，「爲了報復這次的侮辱，我要在天亮以前給妳苦頭吃。」

於是，奧布朗把他最寵信的私人顧問迫克叫來。

迫克（有時他也被稱作「好人羅賓」）是個伶俐狡猾的精靈，他常在附近的村子裡玩些把戲：有時去牛奶房裡取奶皮，有時把他那靈活輕巧的身體鑽進攪奶器裡。當他以奇妙的姿勢在攪奶器裡跳著舞的時候，擠奶的姑娘無論費多大勁也無法把奶油做成黃油，就算是村裡的小夥子去幫忙也不行。當迫克高興地鑽到釀酒器裡去惡作劇時，麥酒就一定會被他搞砸。當幾個要好的街坊鄰居聚在一起喝美味的麥酒時，迫克就變成一顆野蘋果，跳進酒杯裡去。趁老太婆要喝的時候，他就蹦到她的嘴唇上，把麥酒灑在她那乾癟的下巴。過了一會兒，老太婆正端莊地坐下來，打算講個悲慘的故事給街坊聽，迫克又從她身子底下抽出那張三腳凳，讓可憐的老太婆摔在地上。於是那些喜歡嚼舌根的老人都捧腹大笑，發誓說他們從未這麼開心過。

「迫克，到這兒來，」奧布朗對這個快樂的小夜遊者說。「去替我採一朵姑娘們叫作『戲戀花』的那種花。把那小紫花的汁液滴在睡著的人的眼皮上，就能讓他們在醒來時，第一眼看見什麼就愛上什麼。我要趁著提泰妮婭睡著的時候，把一些花汁滴在她的眼皮上，她一睜開眼，不管看見的是獅子、熊、好搗亂的猴子，還是愛管閒事的無尾猿，她都會愛上的。我還知道有另外一種魔法，可以替她解除眼睛上的魔法，可是在這之前，她得先把那個孩子送給我做童兒。」

迫克打心眼裡喜歡惡作劇，對主人要玩的把戲感到相當有興趣，就跑去找花了。奧布朗等著迫克回來的時候，看見狄米特律斯和海麗娜走進樹林子裡來，他偷聽到狄米特律斯責怪海麗娜不該跟著他。他說了許多無情的話，海麗娜溫柔地勸他，叫他回想當初他是如何地愛她，並且向她表示過忠誠。他卻丟下她，任憑野獸去擺佈，她呢？仍舊拚命追他。

一向對忠實的愛人有好感的仙王，深深同情海麗娜。就像拉山德所說，他們在月光下常到這個愉快的樹林子裡散步，也許在狄米特律斯愛著海麗娜的快樂日子裡，奧布朗還見過她呢。不論如何，當迫克帶著小紫花回來時，奧布朗就對他的寵兒說：「拿一些花去，樹林裡有個可愛的雅典姑娘，她愛上了一個傲慢的小夥子。你要是看見那個小夥子在睡覺，就滴一些愛汁在他的眼皮上，可是必須等姑娘離他很近的時候才可以滴，那麼他醒來第一眼看見的就會是這個受他輕視的姑娘。你可以從那個小夥子身上那件雅典式的衣服認出他來。」

迫克答應會把這件事辦妥。然後奧布朗就趁提泰妮婭不注意時，到她的臥室去，這時候她正準備睡覺。她的仙室是個花壇，在金銀花、麝香薔薇和野玫瑰鋪成的罩蓋下面，長著野麝香草、蓮香花和芬芳的紫羅蘭。提泰妮婭每晚總要在這兒睡一會兒，她蓋的被子是研光的蛇皮，雖然是很小的一塊，卻也足夠裹住一個仙人了。

他看見提泰妮婭正在吩咐她的仙女們在她睡著的時候應該做些什麼。「妳們當中，」仙后說，「有的去殺死麝香薔薇嫩苞裡的蛀蟲子，有的去跟蝙蝠打仗，把牠們的皮翅膀拿來做我的小仙子們的外衣，有的去監視每晚都吵吵鬧鬧的貓頭鷹，不要讓牠靠近我的身邊。不過，現在先唱首歌讓我沉睡吧。」於是，她們就唱起這首歌來了：

雙舌的花蛇，扎手的刺蝟，遠遠走開吧；
蠑螈和蜥蜴，不要搗亂，也不要靠近仙后的身邊；
夜鶯，用甜蜜的旋律，跟我們一道唱催眠曲吧。

睡吧，睡吧，睡覺吧！睡吧，睡吧，睡覺吧！
災害、邪魔和符咒走開，永遠不許靠近美麗仙后的身邊。
聽著催眠曲沉睡吧，晚安！

仙女們用這首可愛的催眠曲讓她們的仙后入睡之後，就離開了，去做她所吩咐的重要工作。這時候，奧布朗腳步輕輕地走近他的提泰妮婭身邊，滴了些愛汁在她的眼皮上，說：

妳醒來睜開眼睛看到什麼，
就把什麼當作真正的情人。

咱們還是再說說赫米亞吧。她爲了逃避拒絕嫁給狄米特律斯而犯下的死罪，那天晚上就從她父親家裡逃了出來。當她走進樹林子時，看見她心愛的拉山德已經在那兒等著她，好帶她到姑媽家去。可是半個樹林子都還沒走完，赫米亞就已經累了。拉山德對這位親愛的姑娘照顧得十分周到；赫米亞爲了他，甚至不顧自己的性命，可見她對拉山德愛得有多麼眞摯。拉山德勸她在長著柔軟青苔的土堤上休息到天亮，他自己也在離她不遠的地方躺下，他們很快就睡著了。在這兒，迫克發現了他們。迫克看見一個英俊的小夥子在睡覺，又見他的衣裳是雅典樣式的，離他不遠處還睡著一個可愛的姑娘，就斷定他們一定是奧布朗派他來找的那個雅典姑娘和她那個傲慢的情人。既然只有他們倆在一起，迫克打量男生醒來第一眼一定就會看到那個女的。於是迫克沒有再猶豫，動手往他眼睛裡滴了一些小紫花的汁液。

不巧的是，海麗娜剛好從這兒經過，拉山德一睜開眼睛，第一眼看見的並不是赫米亞，卻是海麗娜。不可思議地，愛汁的魔力是如此強大，拉山德對赫米亞的愛情居然消失了，他愛上了海麗娜。

要是他醒來頭一眼看見的是赫米亞，那麼迫克的冒失就沒什麼關係了，因爲他已經對那位忠實的姑娘十分癡情了。可是仙人的迷藥硬叫可憐的拉山德忘掉他自己忠實的赫米亞，而去追求另一位姑娘，三更半夜地把赫米亞孤零零一個人丟在樹林子裡睡覺，這實在是件悲慘的意外。

於是，這件不幸的事就這樣發生了。正如前面所說，狄米特律斯粗暴地從海麗娜身邊跑開以後，海麗娜竭力想追上他，可是這場賽跑雙方的力量差得太遠，她跑沒多久就跑不動了，因爲在遠距離的賽跑上，男人總要比女人強一些。過了一會兒，海麗娜就看不到狄米特律斯了，她傷心又孤單地四下徘徊著，後來就走到拉山德正在睡覺的地方。

「啊！」她說，「躺在地上的是拉山德，他是死了呢？還是在睡覺呢？」接著她輕輕碰了碰他說：「可敬的先生，你要是活著，就醒醒吧。」拉山德聽到這話，睜開眼睛，這時，愛的迷藥開始發生效力，他馬上對她纏綿地說著愛慕和讚美的話，說她比赫米亞漂亮得多，就像鴿子比烏鴉漂

海麗娜

亮一樣，說他為了可愛的她，情願赴湯蹈火，還說了許多類似的癡情話。海麗娜知道拉山德是她朋友赫米亞的情人，也知道他已經跟赫米亞慎重訂婚了，所以聽到拉山德對她說這樣的話，感到生氣極了；她以為拉山德是在拿她開玩笑（這也怪不得她）。「唉，我憑什麼生來要讓大家嘲笑和輕視呢？年輕人，狄米特律斯永遠不肯溫柔地看我一眼，不肯對我說句親熱的話，難道這還不夠嗎，還不夠嗎，先生？你還要用這種譏笑的態度來假裝向我表示愛情。拉山德，我本以為你是個誠懇、有教養的君子呢。」她怒氣沖沖地說完這些話就跑掉了。拉山德緊跟在她後頭，把他自己的那位還在睡覺的赫米亞忘得乾乾淨淨。

赫米亞醒來，發現自己單獨一人待在那兒，內心又難過又害怕。她在樹林子裡到處徘徊，不知道拉山德出了什麼事，也不知道該朝哪個方向去找他。

這時候，奧布朗看到狄米特律斯睡得正熟。狄米特律斯沒找到赫米亞和他的情敵拉山德，同時，這場沒有結果的搜尋也讓他累壞了。奧布朗問了迫克一些話，知道他把愛的迷藥錯滴在別人的眼皮上。現在，他找到了本來打算要找的那個人，於是他用愛汁在睡著的狄米特律斯的眼皮上碰了一下，狄米特律斯馬上就醒了。狄米特律斯第一眼看見的是海麗娜，他就像拉山德先前那樣，也對她說起癡情話來。就在這時候，拉山德出現了，後面跟著赫米亞（由於迫克不幸的失誤，現在輪到赫米亞來尋找她的情人了）。於是拉山德和狄米特律斯同時開口向海麗娜表示愛情，因為他們都受到同一種強烈的迷藥所支配。

海麗娜大吃一驚，以為狄米特律斯、拉山德和她過去的好友赫米亞全都串通起來跟她開玩笑。赫米亞和海麗娜一樣吃驚，拉山德和狄米特律斯本來都愛著她，她不知道究竟是什麼原因，他們現在卻成了海麗娜的情人。在赫米亞看來，這件事並不像開玩笑。

這兩個姑娘一向是最知己的朋友，現在居然吵起嘴來了。

「殘忍的赫米亞，」海麗娜說，「是妳叫拉山德用虛偽的讚美來惹我生氣。妳的另一個情人狄米特律斯，以前恨不得把我踩在腳底下，難道妳沒有讓他叫我什麼女神、仙女、絕世美人、寶貝、天仙嗎？他恨我，要不是妳唆使他來跟我開玩笑，他絕不可能對我說這種話的。殘忍的赫米亞，妳居然跟男人聯合起來嘲笑妳可憐的朋友。妳忘了我們當同學時結下的友誼了嗎？赫米亞，有多少次我們倆坐在同一個椅墊上，唱著同一首歌，繡著從同一個花樣描下來的花；就像是並蒂的櫻桃一樣一塊兒長大，看起來就像是一個人。赫米亞，妳這樣跟男人聯合起來嘲弄妳可憐的朋友，這不是太不夠朋友，太不合乎妳大家閨秀的身分了嗎？」

「妳這些氣話真叫我莫名其妙，」赫米亞說，「我並沒有嘲弄妳，倒像是妳在嘲弄我呢。」

「唉，」海麗娜回答說，「你們儘管裝下去吧，裝出一本正經的樣子，等我一轉過身去就對我做鬼臉；然後你們擠眉弄眼，繼續開這個有趣的玩笑。只要你們稍有憐憫之心，稍微懂得點風度或是禮教，你們就不會這麼對待我了。」

當海麗娜跟赫米亞訴說著那些氣話，狄米特律斯和拉山德離開了他們，為著爭海麗娜的愛而到樹林裡決鬥去了。

一發現男人們不在，她們也就走開了，疲倦地在樹林裡四下徘徊著，尋找她們的情人。

仙王跟小迫克一起偷聽到她們的爭吵。她們剛一走開，仙王就對迫克說：「這是你的疏忽，迫克，不然就是你故意搗蛋吧？」

「相信我，精明的王，」迫克回答說，「是我弄錯了。你不是對我說，從那個男人穿的雅典樣式的衣服就能認出他來嗎？不過，事情弄成這樣，我一點也不覺得抱歉，因爲我看他們爭吵，倒是覺得很好玩呢。」

「你也聽見了，」奧布朗說，「狄米特律斯和拉山德已經去找一個合適的地方進行決鬥啦。我要你用濃霧把黑夜籠罩起來，把這些打架的情人引到黑暗裡，讓他們迷失方向，誰也找不到誰。然後裝出對方的聲音，用難聽的話激怒他們，叫他們跟你走，讓他們每個人都以爲聽到的是情敵的聲音，你要讓他們累得再也走不動。等他們睡著了，你就把另一種花的汁液滴進拉山德的眼睛裡，他醒來的時候就會忘掉他最近對海麗娜產生的愛，恢復他以前對赫米亞的熱情。這麼一來，兩個美麗的姑娘就都能快快樂樂地跟她們所愛的男人在一起了，他們大家都會把過去發生的一切看作是一場惱人的夢。快點去辦吧，迫克，我要去看看我的提泰妮婭找了怎樣可愛的情人。」

提泰妮婭還在睡覺，奧布朗看到她旁邊有一個鄉巴佬，這人在樹林中迷了路，並且看起來也睡著了。「這傢伙，」他說，「將會成爲我的提泰妮婭心愛的人。」他拿了一個驢頭套在鄉巴佬的頭上，驢頭大小正合適，簡直像原本就生長在他脖子上似的。奧布朗雖然是輕輕地把驢頭放上去，可還是把他弄醒了。他站起身來，並不知道奧布朗對他做了些什麼，就一直走到睡著的仙后的花壇上去。

「啊！我看見的是什麼天使呀！」提泰妮婭一邊睜開眼睛一邊說，那朵小紫花的汁液開始產生作用了。「你的聰明是跟你的美貌一樣超凡嗎？」

「啊，小姐，」愚蠢的鄉巴佬說，「要是我能聰明得走出這座樹林子，那我就知足了。」

「請不要離開這座樹林子，」著了迷的仙后說。「我是個不平凡的精靈，我愛你。跟我一起來吧，我會派仙人來伺候你的。」

於是，她叫了四個仙人來，他們的名字是：豆花、蛛網、飛蛾和芥子。

「你們好好伺候這位可愛的先生，」仙后說，「在他走的路上歡蹦，到他面前去亂跳；請他吃葡萄和杏仁，把蜜蜂的蜜袋偷來給他。」她又對鄉巴佬說：「來，跟我坐在一塊兒。美麗的驢子，讓我來摸摸你那可愛的、毛茸茸的臉蛋吧！溫柔的寶貝，讓我吻吻你那漂亮的大耳朵吧！」

「豆花在哪兒？」長著驢頭的鄉巴佬說，他並不怎麼注意仙后對他說的情話，可是對派給他的隨從卻感到很驕傲。

「在這兒哪，老爺。」小豆花說。

「抓抓我的頭，」鄉巴佬說，「蛛網在哪兒？」

她叫了四個仙人來

「在這兒哪，老爺。」蛛網說。

「好蛛網先生，」愚蠢的鄉巴佬說，「把那荊樹上紅顏色的小蜜蜂給我殺死；好蛛網先生，把蜜袋給我拿來。蛛網先生，做事的時候不要太慌張，小心不要把蜜袋弄破了。如果蜜從袋裡流出來把你淹了，我會感到很難過的。芥子先生在哪兒呢？」

「在這兒，老爺，」芥子說，「您有什麼吩咐？」

「沒什麼，」鄉巴佬說，「好芥子先生，你只要幫豆花先生替我抓抓頭就行啦。芥子先生，我可該去理理髮啦，我覺得臉上怪毛髭髭的。」

「溫柔的情人呀，」仙后說，「你想吃點什麼呢？我有個膽大的仙子，他能找到松鼠的存糧，幫你撿些新鮮的堅果。」

「我倒想吃一兩把乾豌豆，」鄉巴佬說，他戴上了驢頭，就也有了驢子的胃口。「可是我求妳不要讓妳手下的人來打擾我，我想睡上一覺。」

「那就睡吧，」仙后說，「我要把你摟在我懷裡。啊，我是多麼愛你！多麼疼你啊！」

仙王看見鄉巴佬在仙后懷裡睡起覺來，就走到她跟前，責備她不該把愛情濫用在一頭驢子身上。

這一點她無法否認，因爲鄉巴佬那時侯正睡在她懷裡，她還在他的驢頭上插滿了花。

奧布朗捉弄了她一陣後，又向她要那個偷換來的男孩子。她因爲被丈夫發現自己跟新的意中人在一起，非常慚愧，也就不敢拒絕了。

奧布朗就這樣把要了許久的小男孩弄到手，做他的童兒。於是，他又可憐起提泰妮婭來，覺得都是由於他自己開的玩笑，才害得她落到這樣見不得人的地步。奧布朗往她眼睛裡滴了一些另外一種花的汁液。仙后馬上恢復了神志，對她自己剛才的鍾情感到驚訝，說她對於現在看到的這個畸形的怪物感到非常討厭。

奧布朗也替鄉巴佬取下了驢頭，讓他肩上依然頂著自己那個愚蠢的腦袋，繼續睡他的覺。

奧布朗和他的提泰妮婭言歸於好後，他就把那兩對愛人的故事和他們半夜吵架的經過講給她聽，她答應跟他一起去看看他們這段奇遇的結果。

仙王和仙后找到了那兩個情人和他們的漂亮小姐，他們都睡在草地上，彼此離得不太遠。迫克爲了補救他先前的過失，想盡辦法在他們彼此不知的情況下，把大家都帶到同一個地方來，他用仙王給他的解藥輕輕地把拉山德眼睛上的迷藥給去掉了。

赫米亞是第一個醒來的，看見她失去的拉山德睡在離她那麼近的地方，就望著他，對他剛才莫名其妙的反覆無常感到驚奇。不久，拉山德也睜開了眼睛，一看到他親愛的赫米亞，他那先前被仙人用迷藥蒙蔽住的神志又清醒過來了。拉山德的神志一清醒，他也恢復了對赫米亞的愛。他們倆談起夜裡的奇遇，搞不清究竟這些事是眞正發生過，還是他們都做了同樣荒唐的夢。

這時候，海麗娜和狄米特律斯也醒了，甜甜地睡了一覺讓海麗娜憤怒的心平靜下來。她聽到狄米特律斯依然對她愛慕，心裡非常高興。她看得出他說的都是眞心話，眞是感到驚喜交加。

兩位在夜裡漫遊的美麗姑娘現在已經不再是情敵了，她們重新成爲眞正的朋友，彼此寬恕了對方先前所說的不友善的話，心平氣和地商量在當前情勢下應該怎麼做。不久大家都同意，既然狄米特律斯已經不再要求娶赫米亞了，他就應該竭力說服赫米亞的父親取消那已經判定了的殘酷死刑。狄米特律斯抱著這個充滿友誼的目的正準備回雅典去的時候，他們很驚訝地看到赫米亞的父親伊吉斯的到來，他是到樹林子裡來追他逃跑的女兒的。

伊吉斯明白狄米特律斯已經不想娶他女兒，他也就不再反對她嫁給拉山德了，而且答應四天以後可以舉行婚禮，那天恰巧是本來預備處死赫米亞的日子。海麗娜所愛的狄米特律斯現在對她也很忠實了，她也歡歡喜喜地答應在同一天和他結婚。

仙王和仙后隱身在旁，親眼看著這場和解，由於奧布朗的幫助，這兩對情人的愛情都得到了美滿的結局，感到非常高興。於是，這些好心的精靈決定在全仙國舉行比賽和宴會，來慶祝即將舉行的婚禮。

現在，要是有人聽了這個關於仙人和他們所玩的把戲的故事而感到不高興，認爲事情太離奇、令人難以置信的話，那麼大家只要這麼想就好了：他們是在睡覺做夢哪，這些奇遇都是他們自己在睡夢裡看到的幻象。我希望讀者中沒有誰會這麼不講理，爲一場美妙的、無傷大雅的仲夏夜之夢而感到不高興。

☙ 冬天的故事

從前，西西里國王里昂提斯和他那位美麗賢慧的王后赫米溫妮相處非常和諧。里昂提斯對於他跟這位優秀的夫人之間的愛情，內心感到相當幸福，沒有什麼不滿意的，除了一件事：他有時候想見見他的老朋友和同學——波希米亞國王波力克希尼斯，並且想把他引薦給他的王后。里昂提斯跟波力克希尼斯是從小一起長大的，可是他們倆的父親死後，就各自回國統治。雖然他們經常交換禮物、信件，並且派遣使節互相問候，但是他們倆卻好多年沒有見面了。

後來，經過多次邀請，波力克希尼斯才從波希米亞到西西里宮廷來拜訪他的朋友里昂提斯。

里昂提斯對於波力克希尼斯這次的拜訪，內心感到相當開心，他還特地請王后要殷勤地款待他這位少年時代的朋友。里昂提斯能和這位親愛的朋友兼老夥伴相聚，眞是幸福極了。他們談論著以前的事情，回想起在學校裡度過的時光和少年時代玩的一些鬼把戲，並說給赫米溫妮聽，赫米溫妮總是非常快樂地參與這種談話。

波力克希尼斯住了很長一段時間之後，準備離開了。這時候，赫米溫妮按照她丈夫的意思，跟他一起挽留波力克希尼斯再多住些時候。

從此，這位善良的王后開始了她的苦惱，因爲波力克希尼斯雖然拒絕了里昂提斯的挽留，卻被赫米溫妮的溫柔和說服力打動了，他決定再多住上幾個星期。這麼一來，儘管里昂提斯一向深知他的朋友波力克希尼斯爲人正直、講道義，也同樣知道貞潔的王后的美好品德，然而他卻興起了一股難以克制的嫉妒心。儘管赫米溫妮對波力克希尼斯表示的關心都是她丈夫特別關照的，她那樣做也只是爲了讓他高興，可是這一切卻更加深了這個不幸的國王的嫉妒心。里昂提斯本來是個熱情眞誠的朋友，最好、最體貼入微的丈夫，現在忽然變成一個野蠻的、沒有人性的怪物。他把宮廷裡一個叫卡密羅的大臣召進來，並把自己的猜疑告訴他，吩咐他去毒死波力克希尼斯。

卡密羅是個好人，他很清楚地知道里昂提斯的嫉妒實際上一點兒根據也沒有，因此，他不但沒有毒死波力克希尼斯，反而把君主下的命令告訴他，並且同意跟他一起逃出西西里王國。就這樣，波力克希尼斯靠著卡密羅的幫助，平安到達了自己的波希米亞王國。從那時起，卡密羅就住在波希米亞王國的宮廷，成爲波力克希尼斯的知己和寵臣了。

波力克希尼斯的逃走，更加激怒了嫉妒的里昂提斯。他去王后房間的時候，這位善良的女人正跟她的小兒子邁密勒斯坐在一起，邁密勒斯正要講一個他最得意的故事讓母親高興呢。這時候，國王進來把孩子帶走，然後下令把赫米溫妮關進監獄。

邁密勒斯雖然只是個年齡很小的孩子，卻打從心裡深愛他的母親。他看到母親受到這麼大的侮辱，得知人們把她帶走，關到監獄裡去，感到很傷心。他漸漸地衰弱憔悴，飲食睡眠都變少了，以致於大家都以爲他將因爲悲傷過度而死掉。

國王把王后關進監獄以後，就派克里奧米尼斯和狄溫這兩個西西里大臣到德爾福斯的阿波羅神廟去問神：王后對他是不是忠實？

赫米溫妮被關進監獄後不久，生了一個小女兒。這個可憐的女人看到她那可愛的孩子，倒也得到不少安慰，她對著娃娃說：「我可憐的小犯人啊，我跟妳一樣地清白。」

赫米溫妮有一個善良、高貴的摯友寶麗娜，她是西西里大臣安提哥納斯的妻子。寶麗娜夫人一聽說王后生了孩子，就到囚禁赫米溫妮的監獄去，對伺候赫米溫妮的宮女愛米利婭說：「愛米利婭，請妳告訴好心的王后，要是她願意把她的小寶貝託付給我，我就把她抱到她的父王面前，說不定他見了這個無辜的孩子會心軟。」

「尊敬的夫人，」愛米利婭回答說，「我很樂意把您這個高貴的建議轉達給王后，她如今正在盼望能有個朋友可以把孩子帶到國王面前呢。」

「還請告訴她，」寶麗娜說，「我願意大膽地在里昂提斯面前替她辯護。」

「願上帝永遠祝福您，」愛米利婭說，「您對我們仁慈的王后眞好！」

然後，愛米利婭就到赫米溫妮那兒去，赫米溫妮高高興興地把她的孩子託付給寶麗娜，因爲她眞怕沒人敢冒險把孩子帶到她父親那裡去。

寶麗娜帶著剛出生的嬰兒，硬闖到國王面前。儘管她丈夫怕國王會生氣，竭力阻止她，她還是把娃娃放到她父王的面前。寶麗娜對國王說了一番義正嚴辭的話來替赫米溫妮辯護，她嚴厲地責備國王不仁，懇求他可憐可憐那無辜的妻子和孩子。可是寶麗娜勇敢的勸諫只不過更加深了里昂提斯的不快，他命令寶麗娜的丈夫安提哥納斯帶她下去。

寶麗娜走的時候，把小娃娃留在她父親的腳邊，心想：當只剩下國王和娃娃在一起的時候，他看到這個無辜的孩子有多麼孤苦伶仃，總會憐憫起來的。

善良的寶麗娜錯了。她剛一離開，這個毫無同情心的的父親就吩咐安提哥納斯把孩子抱走，送到海上去，丟在荒涼的海岸上，隨她自生自滅。

安提哥納斯跟好心的卡密羅一點都不一樣，他太聽里昂提斯的話了。於是馬上抱著那個孩子坐船到海上去，打算一找到荒涼的海岸就把她丟在那裡。

國王認定赫米溫妮犯了不忠實的罪過，他甚至等不及克里奧米尼斯和狄溫回來——他曾派他們到德爾福斯的阿波羅神廟去問神；王后產後還沒調養好，還沒從失去寶貝孩子的痛苦中恢復過來的時候，里昂提斯就叫人把她帶來，當著王宮裡所有大臣和貴族的面審判她。全國所有的大臣、法官和貴族都集合起來審問赫米溫妮，不幸的王后變成犯人站在他們面前受審的時候，克里奧米尼斯和狄溫走到人群中間，把加封的神諭呈給國王。里昂提斯吩咐拆開神諭的封口，大聲念出來。神諭上面寫著：「赫米溫妮是無罪的，波力克希尼斯無可責備，卡密羅是個忠實的大臣，里昂提斯是個多疑的暴君。如果那個失去的找不回來，國王將終生沒有繼承人。」

國王不肯相信神諭，他說這都是王后的親信編造出來的，他要求審判官繼續審問王后。可是就在里昂提斯說這些話的時候，一個人走了進來，告訴國王說，邁密勒斯王子聽到他母親要被判處死罪，悲傷羞愧得突然死去了。

赫米溫妮一聽到這個摯愛的、感情深厚的孩子竟因爲她的不幸憂愁而死，就昏過去了。里昂提斯也被這個消息刺痛了心，開始可憐起不幸的王后來。他吩咐寶麗娜和王后的侍女把她帶走，想辦法把她救醒。不久，寶麗娜回來告訴國王說，赫米溫妮死了。

里昂提斯聽說王后死了，這才後悔對王后太殘忍了。他想一定是他的虐待傷透了赫米溫妮的心，他終於相信她是清白的了。現在他才明白神諭上的話是眞的，因爲他斷定「如果那個失去的找不回來」指的是他的小女兒，如今，年輕的王子邁密勒斯又已經死去，他知道自己不會有繼承人了。此時，他情願犧牲他的王國換回他失去的女兒。里昂提斯自此陷入深深的懊悔中，在悲哀和悔恨裡度過了許多歲月。

安提哥納斯帶著小公主坐船漂在海上，被一場風暴刮到波希米亞海岸——也就是那個好心腸的國王波力克希尼斯的王國。安提哥納斯在這兒上了岸，就把孩子遺棄了。

安提納斯再也沒有回到西西里跟里昂提斯報告他把公主丟在什麼地方，因爲當他打算要回到船上去的時候，樹林裡忽然跳出一隻熊來，把他咬了個稀爛。這對他倒也是公正的處罰，因爲他聽從了里昂提斯邪惡的命令。

孩子穿著華麗的衣裳，戴著貴重的寶石，因爲赫米溫妮送她到里昂提斯那兒去的時候把她打扮得很漂亮。安提哥納斯在她的斗篷上別了一張字條，上面寫著「潘狄塔」這個名字，和幾句暗示她身分高貴和遭遇不幸的話。

這個可憐的棄嬰被一個牧羊人撿到了。他是個心地善良的人，他把小潘狄塔抱回家去，交給他的妻子好好撫養著。可是貧窮使牧人受到誘惑，把他所撿到的寶貝隱藏起來；他搬了家，沒有人知道他是如何發財的。他用潘狄塔的一部分寶石買了幾群羊，成爲有錢的牧羊人。他把潘狄塔當作自己的孩子撫養，而潘狄塔也認爲自己只不過是個牧羊人的女兒。

長大後，小潘狄塔出落成一個可愛的姑娘，雖然她受的教育不過是一個牧羊人的女兒所能得到的，但她還是從她那高貴的母親那裡繼承了天生的氣質，那氣質從她沒有受過教養的心靈裡放射出光彩，甚至從她的一舉一動來看，沒有人知道她不是在她父親的王宮裡長大的。

波希米亞王波力克希尼斯有一個獨生子，名叫弗羅利澤。這個年輕王子在牧羊人的房子附近打獵的時候，看見了老牧羊人的養女；潘狄塔的美麗、靦腆和王后般的風度立刻使王子愛上了她。不久，王子扮成一個平民，化名道里克爾斯，經常到老牧羊人家裡來拜訪。弗羅利澤時常離開王宮，這讓波力克希尼斯很著急，於是他派人暗地裡監視他兒子，才發覺原來他愛上了牧羊人的漂亮女兒。

潘狄塔

於是波力克希尼斯把卡密羅（就是那個曾經從里昂提斯的狂怒下救過他的性命的忠實的卡密羅）召來，要他陪自己到那個牧羊人家裡去一趟。波力克希尼斯和卡密羅都化了妝，來到老牧人家裡，那時候牧人們正在慶祝剪羊毛的節日。他們雖然是陌生人，可是在剪羊毛節的日子裡，所有的客人都是受歡迎的，所以他們也被邀請參與盛會。

宴會充滿了歡樂的氣氛。桌子都擺開了，人們隆重地準備著這次的鄉村宴會。有些小夥子和姑娘在房子前面的草地上跳舞，還有些年經小夥子站在門口從一個貨郎的擔子上買緞帶、手套和類似的小東西。

大家都在這樣熱鬧著的時候，弗羅利澤和潘狄塔卻安安靜靜地坐在一個僻靜的角落，他們好像更喜歡兩個人談心，不願意參加周圍人們的遊戲和無聊的娛樂。

國王化妝得很巧妙，他兒子根本認不出他來，所以他走過去，近到足以聽見他們的談話。看到潘狄塔跟他兒子談話時樸素而又優雅的風度，波力克希尼斯十分驚訝。他對卡密羅說：「我從未見過出身低微而又長得漂亮的姑娘，她的一言一行，都好像比她的身分要高一些，她高貴得跟這個地方一點也不相稱。」

卡密羅回答說：「眞的，她可算得上是牧羊姑娘中的王后了。」

「朋友，請問一下，」國王對老牧人說，「跟你女兒談話的那個俊秀的鄉下小夥子是誰啊？」

「大家都叫他道里克爾斯，」牧羊人說，「他說愛我女兒，但說實話，從他們的親吻上是不可能分辨出誰更愛誰的。要是年輕的道里克爾斯能夠娶到她，她會爲他帶來做夢都想不到的好處。」他指的是潘狄塔剩下的寶石，他用了一部分，其餘的就小心地收藏起來，預備給她做嫁妝。

隨後，波力克希尼斯跟他的兒子聊起來。「怎麼了，年輕人！」他說，「你好像有一肚子的心事，甚至連去吃酒席都沒興致。我年輕的時候常常送許多禮物給我的情人，可是你卻讓那個貨郎走過去，什麼東西也沒買給你的姑娘。」

年輕的王子壓根兒也沒想到他是在跟父王講話，就回答說：「老先生，她並不看重這些不值一文的東西，潘狄塔希望我給她的禮物是藏在我心裡的。」於是他轉過身去對潘狄塔說：「啊，聽我說，潘狄塔，這位老先生好像是個過來人，那麼，就讓我當著他的面向妳表白吧。」這時候，弗羅利澤就想請這位陌生的老人作證人，來見證他向潘狄塔鄭重許下婚約。他對波力克希尼斯說：「請你爲我們證婚吧。」

「做你們離婚的證人吧，少爺！」國王說著就暴露出他眞正的身分。然後波力克希尼斯就開始責備他兒子居然敢跟這個出身低微的丫頭訂婚，他還管潘狄塔叫「牧羊崽子，牧羊拐杖」和別的侮辱她的稱呼。他還恐嚇潘狄塔說，要是她再讓他兒子來看她，他就把她和她父親老牧羊人一起處以殘酷的死刑。然後國王就氣沖沖地走了，並且吩咐卡密羅帶著弗羅利澤王子跟著回去。

國王走了以後，潘狄塔高貴的天性被他那番責罵激發出來了。她說：「雖然我們一切都完了，可是我並不害怕。有一兩次我幾乎要開口清清楚楚地對他說：同一個太陽照著他的宮殿，卻也同樣不避開我們的茅屋，太陽是一視同仁的。」然後她又傷心地說：「可是我現在已經從這場夢裡醒過來了，我再也不以王后自居了。你走吧，先生，我要一邊擠奶一邊哭泣。」

好心腸的卡密羅很喜歡潘狄塔的舉止，覺得她的言行活潑得體，他又看出年輕的王子非常愛他的情人，他父王的命令並不能使他放棄她。卡密羅想出一個辦法來，既可以幫助這對情人，同時又可以施行他心裡的一條妙計。

卡密羅早就知道西西里王里昂提斯已經眞心悔過了。儘管卡密羅現在成了波力克希尼斯王的好朋友，他還是難免想再看看他過去的君主和故鄉。因此，他向弗羅利澤和潘狄塔提議：勸他們跟他到西西里的王宮去，他敢保證在那裡里昂提斯會保護他們，然後由他出面調解，直到得到波力克希尼斯的寬恕，並且准許他們結婚。

他們高高興興地同意了這個提議。卡密羅把逃跑的一切準備都安排好了，他還答應讓老牧羊人跟他們一起走。

老牧羊人把潘狄塔剩下的珠寶、她嬰兒時期穿的衣裳和那張曾經別在她斗篷上的字條都隨身帶上了。

經過順利的航行，弗羅利澤、潘狄塔、卡密羅和老牧羊人平安地到達了里昂提斯的王宮。里昂提斯還在爲他死去的赫米溫妮和失去的孩子傷心，他非常寬厚地接待了卡密羅，對弗羅利澤王子也表示熱烈地歡迎。這時，里昂提斯的全部注意力好像都集中在潘狄塔身上——弗羅利澤介紹她的時候，說是他的公主。里昂提斯看到她長得很像死去的王后赫米溫妮，這又勾起了他的悲傷。他說，要是他沒有殘忍地把他的親生女兒弄死，她也會成長爲一個這麼可愛的姑娘了。「同時，」他對弗羅利澤說，「我跟你那賢明的父親也斷了交往，失去了他的友誼；如今，只要能再見他一面，我就是死了也甘心。」

這個老牧羊人看到國王對潘狄塔是那麼注意，又知道他曾經失去一個女兒，是在小時候遺棄的，就把他撿到小潘狄塔的時候和她被遺棄的情況，還有珠寶和其他能夠證明孩子高貴出身的標記印證了一下。所有的這些讓他只能得出這樣一個結論：潘狄塔就是國王失去的女兒。

老牧羊人把他撿到那個孩子的情況向國王說了一遍，並且告訴他安提哥納斯是怎麼死的，因爲他曾目睹他被熊抓住。說話的時候，弗羅利澤、潘狄塔、卡密羅和忠實的寶麗娜都在場。他給他們看那件華麗的斗篷，寶麗娜記得赫米溫妮就是用它包裹孩子的；他還拿出一顆寶石，她記得赫米溫妮曾把它掛在潘狄塔的脖子上。他又拿出那張字條來，寶麗娜認出上面的字跡是他丈夫的。毫無疑問，潘狄塔就是里昂提斯的親生女兒。可是寶麗娜高貴的心裡是多麼矛盾啊！她一方面爲了丈夫的死而難過，一方面又高興神諭果然應驗了——國王的繼承人、丢了許久的女兒又找到了。里昂提斯一聽說潘狄塔是他的女兒，巨大的悲痛籠罩了他，想到赫米溫妮不能活著看看她的孩子，好半天什麼話也說不出來，只是念著：「啊，妳的母親，妳的母親！」

在這種悲喜交加的情景下，寶麗娜對里昂提斯說，她有一座雕像，是那個傑出的義大利大師裘里奧・羅曼諾最近雕成的。這座雕像雕得跟王后一模一樣，要是國王陛下肯到她那裡去看看，他一定會以爲那就是赫米溫妮本人呢。於是，大家都到那兒去了。國王急著看到和他的赫米溫妮一模一樣的雕像，潘狄塔也恨不得馬上看到她從未見過的母親的模樣。

寶麗娜把遮著這座著名雕像的帷幕拉開，雕像果然跟赫米溫妮長得一模一樣。這又勾起了里昂提斯全部的悲傷，他好半天甚至連說句話或者動一下的力氣都沒有。

「陛下，我喜歡您的沉默。」寶麗娜說，「這更能表示您的驚訝，這座雕像不是很像您的王后嗎？」

最後國王說：「啊，當初我向她求婚的時候，她就是這樣站著，也是這樣一副雍容大方的氣派。不過寶麗娜，赫米溫妮看上去可沒有這座雕像那麼老。」

寶麗娜回答說：「這更是雕刻家高明的地方了，他把雕像雕得跟今天的赫米溫妮一模一樣，要是她還活著的話。不過，還是讓我把帷幕拉上吧，國王，要不然您會以爲它在動呢。」

國王說：「我寧可即刻死去，也別拉上帷幕！看，卡密羅，你不覺得它在呼吸嗎？它的眼睛似乎在轉動。」

「我必須把帷幕拉上了，國王，」寶麗娜說，「您出神得快要把雕像當成活人了。」

「啊，可愛的寶麗娜。」里昂提斯說，「一連二十年的時間我都這麼想啊！可是我仍然覺得她在往外呼氣。什麼樣的好鑿子能刻出呼吸來呢？誰也別笑我，我要過去吻吻她。」

寶麗娜把遮著這座著名雕像的帷幕拉開

「啊，陛下，那可不行！」寶麗娜說，「她嘴唇上的紅顏色還沒有乾，那油彩會染了您的嘴唇。我可以把帷幕拉上了嗎？」

「不，在二十年之內都不要拉上。」

潘狄塔一直跪在那裡，默默地仰望著她那完美無比的母親的雕像，這時候，她說：「只要能看見我親愛的母親，我也願意在這裡待上這麼多年。」

「不要再癡心妄想了，」寶麗娜對里昂提斯說，「讓我把帷幕拉上吧，不然的話，還會有更讓您吃驚的事。我能夠叫這座雕像眞的動起來，叫它從臺上走下來，握住您的手。不過那樣一來您必定會以爲有什麼妖術幫助我了，這我可不承認。」

「不論妳能夠讓它做什麼，」大吃一驚的國王說，「我都願意看著；不論妳能夠讓它說什麼，我都願意聽著。妳既然能讓它動，就一定能讓它說話。」

於是，寶麗娜吩咐奏起徐緩莊嚴的音樂，這是她特地準備的。更使在場的人吃驚的是，雕像從臺上走下來了，用胳膊摟住里昂提斯的脖子。接著雕像說起話來了，爲她的丈夫和孩子——剛剛找到的潘狄塔祈求、祝福。

難怪雕像會摟著里昂提斯的脖子，祝福她的丈夫和孩子。這並不奇怪，因爲雕像就是赫米溫妮本人——眞正的、活生生的王后。

原來當初是寶麗娜向國王撒了謊，說赫米溫妮死了，她認爲只有用這個辦法才能保住王后的性命。從那時候起，赫米溫妮就跟善良的寶麗娜住在一起。要不是她聽說潘狄塔找到了，她絕不想讓里昂提斯知道她還活著，儘管她早就原諒了里昂提斯對自己的傷害，她卻不能夠饒恕他對襁褓中的女兒的殘酷行爲。

死去的王后就這樣復活了，丟失的女兒也失而復得了，鬱鬱寡歡多年的里昂提斯快樂得很。

現在聽到的到處都是祝賀和熱烈的問候，快樂的父母也向弗羅利澤王子道謝，感謝他愛上了他們這個表面上看起來似乎是出身低微的女兒。他們又祝福好心腸的老牧羊人，因爲他保全了他們的孩子。卡密羅和寶麗娜都非常快樂，因爲他們親眼看到他們的盡忠效勞得到了這樣的好結果。

好像這場奇怪的、出乎意外的歡樂應該圓滿得毫無缺憾，這會兒波力克希尼斯王也親自來到了宮裡。

原來波力克希尼斯知道卡密羅早就想回到西西里來，所以他一發覺兒子和卡密羅失蹤了，就立刻猜出一定可以在這兒找到兩個逃跑的人。他拚命追趕，剛好趕上里昂提斯一生中最快樂的時刻。

波力克希尼斯也加入了這歡樂的氣氛，他原諒了他的朋友里昂提斯對他無故的嫉妒，他們又回復到兒時的友誼。現在再也不用擔心波力克希尼斯會反對他兒子跟潘狄塔結婚了，潘狄塔已經不再是「牧人拐杖」，而是西西里王國的繼承人了。

我們也看到，赫米溫妮受了許多年的苦，她堅忍的美德終於得到了報償。這個優秀的女人跟她的里昂提斯和潘狄塔一起生活了好多年，她是最快樂的母親和王后。

無事生非

從前，梅辛那王宮裡住著兩位姑娘，一個叫希羅，一個叫貝特麗絲。希羅是梅辛那總督里奧那托的女兒，貝特麗絲則是總督的侄女。

貝特麗絲性格活潑開朗，她總喜歡說些輕快的調皮話，哄她的表妹希羅開心，希羅的性情比較嚴肅認眞。不管發生什麼事情，無憂無慮的貝特麗絲總喜歡拿來開玩笑。

一天，有幾個在軍隊裡官銜很高的年輕人來拜訪里奧那托。他們都因爲勇猛出眾，在一場剛剛結束的戰爭中建立了功績，如今在回家的路上從梅辛那經過。他們當中有阿拉貢親王唐・彼德羅和他的佛羅倫斯貴族朋友克勞狄奧；跟他們一起來的還有性情狂放而又富有機智的培尼狄克，他是帕度亞的貴族。

這些客人以前都曾到過梅辛那，現在好客的總督把他們當作老朋友介紹給自己的女兒和侄女。

培尼狄克剛一走進屋子，就跟里奧那托和親王熱烈地談起話來。不管是什麼人談話，貝特麗絲都喜歡插嘴，所以她打斷了培尼狄克，說：「培尼狄克先生，我奇怪你怎麼還在這兒談話呢？沒有人在聽你說話呀。」跟貝麗特絲一樣，培尼狄克也是個不會讓嘴巴閒著的人，可是這種隨隨便便的招呼卻讓他不太高興，他覺得一個有教養的姑娘說話這麼輕率是不適宜的。他又想起上次他到梅辛那來的時候，貝麗特絲常常拿他開玩笑。其實，愛開玩笑的人最不喜歡別人拿自己開玩笑，培尼狄克和貝特麗絲也是一樣。過去這兩個伶牙俐齒的人每次見面都要展開一場彼此挖苦譏笑的唇槍舌戰，分手的時候又總是氣鼓鼓的。所以當貝特麗絲打斷了培尼狄克的話，告訴他沒有人聽他說話的時候，培尼狄克就假裝沒注意到她在場，說：「喲，我親愛的傲慢小姐，妳還活著呀？」現在，他們之間的戰火重新點燃了，接著就是一場長久又熱烈的爭論。在爭論的時候，貝特麗絲雖然知道培尼狄克在最近這次戰爭中表現得很勇敢，她卻非說可以把被他打死的人一個個吃光。她還注意到親王很喜歡聽培尼狄克談話，就叫他「親王的小丑」。這句譏諷比貝特麗絲以往說過的任何話都更讓培尼狄克難堪。她為了暗示他是個懦夫，說可以把他殺死的人一個個吃光，這他倒不在乎，因為他知道自己是個勇敢的人。可是偉大口才家最怕背上小丑的污名，因為這種指責有時候太接近事實了，所以培尼狄克因貝特麗絲稱呼他「親王的小丑」，心裡非常恨她。

希羅這個文靜的姑娘在這些貴賓面前一句話也沒說。克勞狄奧很仔細地注意到她比以前更好看了，他注視著她那苗條的身材是那麼優美（她也確實是個叫人敬愛的年輕姑娘）。這時候，親王聽到培尼狄克和貝特麗絲之間詼諧幽默的對話，內心感到十分有趣。他小聲的對里奧那托說：「這眞是個讓人愉快的活潑姑娘，她倒可以成為培尼狄克的好妻子。」里奧那托聽了這個暗示，回答說：

「哦，殿下，他們要是結了婚，不用一個星期就會發瘋的。」儘管里奧那托認爲他們不適合做夫妻，可是親王仍然沒放棄撮合這兩個機智口才家的念頭。

親王和克勞狄奧從王宮回來的時候，發現原來除了替培尼狄克和貝特麗絲籌畫的婚姻以外，他們這一夥好朋友當中還有旁人也需要撮合呢。根據克勞狄奧談到希羅時所用的那些詞句，親王猜到了他的心思。他很高興，就問克勞狄奧：「你愛希羅嗎？」對於這個問題，克勞狄奧回答說：「啊，殿下，我上次來梅辛那的時候，是用軍人的眼光來看她，雖然也是滿心喜歡，可是沒有談情說愛的心情。現在呢，在這種快樂的太平日子裡，不必想到戰爭，腦子裡就騰出地方來了。如今滿腦子全是纏綿的柔情蜜意，都在提醒我年輕的希羅有多麼美，我才明白出征以前我就已經愛上她了。」

克勞狄奧表白他愛希羅的話，親王聽了很感動，他馬上懇求里奧那托同意克勞狄奧作他的女婿。里奧那托同意了這個建議，同時，親王沒怎麼費勁就說服了溫柔的希羅去聽高貴的克勞狄奧向她求婚。克勞狄奧是個極具涵養、滿腹學問的貴族，如今他又有了這位好親王幫忙撮合，結果很快就慫恿里奧那托早早指定了他跟希羅舉行婚禮的日子。

只要再等上幾天，克勞狄奧就可以跟他的美麗姑娘完婚了，可是他仍然抱怨這中間的日子太無聊了，確實，大多數青年在專心等待一件事情的時候，心裡總是不耐煩的。因此，親王爲了讓他覺得時間過得快一些，就提議一種好玩的遊戲：他們要想出一條妙計，叫培尼狄克和貝特絲麗兩個人愛上對方。克勞狄奧很起勁地參加了親王這個一時興起的樂趣，里奧那托也答應幫忙，連希羅也說，她要盡她微薄的力量幫助她的表姊找到好丈夫。

親王想出的計策是要男人們讓培尼狄克相信貝特麗絲愛上了他，同時又要希羅讓貝特麗絲也相信培尼狄克愛上了她。

親王、里奧那托和克勞狄奧先行動起來了，他們在靜待時機。正當培尼狄克靜靜地坐在涼亭裡看書的時候，親王和他的助手們就站到涼亭後邊的樹叢裡，並且離培尼狄克很近，近得叫他無法不把他們的話全聽進耳裡。隨便談了一些話以後，親王說：「里奧那托，你過來。那天你告訴我什麼來著——是不是說你侄女貝特麗絲愛上了培尼狄克先生？我眞想不出那位小姐會愛上什麼樣的男人。」

「我也沒想到，陛下，」里奧那托回答說，「尤其沒想到她會對培尼狄克這樣多情，因爲從外表上看來，她好像很討厭他似的。」克勞狄奧證實了這些話，說是希羅告訴他貝特麗絲很愛培尼狄克，要是培尼狄克不肯愛她，她一定會傷心而死。里奧那托和克勞狄奧似乎都認爲培尼狄克絕不會愛上她，因爲他一向喜歡挖苦所有的漂亮女人，尤其是貝特麗絲。

親王裝出一副很同情貝特麗絲的樣子，於是他說：「要是把這件事告訴培尼狄克就好了。」

「告訴他有什麼好處呢？」克勞狄奧說，「他也不過是把它當作一樁笑話，越發增加那個可憐的姑娘的痛苦罷了。」

「他要是眞的這樣，」親王說，「那麼把他吊死倒是件好事，因爲貝特麗絲是個非常可愛的姑娘，她什麼事情都聰明絕倫，就是愛上培尼狄克這件事不夠聰明。」這時候，親王向他的同伴示意離開此地，好讓培尼狄克仔細去想一想偷聽到的話。

培尼狄克非常熱切地聽了這場談話，當他聽說貝特麗絲愛上了他，就自言自語地說：「有這樣的事嗎？風會吹到那個角落裡去嗎？」他們走了以後，他一個人這樣分析著：「這不會是騙人的！他們的神情看起來很認眞，話又是從希羅嘴裡聽來的。他們好像還很同情那個姑娘。她愛上了我！我一定要好好報答她才是！雖然我從沒想過要結婚，雖然當初我說要單身一輩子，但那是因爲我沒有想到會活到結婚的這一天。他們說那個姑娘品行好，長得又美，她的確是這樣。還說她除了愛上我這件事，在別的事情上都是聰明的，可是愛上我並不能證明她是愚蠢的。哦，貝特麗絲來了！蒼天在上，她眞是個漂亮姑娘！我眞的從她臉上看出幾分愛我的意思來了。」

貝特麗絲走近了培尼狄克，用平常的尖酸口吻說：「他們硬叫我來請你進去吃飯，不過這可是違背我自己的心意的。」

培尼狄克從沒想過自己會像現在這樣彬彬有禮地對她講話，他回答說：「美麗的貝特麗絲，謝謝妳，辛苦了。」貝特麗絲又說了兩三句粗魯的話就走開了。培尼狄克卻覺得從她那些不客氣的話裡能隱隱感覺她的柔情，於是他大聲說：「我要是不心疼她，我就是個惡棍；我要是不愛她，我就是個猶太人。我一定要弄到一幅她的畫像。」

這位先生就這樣鑽進了他們爲他設好的圈套。現在該輪到希羅來盡她對貝特麗絲的一份責任了。爲了這件事，她還派人去把歐蘇拉和瑪格麗特叫來，她們倆是她的侍女。她對瑪格麗特說：「好瑪格麗特，妳到客廳去，我的表姊貝特麗絲正在那兒跟親王和克勞狄奧談話。妳悄悄地告訴她，說我和歐蘇拉正在果園裡散步，我們談的全是關於她的事情。叫她偷偷溜到那座可愛的涼亭裡去，那裡的金銀花都被曬熟了，卻像忘恩負義的寵臣似的，反而不讓太陽進來呢。」

希羅讓瑪格麗特慫恿貝特麗絲去的涼亭，恰巧就是培尼狄克剛才在裡面聚精會神地偷聽過消息的那座可愛的涼亭。

「我一定讓她馬上過來。」瑪格麗特說。

於是希羅就把歐蘇拉帶到果園裡去了，對她說：「歐蘇拉，貝特麗絲來的時候，我們就沿著這條小路來回走，我們必須談跟培尼狄克有關的事。我一提到他的名字，妳就把他誇得好像全天下也找不到像他這麼好的男人了，我跟妳說的就是培尼狄克是怎樣地愛上了貝特麗絲。馬上就開始吧，瞧，貝特麗絲已經彎著腰像隻田鳧似的跑來偷聽我們的談話了。」

她們就這樣談開了。希羅就像在回答歐蘇拉說的什麼話似的：「不，眞的，歐蘇拉，她太瞧不起人了，她的脾氣就像岩石上的野鳥那麼高傲。」

「可是妳有把握嗎？」歐蘇拉說，「培尼狄克眞是這樣全心全意地愛著貝特麗絲嗎？」

希羅回答說：「親王和克勞狄奧先生都這麼說，他們一直要我把這件事告訴她。可是我勸他們說，要是他們愛護培尼狄克的話，就永遠不要讓貝特麗絲知道這件事。」

「是啊，」歐蘇拉回答說，「可千萬別讓她知道他愛她，免得她嘲弄他。」

「唉，說實在的，」希羅說，「不管是多麼聰明、高貴、年輕或者漂亮的男子，她都會把他說得一文不值。」

「對，對，這樣吹毛求疵的毛病眞是不大好。」歐蘇拉說。

「是啊，」希羅回答說，「可是誰敢去跟她說呢？我要是去說的話，她會把我譏笑得無地自容。」

「哦，妳冤枉妳的表姊了，」歐蘇拉說，「她不會這麼沒眼光，居然拒絕像培尼狄克這樣一位難得的紳士。」

「他很有名望，」希羅說，「說實在的，除了我親愛的克勞狄奧以外，在義大利就算他最了不起。」

這時候，希羅暗示她的侍女該換換話題了，於是歐蘇拉又說：「小姐，妳何時結婚呢？」希羅說她明天就跟克勞狄奧結婚，她要歐蘇拉跟她一起去挑幾件新衣服，她要跟她商量一下明天該穿什麼好。

貝特麗絲一直屏息急切地聽著這番談話。她們走了以後，她就問自己：「我的耳朵怎麼會這麼熱？這是眞的嗎？輕蔑和嘲笑，永別了！再見了，少女的驕傲！培尼狄克，愛下去吧！我不會辜負你的，讓我這顆野馬似的心在你充滿愛情的手中馴服吧。」

不論誰看到這一對老冤家變成了親愛的新朋友，看到天性快樂的親王用有趣的計策哄得他們倆愛上彼此以後第一次會面的情景，都一定會感到愉快的。

可是現在我們也該說說希羅遭遇到的可悲處境了。第二天本來是希羅結婚的日子，卻給她和她善良的父親里奧那托的心帶來了傷害。

親王有個同父異母的弟弟叫唐．約翰，他跟親王一起從戰場來到了梅辛那。這個弟弟是個陰鬱又不安分的人，似乎全部心思都用在盤算陰謀詭計。他恨親王哥哥，恨克勞狄奧，因爲克勞狄奧跟親王的關係很好。因此，他決定阻擾克勞狄奧跟希羅結婚，目的只是爲了讓克勞狄奧和親王痛苦，而他也好從中得到損傷別人的快樂，因爲他知道親王一心一意想成全這門婚事，對這件事熱心得不亞於克勞狄奧自己。爲了達到這個毒辣的目的，他雇了一個跟他一樣壞的人，名叫波拉契奧。爲了能夠指使這個人，唐．約翰許諾付給他一大筆錢。說來也巧，這個波拉契奧正在跟希羅的侍女瑪格麗特談戀愛。

唐．約翰知道了這個消息，就慫恿他去讓瑪格麗特答應當天晚上等希羅睡著以後，隔著她主人的臥室窗戶跟他談心，並且還要穿上希羅的衣裳，因爲這樣更容易騙克勞狄奧，讓他相信那就是希羅。唐．約翰想透過這個毒計來達到他的目的。

唐．約翰接著前往親王和克勞狄奧那兒，告訴他們希羅是個很不檢點的姑娘，她深更半夜隔著臥室的窗戶跟男人談心。這天正是結婚前一晚，他表示願意當天夜裡帶他們去，讓他們親耳聽到希羅隔著她的窗戶跟一個男人談心。他們也同意跟他一塊兒去，克勞狄奧還說：「要是今天晚上我看到什麼有礙於我跟她結婚的事，那麼明天我就要在本來預備跟她結婚的教堂裡，當眾羞辱她。」

親王也說：「我既然幫你把她追求到手，我也要跟你一起羞辱她。」

唐．約翰當天晚上把他們帶到希羅的臥室附近，結果他們看見波拉契奧站在窗戶下面，還看見瑪格麗特從希羅的窗戶往外看，並且聽見了她跟波拉契奧談心。但由於瑪格麗特穿的是希羅的衣裳，不巧的是這衣裳親王和克勞狄奧曾看見希羅穿過，於是他們都相信那是希羅本人了。

克勞狄奧自以爲揭發了這件事，氣得發狂了，他對清白無辜的希羅的一股愛情馬上轉成了仇恨。他決定按之前所說的那樣做，第二天在教堂裡戳穿這件事。親王也表示同意，他認爲無論把什麼樣的責罰加在這個不規矩的姑娘身上也不算苛刻，因爲就在準備跟高貴的克勞狄奧結婚的前一晚，她居然還隔著窗戶跟另外一個男人談心。

第二天，他們都聚在一起準備舉行婚禮。克勞狄奧和希羅站在神父面前，神父正要宣佈婚禮開始，克勞狄奧卻用激動的言詞宣佈了無辜的希羅的罪狀。希羅聽到他說出這樣荒唐的話來，內心感到非常驚訝。她溫順地說：「我的夫君，你生病了嗎？怎麼說出這種話來？」

里奧那托非常震驚，就對親王說：「殿下，你怎麼不說話呢？」

「我說什麼好呢？」親王說，「我竭力慫恿我的好朋友跟一個不可取的女人結合，我已經夠丟臉了。里奧那托，我以人格向你起誓，我自己、我弟弟和這位懊惱的克勞狄奧，昨天晚上我們確實看到並且聽見她半夜裡在臥室的窗口跟一個男人談心。」

培尼狄克聽到這些話很驚訝，他說：「這不像是在舉行婚禮啊！」

「這是眞的嗎？天啊！」傷心的希羅回答說。接著這位不幸的姑娘就暈了過去，看起來完全像是死去的樣子。

親王和克勞狄奧沒有留下來看看希羅是否有甦醒過來，也沒有理會他們這麼做會讓里奧那托多麼痛苦，就離開了教堂。憤怒使他們的心腸變硬了。

貝特麗絲正努力想辦法讓希羅甦醒過來，培尼狄克也留下來幫忙。他問：「她怎麼啦？」

「我想她是昏死了，」貝特麗絲苦惱地回答說。因爲她很愛她的表妹，她知道希羅平時品行端正，所以她根本就不相信剛才聽到的那些壞話。

可憐的老父親卻不是這樣，他相信他的孩子讓人羞愧的事情。這時候希羅像個死人似地躺在他面前，他朝著女兒哀歎，巴不得她再也別睜開眼睛，人們聽著眞是淒慘極了。

可是老神父是個聰明人，非常善於觀察人的性格。當這姑娘聽到別人責備她的時候，他特別注意了姑娘的神色，當時看到她臉上湧上羞辱的紅暈，接著天神般的白色又把羞紅的臉色趕跑了，在她眼睛裡又興起了一股怒火，由此可以看出親王指責這個少女不貞的話是沒有根據的。於是，他對傷心的父親說：「如果這位可愛的姑娘不是受到很大的冤枉，無辜地躺在這裡，你就罵我傻子，別再相信我的學問、我的見識，也別再相信我的年齡、我的身分或者我的職務了。」

希羅從昏迷中甦醒以後，神父對她說：「姑娘，他們指責妳跟什麼人要好呢？」

希羅回答說：「那些告我的人知道是什麼人，但我不知道。」然後她回過頭對里奧那托說：「啊，父親，您要是能證明有人在不適當的時候跟我談過心，或是昨天晚上我跟什麼人說過一句話，那麼您就別再認我，您就恨我、折磨我吧。」

神父說：「親王和克勞狄奧一定是有什麼奇怪的誤會。」然後他勸里奧那托宣佈希羅已經死了。他說，他們離開希羅的時候，她正處在彷彿死去的昏迷狀態中，他們會很容易相信這些話的。他還勸他穿上喪服，爲她立一座墓碑，凡是屬於葬禮的儀式都要一概照辦。

「爲什麼要這樣做呢？」里奧那托說，「這樣做有什麼好處呢？」

神父回答說：「宣佈她死了會把毀謗變成憐憫，這樣會有些好處，可是我所盼望的好處還不僅僅是這一點。克勞狄奧一旦得知她是聽到他那些話而死去的，她生前的面容就會親切地浮現在他的腦海裡。如果愛情曾經打動他的心，這時候他就會哀悼她，儘管他仍舊自以爲揭發的是事實，他也會後悔不該那麼譴責她。」

這時培尼狄克說：「里奧那托，你聽神父的話吧，雖然你知道我是多麼愛親王和克勞狄奧，我還是用我的人格擔保不會洩露這個秘密。」

經過這樣的勸說，里奧那托答應了。他悲痛地說：「我現在傷心的連最細的一根線都能牽著我走。」

然後，好心的神父就把里奧那托和希羅帶走並安慰他們，結果就只剩下貝特麗絲和培尼狄克兩個人留了下來。他們那幾位朋友佈置了一個有趣的計策，原本是爲了讓他們這樣見面，指望從中大大尋一下開心。如今，那些朋友都苦惱得垂頭喪氣，也沒什麼心思來尋歡作樂了。

培尼狄克先開口，他說：「貝特麗絲小姐，妳一直在哭泣嗎？」

「是呀，我還要繼續哭泣呢。」貝特麗絲說。

「是的，」培尼狄克說，「我相信妳的好表妹受到了冤枉，」

「唉！」貝特麗絲說，「要是有誰能替她伸冤，我該如何去酬謝他啊！」

於是培尼狄克說：「有什麼辦法能表示這種友誼嗎？世界上沒有比我更愛妳的人了，妳覺得很奇怪嗎？」

「我也可以說，」貝特麗絲說，「在這個世界上沒有比我更愛你的人了。可是不要相信我，雖然我沒有撒謊。但我什麼也不會承認，什麼也不會否認。我只是很替我表妹難過。」

「我以我的劍起誓，」培尼狄克說，「妳愛我，我也承認我愛妳。來，隨便妳吩咐我爲妳做什麼事吧。」

「殺了克勞狄奧！」貝特麗絲說。

「啊，那無論如何也不行！」培尼狄克說。因爲他愛他的朋友克勞狄奧，並且相信克勞狄奧被人捉弄了。

「克勞狄奧信口誹謗、侮辱我的表妹，破壞她的名譽，難道他不是個壞蛋嗎？」貝特麗絲說，「啊，我要是個男人就好了！」

「聽我說，貝特麗絲！」培尼狄克說。

可是任何替克勞狄奧辯護的話貝特麗絲一句也聽不進去。她繼續逼著培尼狄克替她表妹報仇。她說：「隔著窗戶跟一個男人談心，說得挺像是那麼一回事的！可愛的希羅！她被冤枉、被毀謗了，她這輩子就這麼完了，都是因爲克勞狄奧的緣故！但願我自己是個男人！或者我能有個朋友，爲了我他願意作一個男子漢！可是所有的勇氣都已經融化成禮貌和恭維了。我既然不能憑著願望變成男人，我只好繼續當個女人，然後傷心而死。」

「等等，好貝特麗絲，」培尼狄克說，「我舉起這隻手向妳發誓，我愛妳。」

「你要是愛我，就別只用手來發誓，拿它做點別的吧！」貝特麗絲說。

「憑心而論，妳認爲克勞狄奧冤枉希羅了嗎？」培尼狄克問。

「是啊，」貝特麗絲回答說，「就像我知道我有思想、有靈魂那樣千眞萬確。」

「好吧，」培尼狄克說，「我答應妳去向他挑戰決鬥。讓我親親妳的手再走。我舉起手向妳發誓，我一定狠狠地讓克勞狄奧吃點苦頭。請妳等待我的消息，想念著我，去安慰妳的表妹吧。」

正當貝特麗絲竭力慫恿培尼狄克，並且用憤慨的話激發他的俠肝義膽，讓他爲了希羅不惜去向他親密的朋友克勞狄奧挑戰決鬥的時候，里奧那托也在向親王和克勞狄奧挑戰決鬥，要他們用劍來回答他們帶給他女兒的傷害，說她已經傷心死去了。可是他們由於尊敬他的年長，同情他的悲傷，就說：「不，不要跟我們吵架了，好心的老人家。」

這時候，培尼狄克來了，他也向克勞狄奧挑戰決鬥，要他用劍來答覆他帶給希羅的傷害。克勞狄奧和親王都說：「這是貝特麗絲叫他來做的。」但要不是因爲天理公道在此時爲希羅的清白無辜帶來了比決鬥更好的證明，克勞狄奧一定會接受培尼狄克的挑戰的。

親王和克勞狄奧還在談論培尼狄克的挑戰的時候，一個獄卒把波拉契奧當作犯人押到親王這兒來了。原來，波拉契奧跟他的同伴談起唐・約翰雇他去做的勾當，被人聽見了。

波拉契奧當著克勞狄奧的面把一切都對親王招供出來。他說隔著窗戶跟他談心的是穿上小姐衣裳的瑪格麗特，他們把她錯當成希羅姑娘本人了。這麼一來，克勞狄奧和親王心裡再也不懷疑希羅的清白無辜了。即使他們還有什麼猜疑的話，唐・約翰的逃跑也讓他們的懷疑一掃而光了。唐・約翰知道他做的壞事敗露了，他哥哥當然會相當震怒，就從梅辛那逃走了。

克勞狄奧知道他冤枉了希羅，心裡非常悲痛，他眞的以爲希羅一聽到他那些殘酷的話就死去了。他所愛的希羅的影子又在他腦海中出現，依然像他最初愛上她的時候那樣美麗。親王問他剛才聽到的話是不是像烙鐵一樣熨透了他的心。他回答說，聽到波拉契奧說的話，他覺得自己像是吃了毒藥似的。

於是，醒悟過來的克勞狄奧懇求里奧那托寬恕他帶給他孩子的傷害。他發誓說，由於他曾經輕信別人對他未婚妻的誣告，隨便里奧那托給他怎樣的懲罰，爲了親愛的希羅，他都願意承受。

里奧那托對他的懲罰是要他第二天早晨跟希羅的一個表妹結婚。他說這個姑娘現在是他的繼承人了，她長得十分像希羅。克勞狄奧爲了履行他對里奧那托所發出的莊重誓言，就答應跟這個不相識的姑娘結婚，即使她是個黑人也沒關係。可是他心裡非常難過，他在里奧那托爲希羅立的墓碑前流著淚，在悔恨的悲傷中度過了一夜。

到了早晨，親王陪著克勞狄奧到教堂來了。那位好心的神父、里奧那托和他的侄女都已經聚在那兒了，準備舉行第二次婚禮。里奧那托把許配給克勞狄奧的新娘介紹給他。她戴著一副面罩，克勞狄奧看不到她的臉。克勞狄奧對這位戴著面罩的姑娘說：「在這位神聖的神父面前，請把妳的手遞給我；要是妳願意跟我結婚，我就是妳的丈夫。」

「我活著的時候，曾做過你的另一個妻子。」這個不相識的姑娘說，接著她把面罩揭開。原來，她並不是什麼侄女，而是里奧那托的親生女兒，希羅姑娘本人。克勞狄奧本來以爲她死了，現在對他說來，這當然是再高興不過的意外了，他快樂得幾乎不敢相信自己的眼睛。親王看到這一切，也同樣吃了一驚。他大聲說：「這不是希羅嗎，不是那個死去的希羅嗎？」

里奧那托回答說：「殿下，在毀謗還活著的時候，她的確死了。」

神父答應他們，舉行完儀式後，把這個好像是奇蹟的事情解釋給他們聽。他正要爲他們進行婚禮，培尼狄克攔住神父說，他同時也要跟貝特麗絲結婚。貝特麗絲對這個婚姻稍微表示了一下反對，於是培尼狄克就提起貝特麗絲對他表示過的愛情（這是他從希羅那兒聽來的）來質問她。這時候就有了一場愉快的解釋，他們這才發現原來兩個人都上了當，相信了一場根本就不存在的愛情。一個捉弄人的玩笑卻使他們成了眞正的情人。可是用一個有趣的計策哄騙他們發生的感情，現在已經十分強烈了，一本正經的解釋也無法動搖了。

培尼狄克既然已經提議跟她結婚，隨便人們用什麼辦法來反對，他也不理睬了。他繼續快樂地跟貝特麗絲開著玩笑，對她發誓說：「他只是爲了可憐她才娶她的，因爲聽說她害相思病，簡直快要病死了。」貝特麗絲還嘴說：「她是經過好久的勸說才讓步的，一半也是爲了救他一命，因爲聽說他一天天憔悴下去。」

於是兩個狂蕩的口才家和解了，並且在克勞狄奧和希羅完婚後，也跟著結爲夫妻了。在故事的結尾還要補充一下：設計那個陰謀的唐·約翰在逃跑的路上被逮住，押回梅辛那來了。這個陰鬱又不安分的人親眼看到他做的勾當失敗了，梅辛那王宮裡的盛宴和到處充斥著的歡樂本身就是對他最嚴厲的懲罰。

♋ 皆大歡喜

在法蘭西各省林立（或者照當時的說法，叫做公國）的時候，有一個省發生了政變。篡位者廢除了他哥哥合法的公爵地位，並把他放逐出去，從而奪取了統治權。

那位公爵被放逐之後，帶著幾個忠實的隨從，在亞登森林裡長期過著隱士般的生活。這些人為了公爵，心甘情願在外面過著顛沛流離的生活，而他們的土地和收入則被奸詐的篡位者肆意揮霍。在這等慢慢習慣之後，他們倒覺得這種自由自在的生活比宮廷裡那種華而不實的場面舒服多了。在這兒，他們的生活就像英國古時候的羅賓漢，每天都可以看到許多貴族青年離開宮廷，來到這個樹林子裡，大家就像生活在黃金時代的人們一樣，在無憂無慮中任時光飛逝。夏天，他們並排躺在大樹下，享受著涼爽的綠蔭，看著野鹿嬉戲。野鹿好像是樹林裡天生的住戶，他們非常喜歡這些帶著斑點的小東西。因此，當為了填飽肚皮而不得不宰殺牠們的時候，他們心裡總是特別難受。

冬日凜冽的寒風讓公爵聯想到他那多變的悲慘命運，但他總是耐心地忍受著，並且告訴自己：「刮在我身上的陣陣寒風都是忠臣，它們不奉承我，而是把最真實的處境展示給我。風吹在身上雖然也是刀割般地疼痛，卻不像忘恩負義的牙齒那麼尖銳。我終於明白，無論人們怎樣抱怨逆境，都可以從中得到一些好處，就像那可以做貴重藥材的寶石，卻是從有毒的、受人輕視的癩蛤蟆腦袋裡取出來的一樣。」

這位公爵有著堅強的耐力，他就是這樣從他的周圍不斷地吸取著教訓。所以，雖然生活在人煙稀少的地方，他還是靠著這種性格，從所有的事物上去發現益處，比如他能夠從樹上找到語言，從潺潺的小河中找到知識，從岩石上找到教訓。

這位被流放的公爵有一個獨生女叫羅瑟琳。篡位的弗萊德里克公爵雖然放逐了她的父親，卻仍然把她留在宮裡，和自己的女兒西莉婭做伴。她們父親的不和睦不僅沒有影響到她們密切的友誼，反而使西莉婭竭力討羅瑟琳的歡心，藉以彌補自己父親對羅瑟琳的父親所犯的罪過。所以，每逢羅瑟琳因爲父親的被放逐、以及她自己的寄人籬下而悲傷的時候，西莉婭總是全心全意地安慰她，開導她。

有一天，西莉婭就像平時一樣對羅瑟琳說：「羅瑟琳，我的好堂姊，請妳快樂點吧。」這時候，公爵派來了一個人，告訴她們說，有一場摔角比賽就要開始了，要是她們想去觀賞，就要趕快到宮殿前面的院子裡去。西莉婭覺得這可能會讓羅瑟琳開心點，就同意去觀賞了。

雖然如今只有鄉下人才摔角，可是那時候宮廷裡是很盛行這種遊戲的，而且還當著美麗的貴夫人和公主們的面來較量呢。於是，西莉婭和羅瑟琳就去觀賞了。到了那兒，她們覺得這場摔角一定會很慘，因爲雙方的差距太明顯了：一個身材高大、很有力氣，而且對摔角富有經驗，曾在比賽中打死過許多人；而另外一個非常年輕，對這種遊戲又毫無經驗，連觀眾都認爲他一定會被打死。

公爵看見了西莉婭和羅瑟琳，就說：「我的女兒和侄女，妳們也到這兒來看摔角了嗎？這場比賽實在沒什麼意思，兩個人的差距太明顯了。我很同情這個年輕人，我想他別參加的好。姑娘們，妳們去跟他說說吧，看能不能勸得動他。」

這種合乎人道的事，姑娘們都很樂意去做。先是西莉婭苦口婆心地勸這位陌生的年輕人放棄這場比賽，接著羅瑟琳又非常懇切地跟他談，說她非常擔心他會冒險，但這些溫柔的話不但無法勸他放棄比賽，反而讓他更想憑自己的勇氣在這個可愛的姑娘面前一顯身手。他用十分委婉謙遜的話謝絕了西莉婭和羅瑟琳的請求，這倒使她們對他愈加關心了，最後，他是這樣拒絕的：

「拒絕像妳們這樣美貌出眾的姑娘所提出的要求，我十分抱歉，但請妳們用美麗的眼睛和溫柔的心來伴隨我參加這場比賽吧。我要是輸了，那也不過是一個從未被人愛過的人丟臉；我要是死了，那也不過是死了一個心甘情願赴死的人。我不會對不起朋友，因爲我根本沒有朋友來哀悼我；我也不會對這個世界造成損失，因爲我在世上什麼也沒有；我把自己在世上佔據的位置空出來，也許可以由更好的人來遞補。」

現在，摔角比賽開始了。西莉婭希望這個年輕的陌生人能安然無恙，可是羅瑟琳最理解他。他剛才所說的沒有朋友的境遇和他想死的那番話，使羅瑟琳想起了自己的遭遇，覺得他們同病相憐，她非常憐憫他。在摔角的時候，羅瑟琳深深地關注他所處的境地，簡直可以說在當時就愛上了他。

兩位高貴、美麗的姑娘對這個不知名的青年的關心，竟然給了他勇氣和力量，讓他創造了奇蹟，最終打敗了對手。那位身材高大的對手傷得很重，有很長一段時間不能說話，也無法動彈。

看到這個年輕的陌生人所表現出來的勇氣和武技，弗萊德里克公爵感到很高興。他想瞭解一下他的姓名和家世，以便提拔他。

年輕人說他名叫奧蘭多，是羅蘭・德・鮑埃爵士的小兒子。

奧蘭多的父親羅蘭・德・鮑埃爵士好幾年前就去世了，他在世的時候和被逐的公爵關係很好，他們既是君臣又是密友。因此，弗萊德里克一聽奧蘭多的父親竟然和那個被他放逐的哥哥是朋友，他對這個勇敢的年輕人的好感就全部消失了，取而代之的全是惱怒，於是他非常不高興地走開了。現在，只要是他哥哥的朋友，隨便聽到哪個名字他都討厭，可是仍然佩服這名青年的英勇，因此他離開的時候說：「要是奧蘭多是別人的兒子就好了。」

羅瑟琳這才知道她剛剛喜歡上的人是她父親的老朋友的兒子，她很高興。於是她對西莉婭說：「我父親很愛羅蘭・德・鮑埃爵士，我要是早知道這個年輕人是他兒子的話，我就會流著淚求他不要冒險了。」

接著兩位姑娘走到他面前，這時奧蘭多正因爲公爵突然發了脾氣而感到羞愧，沒想到兩位姑娘竟對他表示親切的鼓勵。臨走前，羅瑟琳又回過頭來，對著父親老朋友的這個年輕勇敢的兒子說了些體貼的話，還從脖子上拿下一條項鏈，說：「先生，請為我戴上這個吧。如果我的運氣比現在好，我會送你一件更貴重的禮物。」

只剩下兩位姑娘在一起的時候，羅瑟琳還是口口聲聲說著奧蘭多，這樣西莉婭就很容易看出她的堂姊愛上這個年輕的摔角家了。她對羅瑟琳說：「妳就這樣一下子愛上他了嗎？」

羅瑟琳說：「我的父親曾經很欣賞他的父親。」

「這麼說妳就得熱烈地去愛他的兒子嗎？」西莉婭說，「如此說來，我豈不是應該恨他了？因為我的父親恨他的父親啊，不過我並不恨奧蘭多。」

羅蘭・德・鮑埃爵士的兒子讓弗萊德里克聯想起被放逐的公爵有許多貴族朋友，這讓他很生氣；同時，大家對他侄女的誇獎和同情也讓他對羅瑟琳起了壞心眼。當西莉婭還在跟羅瑟琳談論著奧蘭多的時候，弗萊德里克走進了屋子，怒容滿面地命令羅瑟琳立刻離開王宮，去找她父親過流亡的生活。西莉婭的苦苦哀求也毫無用處。弗萊德里克竟然說，讓羅瑟琳待在宮裡不過是因為西莉婭。

「可是那時候，」西莉婭說，「我並沒有要求您留下她，因為那時候我還太小，不懂她的好，但是現在我知道她有多好了。我們一起睡覺，一起念書、玩耍、吃飯，要是沒有她的陪伴，我就活不下去了。」

弗萊德里克回答說：「她太讓人捉摸不定了。她的圓滑、沉默和耐性，都是在向民眾求情，求他們可憐她。妳還要替她求情，眞是個傻子！她走了，妳才會顯得更聰明、更有德行！好了，不要替她求情啦，我對她下的判決是不能挽回的。」

西莉婭一發現她說服不了父親讓羅瑟琳留在身邊，就毅然決定跟羅瑟琳一起走。當天晚上，她就離開宮廷，陪著她的朋友羅瑟琳前往亞登森林去尋找她的父親，也就是被放逐的公爵。

出發以前，西莉婭提議扮成鄉下姑娘的模樣，一來是因爲兩個年輕姑娘穿著華麗的衣裳趕路，恐怕不安全，同時也可以隱瞞起她們的身分。羅瑟琳說，要是她們之中的一個女扮男裝，那就更保險了。因爲羅瑟琳個子高，她們很快就決定，由她扮成一個年輕的莊稼漢，而西莉婭就扮成鄉下姑娘。她們對別人宣稱是兄妹，羅瑟琳化名叫蓋尼米德，西莉婭則取了愛蓮娜這個名字。

兩位美麗的郡主化妝後，帶著錢和寶石作爲盤纏，展開了漫長的旅行。亞登森林距離出發地很遠，在公爵領土的邊界以外。

羅瑟琳姑娘（以後該叫她蓋尼米德了）穿上男人的衣裳，似乎也有了男人的勇氣。她們互相陪伴，走著這令人疲憊的路。其間西莉婭表現出的忠實友誼，使得這個新哥哥也努力用愉快的精神來報答這種誠摯的愛，就彷彿他眞的是蓋尼米德——溫柔的鄉下姑娘愛蓮娜的粗魯、勇敢的哥哥。

這一路，她們還算順利。但到了亞登森林後，她們找旅館就沒那麼方便了，吃住也沒有那麼舒服了。一路上，本來都是蓋尼米德用輕鬆有趣的話鼓舞他的妹妹，但現在由於缺乏飲食和休息，他也對愛蓮娜承認，他已經累得不想顧及男子打扮，而像個女人一樣大哭一場了。可是聽到愛蓮娜也

穿上男人的衣裳，似乎也有了男人的勇氣

說走不動了，蓋尼米德又拚命記起男人有責任安慰、勸解女人，因爲女人比較柔弱。所以，爲了在他新妹妹面前顯示勇敢，他說：

「喏，愛蓮娜妹妹，堅強一些，咱們的路走完了，已經到亞登森林了。」

可是硬裝出來的男子氣概和勇氣再也不能支持她們了，因爲她們雖然到了亞登森林，卻不知道到哪兒去找公爵。這兩位姑娘實在走累了，她們想，這趟旅行也許只能得到一個悲慘的結果：迷路、餓死。幸運的是，當她們疲憊地坐在草地上，以爲沒有希望獲救的時候，一個鄉下人恰好路過這裡。這個時候，蓋尼米德又裝出男人的大膽神情說：

「牧羊人，這位年輕姑娘是我的妹妹，她走得太累了，加上由於沒有吃的，她餓昏了。所以，不管是憑人情還是金錢，請你給我們點食物和水，然後再幫我們找個能夠休息的地方吧。」

那人回答說：他不過是一個牧羊人的僕人，因此，他只能提供她們一點點可憐的食物。但他的主人想要賣房子，要是她們肯跟他去的話，就可以分享那兒的東西了。於是她們就跟著他一起走，獲救的希望帶給她們新的力量。結果，她們買下了牧羊人的房子和羊群，並把那個僕人雇來伺候她們。就這樣，她們很幸運的得到了一間整潔的茅屋和充足的糧食。她們決定在這兒住下來，直到打聽出公爵住在森林裡的哪一帶爲止。

等她們慢慢從旅途的疲勞中休息過以後，她們就喜歡起這種新的生活方式來，而且幾乎以爲自己眞的就是現在所假裝的牧羊郎和牧羊女。不過偶爾，蓋尼米德還記得她曾經是羅瑟琳姑娘，她癡情地愛上了勇敢的奧蘭多，只因爲奧蘭多是她父親的朋友老羅蘭爵士的兒子。雖然蓋尼米德以爲，奧蘭多和她們的距離就像她們走過的旅程一樣遙遠。可是她卻意外的發現，原來奧蘭多也在這座亞登森林裡，這件離奇的事是這樣發生的。

奧蘭多是羅蘭・德・鮑埃爵士的小兒子。爵士死的時候，曾把他交給他的大哥奧列佛去撫養，因爲奧蘭多當時年紀還小。爵士在祝福奧列佛的同時，還囑咐他要讓小弟弟受到良好的教育，要像他們的古老門第那樣尊貴。可是奧列佛不是個好哥哥，他毫不顧念父親臨終前的吩咐，一直沒把弟弟送進學校去，只是讓他待在家裡，沒人照顧，也沒人教導。所幸奧蘭多的天性和高貴的品德非常像他卓越的父親，所以儘管沒受過什麼教育，他卻像個被悉心教養的青年，相貌堂堂，舉止又落落大方。這麼一來，奧列佛非常妒忌他這個沒受過教育的弟弟，竟想把他害死。正是因爲這個目的，他唆使人去勸他跟那個有名的摔角師比賽摔角——前面已說過，這個摔角師打死過許多人。而奧蘭多也是因爲這個殘忍的哥哥對他漠不關心，才說出自己無朋無友、情願去死的那番話。

可是，他弟弟居然獲勝了，這實在有違奧列佛惡毒的願望，結果他更遏止不住自己的嫉妒心，發誓要放火燒掉奧蘭多的屋子。可是，奧列弗的誓言卻被伺候過他父親的一個忠實的老僕人聽見了。這個僕人很愛奧蘭多，因爲他跟羅蘭爵士簡直長得一模一樣。他不希望小主人遭遇不測，所以當奧蘭多從公爵的宮廷回來的時候，這個老頭兒迎了出來。他看見奧蘭多，想到親愛的少爺所處的危境，就不由得嚷嚷起來：

「啊，我善良的主人，我的好主人，啊，您讓我想起了老羅蘭爵爺！你爲什麼要這麼好呢？您爲什麼要這麼善良、健壯、勇敢呢？您怎麼這樣傻，竟打敗了那個有名的摔角師呢？您的名聲傳得太快，已經比您先到家了。」

奧蘭多聽了這些話，有點莫名其妙，就問他到底是怎麼一回事。老頭兒告訴他說，他那壞心眼的哥哥本來就妒忌大家對他的愛戴，如今又聽說他在公爵的宮廷裡打勝了摔角師，得到了榮譽，就打算當天晚上要放火燒掉他的屋子，並把他害死。所以，他勸奧蘭多馬上逃走，躲開危險。亞當（就是那個好心腸的老頭兒）知道奧蘭多沒錢，早把他自己那點儲蓄隨身帶來了。他說：

「我有五百克朗，這是我在您父親手下做事的時候省吃儉用存下的，本來是我預備養老的，您拿去吧，上帝餓不死烏鴉，我老的時候，他也會照顧我的！您把這筆錢都拿去，把我當成您的僕人吧。我雖然看起來有點老，可是不管您有什麼吩咐，需要什麼，我都會努力去做的。」

「謝謝你，老人家！」奧蘭多說，「古時候的那種忠心耿耿在你身上顯示的是多麼清楚呀！你已經不適合留在此地了。咱們一起走吧，我想不必等到把你年輕時賺來的錢花光，我就可以想辦法賺錢來維持我們兩人的生活。」

於是，這個忠實的僕人就跟著他愛戴的主人一起出發了，他們不知道走哪條路好，只好一直朝前方走去，最後他們來到了亞登森林。他們在這兒找不到吃的食物，同樣遇到了蓋尼米德和愛蓮娜遭受的困難。但他們運氣就沒那麼好了，他們只顧著四處亂走，尋找有人居住的地方，最後是又餓又累，幾乎筋疲力盡了。

終於，亞當無奈地說：「啊，我親愛的主人，我快餓死了，我再也走不動啦！」然後，他就躺了下來，把身體下面的地方當作墳墓，跟他親愛的主人告別。

奧蘭多看到老僕人衰弱到這個地步，就把他抱到舒適的樹蔭底下，對他說：「打起精神來，老亞當，在這兒休息一下，千萬別說什麼死不死的！」

奧蘭多到處去找食物，恰好來到公爵住的地方。此時，尊貴的公爵正坐在草地上，只有幾棵大樹當做遮蔭，原來，公爵和他的朋友們正準備吃飯。

這時候，奧蘭多已經被饑餓逼得不顧死活了，於是他拔出劍來，打算靠蠻力去搶奪吃的東西。他說：「住手，不准再吃了，把你們吃的東西給我！」

公爵問他爲何要這麼蠻橫，是因爲落難，還是因爲不懂禮貌呢？聽了這話，奧蘭多才說，他快餓死了。於是公爵對他說，歡迎坐下來跟他們一塊兒用餐。奧蘭多聽他說話溫和就收起他的劍，但想到自己曾那麼魯莽地向他們索討食物，整張臉頓時羞得通紅。

「請原諒，」他說，「我還以爲這兒是個野蠻之地呢，所以我才擺出一副粗暴的樣子。你們住在這個荒野裡，待在陰涼的樹蔭下，可能會忽略了時間的消逝。可是不論你們曾是什麼人，只要你們經歷過美好的日子，只要你們參加過禮拜，只要你們參加過上流的宴會，只要你們擦過淚水，只要你們懂得憐憫和被憐憫，那麼現在就讓我用這些溫和的話來感動你們，也請你們用人間的善意來對待我吧！」

公爵回答說：「我們的確像你所說，曾經經歷過美好的日子，雖然現在我們住在這個荒涼之地，可是我們也曾在大大小小的城市裡住過，曾經被神聖的鐘聲召集到教堂裡去過，曾經參加過上流人的宴會，也曾從眼皮上擦去因神聖的憐憫而流下的眼淚。所以請你坐下來，儘管吃吧。」

「有一位可憐的老人，」奧蘭多說，「只是因為愛我，一瘸一拐地走了許多疲乏的路，現在正遭受著衰老和饑餓的雙重壓迫。除非他先吃飽了，否則我決不碰食物。」

「快去帶他來吧，把他帶到這兒來，」公爵說，「我們等你回來再吃。」

於是奧蘭多趕快出發，就像一隻母鹿去找牠的小鹿。不一會兒，他就抱著老亞當回來了。公爵說：「快放下那位可敬的老人家，我們歡迎你們兩位。」

隨後為了讓老人恢復精神，他們開始餵他吃東西。終於，老人慢慢緩過氣來，恢復了健康和體力。

公爵問起奧蘭多的情況，這才知道奧蘭多是他老朋友羅蘭·德·鮑埃的兒子，就把他收留下來，加以保護。從此，奧蘭多和他的老僕人就跟公爵一起住在森林裡。

奧蘭多來到森林沒幾天，蓋尼米德和愛蓮娜也到了這裡，並且買下了牧羊人的茅屋。

蓋尼米德和愛蓮娜很驚訝地在樹上發現了羅瑟琳這個名字，而且樹上還繫著十四行情詩，全都是寫給羅瑟琳的。她們正在納悶的時候，正巧遇到了奧蘭多，並且在他脖子上看見了羅瑟琳送給他的項鏈。

奧蘭多無論如何都沒想到蓋尼米德就是那位美麗的羅瑟琳郡主。當初，他也沒想到她那麼高貴的身分，居然會對他表示好感。這使他產生了愛慕之心，一天到晚都在樹上刻她的名字，寫那些十四行詩，讚美她的容貌。不過他看到這個俊秀的牧羊人那優美的神情，他也十分喜歡，就跟他攀談起來。不知怎麼的，他老是覺得蓋尼米德有點兒像他心愛的羅瑟琳，只是他沒有那位高貴的小姐那麼莊嚴，因爲蓋尼米德總是故意裝出成年小夥子常有的魯莽。他還非常頑皮、詼諧地跟奧蘭多談起一個情人的故事。他說：「這個人常到我們的樹林子裡來，在樹皮上刻滿了『羅瑟琳』這個名字，把剛長起來的樹木糟蹋得都不成樣子了，他還在山楂樹上掛起詩篇，在荊棘枝上吊著悲歌，都是讚美那個羅瑟琳的。我要是能夠找到這個癡情郎，一定好好爲他出個主意，治好他的相思病。」

聽到這些話，奧蘭多承認就是他自己害了相思病，他要求蓋尼米德把剛才提到的好主意告訴他。沒想到蓋尼米德的主意竟是要奧蘭多每天到他和他妹妹愛蓮娜住的茅屋裡來。

「然後，」蓋尼米德說，「你就把我當作羅瑟琳，向我求愛，而我就模仿那些水性楊花的姑娘，用她們對付情人的花招對待你，直到你爲自己的癡情而害臊。你覺得這個方法如何？」

奧蘭多對此並沒有什麼信心，不過他還是很樂意每天到茅屋來，假裝進行一齣求婚的戲。從此，奧蘭多每天都來找蓋尼米德和愛蓮娜，並把蓋尼米德當作他的羅瑟琳，每天都對他說些只有情人才會說的甜言蜜語。不過，這對奧蘭多的相思病好像並沒有發揮什麼作用。

儘管奧蘭多以爲這不過是一場鬧劇，因爲他無論如何都不會想到蓋尼米德眞的是他的羅瑟琳，可是他卻因此而把心底所有的話都說出來了。當蓋尼米德知道這些纏綿的情話都是說給自己的，她也有絲竊喜，這麼一來，兩人都得到了快樂。

就這樣，這些年輕人在快樂中一天度過一天。看到蓋尼米德對這齣求婚戲興致勃勃，自己也覺得有趣，好心的愛蓮娜就沒有去提醒蓋尼米德，說羅瑟琳姑娘到現在還沒有跟她的公爵父親相認。原來，她們已經從奧蘭多嘴裡得知了父親的住處。而且有一天，蓋尼米德還遇到了公爵，並跟他聊了一會兒，公爵還問起他的家世。但蓋尼米德只是說，他的家世跟公爵一樣好，公爵沒想到這個漂亮的牧童會是王族出身，就笑了起來。蓋尼米德看到公爵氣色很好，又過得滿快樂的，就想過幾天再說吧。

某天早晨，奧蘭多正要像平常一樣去找蓋尼米德，卻看見一個人躺在地上睡覺，他脖子上還繞著一條大綠蛇。看見奧蘭多走近，那蛇就溜到矮樹叢裡去了。奧蘭多又走近一些，看見一隻母獅子在地上趴著，頭抵著地，等著那個睡覺的人醒來（據說獅子不肯吃死的或是睡著的動物）。彷彿是上天故意派奧蘭多來拯救這個人似的，可是當奧蘭多看了一下那個睡覺的人，卻發現這個身處險境的人竟是他哥哥奧列佛。一想到奧列佛曾經那麼狠心虐待他，還恫嚇要放火燒死他，他幾乎想一走了之，任那隻饑餓的母獅子把他吃掉。可是手足之情和他善良的本性馬上壓倒了他對哥哥的忿恨，他拔出劍來朝那隻獅子撲了過去。雖然他的一隻胳膊被獅子抓破了，但他最後還是殺死了獅子，救了哥哥的性命。

奧蘭多跟獅子搏鬥的時候，奧列佛醒了。看到弟弟正冒著生命危險與狂怒的猛獸搏鬥，再想想自己曾經那麼殘忍地對待奧蘭多，他心中充滿了慚愧和悔恨。他懺悔著自己以前的卑劣行爲，痛哭流涕地請求弟弟饒恕他曾犯下的過錯。看到他這麼後悔，奧蘭多很高興，立刻就原諒了他，兄弟倆擁抱起來。從那以後，奧列佛就像眞正的哥哥一樣疼愛奧蘭多，雖然他原本是要來森林裡殺害他的。

奧蘭多的傷口流了很多血，他很虛弱，已經沒有力氣去找蓋尼米德了，只好要求哥哥代他去，並把這意外的遭遇告訴蓋尼米德。奧蘭多還說：「我開玩笑地叫他我的羅瑟琳。」

於是，奧列佛就到那兒去了，把奧蘭多受傷的經過原原本本地告訴了蓋尼米德和愛蓮娜。然後，他又向他們承認他就是那個曾經狠心虐待過奧蘭多的哥哥，不過他們兄弟現在已經和好了。

誰能想到，奧列佛說話時所表現出來的誠懇與難過，深深打動了善良的愛蓮娜；而愛蓮娜因此而產生的同情，奧列佛也明顯感受到了；他們竟然相愛了。可是當愛神丘比特這樣偷偷眷顧他們的時候，奧列佛卻只能手忙腳亂地照顧起蓋尼米德來，因爲聽到奧蘭多被獅子抓傷，蓋尼米德暈倒了。等他清醒過來後，還找藉口說，他之所以會暈倒，不過是爲了模仿想像中的羅瑟琳而已。蓋尼米德還對奧列佛說：

「別忘了告訴你弟弟，剛才的暈倒我裝得有多像。」

可是他那蒼白的臉色很難使人相信他的暈倒是裝出來的。奧列佛很奇怪這個年輕人怎麼會這麼脆弱，就說：「好，你要眞是假裝的話，就振作起來，做個堅強的男子。」

「我的確要這麼做，」蓋尼米德老實地回答，「可是憑良心講，我眞該是個女人。」

奧列佛在這兒待了很久才回到他弟弟那兒去。回去之後，除了跟他弟弟說蓋尼米德暈過去的事情，奧列佛還說出自己是如何愛上了那個美麗的牧羊女愛蓮娜。雖然之前從未謀面，但兩人都互有好感。他告訴他弟弟自己打算跟愛蓮娜結婚，似乎都已經決定好了。他還說非常愛她，想當個牧羊人在這裡長住，所以要把家鄉的莊園和房子都讓給奧蘭多。

「我支持你，」奧蘭多說，「你們乾脆明天舉行婚禮吧，我可以去邀請公爵和他朋友們。哦，她哥哥來啦，現在只有她一個人在家了，趁著這個機會，你快去說服你的牧羊女吧。」

於是奧列佛趕緊去找愛蓮娜了，蓋尼米德也走近了，他是來慰問這個受傷的朋友的。

奧蘭多跟蓋尼米德談起了奧列佛和愛蓮娜飛速的愛情。奧蘭多說，哥哥已經去找愛蓮娜，商量第二天結婚的事了，還說這是他的主意。接著他又補了一句：他多麼希望在同一天跟他的羅瑟琳結婚呀。

沒想到蓋尼米德很贊成。他說要是奧蘭多對羅瑟琳的愛眞如自己所說，他的願望就可以實現，因爲第二天他會安排好，讓羅瑟琳親自出面；並且說，羅瑟琳一定會願意跟奧蘭多結婚的。

蓋尼米德解釋說，他叔叔是一個有名的魔法師，他從那兒學了不少魔法，有了魔法，這事就很容易實現了。不過既然蓋尼米德就是羅瑟琳姑娘本人，這件事又有什麼難辦的呢？

癡情的奧蘭多對他聽到的事半信半疑，他問蓋尼米德是不是在騙他。

「我用生命發誓，我說的都是眞話，」蓋尼米德說，「快去穿上你最好的衣裳，邀請公爵和你的朋友們來參加婚禮吧，只要你願意明天跟羅瑟琳結婚，她就一定會來這兒的。」

此時，奧列佛已經說服愛蓮娜，第二天早晨他們倆就來到公爵面前，當然，奧蘭多也一起來了。

大家都聚在一起慶祝這雙重的喜事。可是看到只有一個新娘到場，大家又是驚訝又是猜測，所以大多數人都認爲蓋尼米德是在拿奧蘭多開玩笑。

公爵聽說自己的女兒將要以奇怪的方式出現，就問奧蘭多相不相信牧童的話。奧蘭多正要說，他自己也不知道，這時候蓋尼米德進來了。他問公爵，要是把他女兒帶來，他會不會同意讓她跟奧蘭多結婚。公爵說：

「即使要我拿好幾個王國給她當嫁妝，我也願意。」

接著蓋尼米德又問奧蘭多：「你說過要是我把她帶到這兒來，你就願意跟她結婚，是嗎？」

奧蘭多說：「哪怕我是許多王國的君王，我也願意。」

聽見他們的回答，蓋尼米德和愛蓮娜就一起出去了。蓋尼米德脫下身上的男裝，重新換上女人的衣裳，不需要任何魔法的力量就變成了羅瑟琳；愛蓮娜也脫下了鄉下人的衣裳，換上自己的華麗服裝，毫不費力地變成了西莉婭姑娘。

他們剛剛走開，公爵就對奧蘭多說，他覺得蓋尼米德長得很像他女兒羅瑟琳。奧蘭多說，他也有同感。

但他們還沒來得及細想，羅瑟琳和西莉婭就穿著女裝進來了，當然她不是靠什麼魔法出現的。羅瑟琳進來後，跪在父親面前求他祝福。她出現得這麼突然，在場的人都感到十分奇怪，覺得魔法的力量實在太神奇了。可是羅瑟琳不願意再隱瞞她的父親了，就把被放逐的經過告訴他，她還說假扮成牧童的就是她，而扮作她妹妹的就是西莉婭，她們也住在樹林裡。

公爵兌現了剛才的諾言，於是這兩對戀人就同時結了婚。由於婚禮在這個荒涼的樹林裡舉行，所以沒有宮廷裡那種豪華的排場和儀式，可是這種快樂卻是前所未有的。所有的人都在涼爽的樹蔭下吃著鹿肉，祝福著兩對新人。也許上天想讓這些好心人的幸福更完美，就在這歡樂的時刻，公爵得到了一個可喜的消息：他的領土又物歸原主了。

原來，西莉婭的父親對女兒的逃走暴跳如雷，再加上他又聽說每天都有許多賢明的人到亞登森林去投奔他哥哥——那個被放逐的、合法的公爵，他就產生了強烈的嫉妒心，他嫉妒哥哥在這樣的逆境裡仍然可以這麼受人尊敬。於是就率領大隊人馬向森林趕來，打算一舉消滅他哥哥和所有忠誠的隨從。可是天意使然，這個壞心腸的弟弟從此得到了脫胎換骨的改變。事情是這樣的：

他剛走到這個荒涼的森林，就碰到了一個年老的修道士，其實那是個隱士，他跟隱士的一番談話讓他終於意識到自己的錯誤。從這時候起，他決定痛改前非，放棄不屬於自己的領土，隱退到修道院安度他的餘生。於是，他趕忙派了一個人去見他哥哥，說要把自己篡奪許久的王國還給他，當然也會把土地和收入還給他哥哥的朋友——那些忠實的隨從。

聽到這出人意外的好消息，大家都很高興，婚禮的喜慶和快樂也就更強烈了。此時的西莉婭雖然不再是公國的繼承人，但公爵的復位卻讓羅瑟琳擁有了這個身分，所以她還是非常誠懇地向她表示祝賀。由此可見，她們姊妹間的感情是十分美好的，一點兒妒忌或者羨慕的成分都沒有。

現在，公爵終於有機會來報答那些可敬的隨從了，他們是最忠實的朋友，曾與他同甘共苦、榮辱與共地度過了那些苦難的日子。他們回到了王宮，從此過著平安幸福、豐衣足食的生活。

維洛那二紳士

凡倫丁和普洛休斯是兩個年輕的紳士，他們住在維洛那城裡，長久以來他們始終維持著堅定的友誼。他們在一起讀書、聊天，總之只要有空，兩個人總是在一起，當然，普洛休斯約會時除外。原來，普洛休斯愛上了美麗的朱利婭，他經常談起自己熾熱的愛情，這也是兩人唯一意見不一致的地方。因爲凡倫丁沒嘗試過愛情，所以聽到朋友總是談論他的朱利婭，有時不免有點兒膩煩的心理。於是他就取笑普洛休斯，語帶雙關地嘲弄這種癡情，還說這不過是一種幻想，自己才不要這種無謂的幻想。他還說寧可過自由自在的個人生活，也不願意像普洛休斯那樣，在焦灼盼望、擔驚受怕中度日。

一天早晨，凡倫丁跑來告訴普洛休斯，他們得暫時分開一段時間，因爲他要到米蘭去。普洛休斯不願意跟他的朋友離別，就千方百計地勸說凡倫丁不要離開。可是凡倫丁說：「親愛的普洛休斯，別再勸我了。我不願意像個閒人一樣整天待在家裡，遊手好閒的消磨青春，年輕人老待在家裡，不會有什麼高遠的見識。要不是你的感情已被朱利婭溫柔的眼神拴住了，我也會找你陪我一起去見見世面的。可是你既然在談戀愛，那麼我就不勉強了，祝你們有一個美滿的結果！」

臨別時，兩人相互表示了他們的友誼一定會天長地久。

「再會吧，親愛的凡倫丁，」普洛休斯說，「你要是在路上看到什麼珍貴的東西，希望你能想到我，並且願我也能分享到你的幸福。」

於是，凡倫丁當天就動身了。普洛休斯等朋友離開以後，就坐下來寫信給朱利婭，把信交給朱利婭的女僕露西塔，請她轉交給她的女主人。

其實，朱利婭對普洛休斯早已一往情深了，可是這位小姐有著極強的自尊心，她覺得要是輕易答應他，就會失去少女的尊嚴，所以她假裝不理會他的愛情，讓他感到非常的不安。

因此，當露西塔把信交給朱利婭的時候，她不但不肯收下，還責怪女僕不該從普洛休斯手裡把信接過來，然後吩咐她離開房間。可是朱利婭又很想知道信裡寫什麼，所以馬上又把女僕叫了回來，問：「幾點啦？」

露西塔知道她的女主人其實更想看到信的內容，就沒回答她的問題，而是把那封她拒收的信又遞了過去。朱利婭看到女僕居然看透了她的心思，就很生氣地把信撕碎了，扔在地上，又吩咐女僕馬上離開。於是露西塔一邊往外走，一邊停下來撿那封已撕壞的信，可是朱利婭並不願意她把碎紙片拿走，就假裝發脾氣說：「出去，給我出去，這些紙片儘管留在地上好了。妳這麼收拾，只會惹得我更生氣。」

然後朱利婭就開始努力地拼湊這些碎紙片，她最先認出來的是「愛情受了創傷的普洛休斯」這幾個字。儘管這幾個字和其他類似的癡情字眼一樣撕碎了，她還是認出來了。於是就爲它們哀歎，並且跟這些纏綿的詞句說話，說她要把它們放在懷裡，就像讓它們睡在床上一樣，直到傷口復原爲止；還說她會吻每一片碎紙，向它們賠罪。

她就這樣帶著溫柔可愛的稚氣說下去。可是後來才發現，無論如何也無法把信拼湊完整，她又開始惱恨自己不該那麼狠心，竟把這麼甜蜜纏綿的情書撕毀了。於是，她回了封信給普洛休斯，這封回信比她過去所寫的任何一封都要溫存許多。

從這封信中，普洛休斯感受到了朱利婭對他的好感，他欣喜若狂，於是一邊讀信一邊大聲喊道：「甜蜜的愛情！甜蜜的詩句！甜蜜的人生！」

不過，他正歡天喜地的時候，卻被他父親打斷了。「喂！」老先生問，「你在讀什麼信哪？」

「哦，父親，」普洛休斯回答，「這是我的朋友凡倫丁從米蘭寫來的。」

「把信給我，」他父親說，「讓我看看信裡都說些什麼。」

「沒什麼，父親，」普洛休斯慌慌張張地說，「他只是說米蘭公爵很器重他，他每天都受到公爵的寵愛，還說希望我跟他一起分享他的幸福。」

「那麼，你意下如何呢？」他父親問。

「我聽從您老人家的意思，而不是朋友的願望。」普洛休斯說。

湊巧普洛休斯的父親也在跟他的朋友談著這件事情。那位朋友說，現在大多數人都送兒子到海外發展，爲什麼他老人家卻讓兒子待在家裡消磨時間？他覺得很奇怪。還說：「有的去打仗，在戰場上碰運氣，有的到遙遠的地方發現海島，有的到外國大學裡進修；他的朋友凡倫丁不也去了米蘭公爵的宮廷嗎？這些事你兒子都做得來，要是他不趁年輕的時候多遊歷，成年以後會吃很大的虧。」

普洛休斯的父親覺得朋友的話很有道理，所以一聽普洛休斯告訴他，凡倫丁「希望我也跟他一起分享他的幸福」，就立刻決定叫兒子前去米蘭。這是個獨斷的父親，他一向只吩咐他兒子怎麼做，卻從來不說爲什麼，所以他沒有告訴普洛休斯爲什麼突然做出這個決定。他只是說：「我的意思跟凡倫丁一樣。」看到兒子驚訝的表情，就又說：「你不用奇怪我爲什麼突然決定讓你到米蘭公爵的宮廷裡去，你只要造我說的去做就行了，沒什麼可商量的。明天你就準備動身，不得耽誤，我說話算話。」

普洛休斯知道反對也沒用，因爲他從來不敢違背父親的意思。事已至此，他也只能怪自己，爲了朱利婭的來信向父親撒謊，結果才造成他必須跟她離別的悲慘後果。

朱利婭知道要跟普洛休斯分開很長一段時間，她也就不再假裝冷淡了。他們許下了誓言，發誓要彼此相愛，永不變心。然後普洛休斯跟朱利婭交換了戒指，相互許諾要永遠留作紀念。在傷心地告別之後，普洛休斯就動身到米蘭去找他的朋友凡倫丁了。

實際上，正像普洛休斯假報給他父親的那樣，凡倫丁的確受到米蘭公爵的寵愛。另外還發生了一件普洛休斯做夢都沒想到的事：凡倫丁已經告別了他所說的無牽無掛，跟普洛休斯一樣，陷入了愛情的旋渦。

使凡倫丁產生這個奇妙變化的是米蘭公爵的女兒——席維婭小姐，她也愛上了凡倫丁。只不過他們隱瞞了公爵，因爲公爵雖然對凡倫丁很好，每天都邀請他到宮裡去，但公爵卻打算把女兒嫁給一個年輕的朝臣，名叫修里奧。席維婭瞧不起修里奧，因爲他缺少凡倫丁那種高尙的情操和非凡的品格。

有一天，修里奧和凡倫丁這兩個情敵同時拜訪席維婭。談話的時候，凡倫丁把修里奧的每句話都拿來當作笑柄，逗得席維婭十分開心。正在此時，公爵走了進來，告訴凡倫丁一個好消息：他的朋友普洛休斯到了。

凡倫丁很高興，他說：「我最大的願望，就是在這兒見到他。」然後，他還對公爵誇獎起普洛休斯，說：「大人，我當初雖然荒廢了歲月，我這位朋友卻十分珍惜光陰。他才貌雙全，上流人應有的美德，他應有盡有。」

「既然是這樣好的人，咱們當然得熱烈歡迎了，」公爵說，「我這話是對妳說的，席維婭；也是對你說的，修里奧先生；至於凡倫丁，就用不著我囑咐了。」

正說到這裡，普洛休斯來了，凡倫丁把他介紹給席維婭，說：「可愛的小姐，他跟我一樣是妳的隨從，請妳像對我一樣對待他。」

當房間裡只剩下兩個人的時候，凡倫丁就說：「現在對我說說家裡的情況吧。你那位小姐還好嗎？你們的戀愛還順利嗎？」

普洛休斯回答說：「從前你一聽到我的戀愛就覺得厭煩，我記得你不喜歡談論有關戀愛的事啊！」

「啊，普洛休斯，」凡倫丁接著說，「可是現在我跟以前完全不一樣了。由於曾經譴責過愛情，我正在贖罪；愛情爲報復我對它的輕蔑，讓我總是睜著眼睛發呆，睡不著覺。普洛休斯，我終於明白了，愛情是一個非常有權力的君王，我在它面前已經甘拜下風了。我承認沒有什麼比愛情的責罰更痛苦，也沒有什麼比得到它更快樂了。現在除了戀愛，我什麼話都不想說。如今，只要提起愛情這兩個字，我就能一天不吃不睡。」

凡倫丁說戀愛使他產生了巨大的變化，這對他的朋友普洛休斯來說應該是個很大的勝利。可是此時，普洛休斯已經不再是那個原來的「朋友」了。因爲他們一起談論著愛情那個萬能的主宰時，甚至當他們還在談論愛情怎樣使凡倫丁產生變化的時候，普洛休斯的心裡已有了很大的變化。在這之前，普洛休斯一直忠誠於愛情和友情，然而見了席維婭的短短一面，他竟變成了一個不講信義的朋友和不忠實的情人。因爲一見到席維婭，他對朱利婭所有的感情卻像夢境一樣消失了，就算是跟凡倫丁的多年友誼也無法制止奪取席維婭的念頭。雖然普洛休斯在決定拋棄朱利婭、同時跟凡倫丁成爲情敵之前，心裡也是猶豫再三，就像許多善良的人走向邪惡有所顧慮一樣，但他的道義感終究被壓倒了，他幾乎毫不猶豫地就讓自己陷入這個不幸的情網。

凡倫丁把他們的戀愛經過悄悄地告訴了普洛休斯，包括他們是怎樣謹愼地瞞住她的父親，並且說，因爲看情形公爵可能永不贊同他們的戀愛，所以他已經說服席維婭當晚從宮裡逃出來，跟他到曼圖亞去。然後他又給普洛休斯看了一個用繩子作成的梯子，他想在天黑以後利用這個梯子幫助席維婭從窗口逃出來。

雖然難以置信，但事實的確如此：普洛休斯聽信這個寶貴的秘密，就決定跑到公爵那裡，把一切都洩露給他知道。

進入正題之前，不講信義的普洛休斯先對公爵油嘴滑舌地說了一大套，比方說：站在朋友的立場，他本該把一切都隱瞞起來，可是公爵的殷勤款待令他感激不盡，要不然什麼好處都不能讓他吐露半點實情。然後他就把凡倫丁告訴他的話一五一十地告訴了公爵，連那個繩梯，以及凡倫丁想把它藏在長袍下面的辦法也毫不遺漏。

看到普洛休斯寧可把朋友的秘密說出來，也不肯替他隱瞞不正當的行爲，公爵覺得他簡直誠實的出奇，就大大地誇獎了他一番，並且答應一定不讓凡倫丁知道是他洩露的秘密，公爵要使個巧計讓凡倫丁自己洩底。爲了達到這個目的，晚上他就去等著凡倫丁的到來。不久，果然看到凡倫丁匆匆忙忙地向宮裡走來，長袍裡好像藏著什麼，他想那一定是繩梯了。

公爵攔住了他，說：「凡倫丁，你走得這麼匆忙，到哪兒去呀？」

「大人，」凡倫丁說，「我寫了幾封信給朋友們，有個信差正在外頭等著取信，我正要交給他。」

凡倫丁撒的謊跟普洛休斯對他父親撒的謊一樣失敗了。

「是很重要的信嗎？」公爵問。

「不怎麼重要，大人，」凡倫丁說，「只不過是告訴家父，我在大人這兒很平安，很快樂。」

「那沒什麼要緊的，」公爵說，「你還是先陪我聊聊吧。我有些重要的事想問問你。」

然後，為了套出凡倫丁的秘密，他就開始編故事作為開場白。他說，凡倫丁也曉得他想把女兒嫁給修里奧，她卻十分倔強，怎麼也不同意。他說：「她是我的女兒，卻不把我當作父親一般的敬畏。不瞞你說，她這樣目無尊長，我也不疼她了。我原本是想讓她盡點女兒的孝心，以慰藉我的晚年，不過現在我決定續弦了。至於這個女兒，我決定把她趕出去。她既然瞧不起我，當然也不會把我的財產放在眼裡，所以就讓她的美貌當作嫁妝吧，誰願意要，誰就去娶她吧，我是不管了。」

凡倫丁很納悶，不明白公爵究竟要說什麼，只好問道：「關於這件事，大人吩咐我做些什麼呢？」

「哦，是這樣的，我想娶的這位姑娘很純潔、害羞，」公爵說，「我這老頭子的話打動不了她的心。而且，現在的戀愛方式跟我年輕時不太一樣了。所以我想向你請教一下該如何求婚？」

於是，凡倫丁就把當前年輕人常用的求愛方式一一講給他聽，像是贈送禮物，時常去拜訪等等……。

公爵說他送過禮，可是那位姑娘不肯收。而且她父親對她的管教又很嚴，白天任何男人都不能接近她。

「那麼，」凡倫丁說，「大人只好晚上去看她了。」

「可是到了晚上，」狡猾的公爵總算把話扯到重點，公爵說，「她的門都牢牢地上了鎖。」不幸的是，凡倫丁不僅提議公爵晚上利用繩梯爬到姑娘的繡房去，還答應可以替他找一個合適的繩梯。最後，他還出主意叫公爵把繩梯藏在他這種長袍下。

「那麼，把你的長袍借我用用吧，」公爵說，他故意編了這麼長的一個故事，就是爲了等待這樣一個時機。因此，說完上面的話，他就一把抓住凡倫丁的長袍，往後一掀，結果不但露出了那個繩梯，還有席維婭的一封情書，信裡寫著他們私奔的全部計畫。看過之後，公爵就責備凡倫丁不該這樣忘恩負義，他如此款待他，凡倫丁卻想盡辦法誘拐他的女兒。然後就把他趕出了米蘭城，並且永遠不許他回來。可憐的凡倫丁連一眼也沒能看到席維婭，當天晚上就被趕走了。

普洛休斯在米蘭陷害凡倫丁的時候，身在維洛那的朱利婭卻爲了普洛休斯不在身邊而苦惱。最終，她對普洛休斯的思念壓倒了她對體面規矩的重視，她決定到米蘭去找她的情人。爲了確保路途的安全，她和女僕露西塔女扮男裝，她們到達米蘭城的時候，凡倫丁剛被普洛休斯出賣、被趕出米蘭不久。

中午，朱利婭進了城，住在一間旅館裡。由於她一心掛念著她親愛的普洛休斯，於是就跟旅館的老闆談起話來，希望可以打聽到普洛休斯的一點消息。

看到這位年輕紳士的容貌俊秀，跟他談話又是那麼親切，店老闆內心感到很高興。因爲從外表看來，他斷定年輕紳士的身分必然很高貴。他是個好心腸的人，看到客人這樣愁眉不展，他說願意陪他去聽點美妙的音樂，使客人開開心。他說，當天晚上會有一位先生用音樂向他的情人求愛。

朱利婭之所以這樣憂愁，是因爲她不確定普洛休斯對她這種冒失行動會如何想。因爲她知道普洛休斯愛的正是她那高貴、少女的傲氣和她的端莊與尊嚴，她很怕他會看不起她，所以她才那樣愁眉苦臉，心事重重。

她高高興興地接受了店主人的邀請，決定跟他去聽音樂，因爲她心裡希望能和普洛休斯有一個巧遇。

可是店主人把朱利婭領到宮裡以後，結果卻跟她原先想的不同。因爲她在那兒痛心地看到她的情人（那個薄倖的普洛休斯）正用音樂向席維婭小姐求愛，訴說著對她的愛慕和讚美。朱利婭還偷聽到席維婭從窗口對普洛休斯說的話，責備他不該拋棄自己忠實的情人，不該背叛他的朋友凡倫丁。然後，席維婭就離開了窗口。要知道，席維婭是忠於她的凡倫丁的——儘管他已被放逐。她憎惡普洛休斯背信棄義的的卑鄙行爲，根本不屑去聽他的音樂和那些甜言蜜語。

雖然朱利婭剛剛看到的情景使她十分沮喪傷心，然而她心裡依然愛著普洛休斯這個負心人。所以聽到普洛休斯的一個僕人剛辭職，她就靠著旅館老闆的幫助，想辦法成爲他的一名隨從。普洛休斯當然不知道她就是朱利婭，就派她專門負責送信和禮物給席維婭小姐，其中還包括在維洛那分別時，朱利婭送給他留作紀念的戒指。

當然，席維婭完全拒絕了普洛休斯的求婚，這讓朱利婭非常高興。朱利婭（現在人們都叫她童僕西巴斯辛）還跟席維婭談起了普洛休斯以前的情人——那個被遺棄的朱利婭小姐。既然她們正在談論的就是自己，她當然可以說認識了。於是她順便誇了自己幾句，說那個朱利婭對她的普洛休斯有多麼癡情，她要是知道了他對她這麼狠心、冷淡，一定非常難過。然後她又巧妙的說：「朱利婭跟我一樣高，膚色、眼睛和頭髮的顏色也差不多。」朱利婭穿上男孩子的衣服，也的確是個美少年。

這麼可愛的姑娘被自己所愛的男人遺棄，席維婭對她產生了極大的憐憫。所以，當朱利婭把普洛休斯叫她送來的那只戒指遞上去的時候，席維婭斷然拒絕了，說：「他送我這個戒指就更可恥了。我不會收的，因爲我時常聽他說，這是他的朱利婭送給他的。善良的小夥子，我很喜歡你，因爲你同情那位不幸的小姐。這兒有個錢袋，基於朱利婭的緣故，我把它送給你。」

聽到好心的席維婭小姐這番寬慰的話，喬裝的朱利婭沮喪的心情受到了鼓舞。

再回到凡倫丁身上。凡倫丁被放逐後，他簡直不知道該往哪裡去才好，被人驅趕的恥辱使他不願意回家見他的父親。於是，他前往離米蘭不遠的一座荒涼的森林，他就是在那兒離開了他最愛的席維婭。就在凡倫丁四處徘徊的時候，幾個強盜把他圍了起來，向他要錢。

凡倫丁告訴他們，他是個倒楣的人，如今被人趕了出來，一貧如洗，身上的衣服就是他全部的財產。

強盜聽見他如此落魄，但風度卻那麼高貴，內心十分感動，就對他說，要是他肯當他們的頭目，大家都會聽命於他；否則就要他的命。

凡倫丁已經不在乎淪落到什麼地步了，就說只要他們不欺負良家婦女和過路的窮人，他願意當他們的頭目。

於是，就像我們在歌謠裡唱到的羅賓漢一樣，高貴的凡倫丁就這樣成了一夥強盜的領袖。席維婭就是在這種情況下找到了他，事情的始末是這樣的。

席維婭的父親逼著她跟修里奧結婚。爲了逃避這樁親事，席維婭終於下定決心到曼圖亞去找凡倫丁，因爲她聽說她的情人逃到那裡去了。但這個消息並不可靠，因爲凡倫丁仍然住在森林裡，並且變成強盜的頭目。但他從不搶劫，只是以頭目的名義，來拯救那些受害的旅客。

愛格勒莫是一位老先生，席維婭從宮裡逃出來的時候把他帶在身邊，爲的是在路上保護她。她必須經過凡倫丁和那夥強盜所居住的森林，可是途經那裡的時候，席維婭被一個強盜抓住了，而愛格勒莫則幸運地逃掉了。

那個強盜看到席維婭驚慌失措，就安慰她說不用害怕，因爲他們只不過是要帶她去見他們的頭目，而他們的頭目爲人正直，並且非常同情婦女。不過席維婭的驚慌依舊，因爲在她的頭腦中，強盜的頭目總是無法無天的。

「啊，凡倫丁，」她大聲說，「我是爲了你才忍受這些的。」

正當那個強盜要把她帶走的時候，普洛休斯趕到並救了她。原來，普洛休斯聽說席維婭逃跑了，所以也追到了森林裡，當然，扮作隨從的朱利婭仍然跟在後邊。席維婭正要道謝，普洛休斯又說起了那套求愛的話，逼著席維婭嫁給他。站在旁邊的朱利婭非常著急，她擔心普洛休斯的相救會贏得席維婭的好感。正在這時，凡倫丁出現了，這使大家都大吃一驚。其實，凡倫丁是聽說手下抓到了一位小姐，特地來救人的。

普洛休斯向席維婭求婚的場面讓凡倫丁看到了，這使得普洛休斯既慚愧又悔恨。想起他曾經對凡倫丁的傷害，他由衷地表示了真誠的愧疚，凡倫丁性情豪邁，他不但馬上原諒了普洛休斯，恢復了他們昔日的友誼，還表現出英雄氣概說：「我原諒你了，而且把席維婭的愛情也讓給你。」

假扮的朱利婭聽到這個奇怪的贈予，生怕這個慷慨的提議會讓普洛休斯動心，一急之下竟然暈倒了。也幸虧她的暈倒，使席維婭沒有時間跟凡倫丁剛才的慷慨計較，否則兩人之間又少不了一場爭吵，儘管凡倫丁那種過分慷慨的友情確實沒有道理。朱利婭醒過來以後，說：「我忘了把這只戒指交給席維婭，這是主人交代的。」

朱利婭和普洛休斯曾互贈戒指，普洛休斯要轉送給席維婭的是朱利婭送他的那只，可如今隨從手裡拿的卻是他送給朱利婭的那只。

「這是怎麼回事？」他問，「這是朱利婭的戒指，怎麼會在你的手上？」

朱利婭回答說：「是朱利婭親自給了我，又親自帶到這兒的。」

這時候，經過仔細端詳，普洛休斯才認出這個西巴斯辛正是朱利婭。朱利婭證明了自己堅固的愛情，這使普洛休斯深受感動，也恢復了對朱利婭的愛情。他重新接受了自己心愛的姑娘，把席維婭還給了她所愛的凡倫丁。

如今，普洛休斯和凡倫丁已恢復了他們的友誼，兩位忠實的姑娘又這樣深愛著他們，他們正沉浸在這種幸福中的時候，卻看到米蘭公爵和修里奧追來了，這讓他們大吃一驚。

修里奧搶先走過來抓席維婭，嘴裡還喊著：「席維婭是我的。」

聽到這話，凡倫丁氣衝衝地說：「修里奧，你給我滾開。要是你再說一聲席維婭是你的，你就沒命了。她就站在這兒，你敢碰她一下，哪怕是朝她吹一口氣！你有膽量就試試看。」

修里奧本來就是個儒夫，聽到這個恐嚇就縮了回去，說他才不稀罕她呢，只有傻瓜才會爲了一個不愛自己的姑娘去決鬥。

公爵是個很有勇氣的人，聽見這話十分生氣，說：「你這個人眞是卑鄙無恥！從前你對她苦苦哀求，如今你竟爲這麼一點點小事就不要她了。」

然後他又轉過身去對凡倫丁說：「我很佩服你的膽量，凡倫丁！席維婭是你的了，因為你值得她去愛。」

凡倫丁非常謙卑地吻了公爵的手，很感激公爵肯把女兒嫁給他。接著，他又趁著這個歡樂的時刻，請求公爵赦免森林中的強盜。他說，其實他們之中的大半都是像凡倫丁那樣因觸犯政府法律而被放逐的，並不是犯了什麼刑法。他還保證，只要讓他們回到社會中，他們一定會改邪歸正，甚至會有所作為。公爵很爽快地答應了。現在事情已基本了結了，只是普洛休斯曾因為愛情的驅使，做了許多錯事，如今為了贖罪，他當著公爵的面，完完整整地講述了他欺騙的全部經過。說的過程中，他表現出深深的慚愧，大家都認為這種懲罰已足夠了。最後，兩對情人歡喜地回到米蘭，在公爵面前舉行了盛大的婚禮。

◎威尼斯商人

威尼斯有個叫夏洛克的猶太人，靠經營高利貸起家。他總是向那些信仰基督教的商人發放高利貸，從而撈取大筆的私財。不過，這個夏洛克為人尖酸刻薄，尤其是討債時特別兇狠，所以凡是有點良知的人都很討厭他。威尼斯還有一個叫安東尼奧的年輕商人，他時常把錢借給那些有困難的人，而且從不收利息。就這樣，猶太人的貪婪就跟安東尼奧的慷慨產生了矛盾，兩人也產生了極深的仇怨。後來，每逢安東尼奧在市場或其他的交易場所碰見夏洛克，他總是責怪夏洛克不該放高利貸，對人不該那麼刻薄。而那個猶太人總是假裝很有耐心的聽著，其實心裡卻在盤算著該如何報復。

可以說，在整個義大利，沒有誰比安東尼奧更能發揚古羅馬的優良傳統了，因為他雖然家境富裕，卻有著菩薩心腸，樂於助人。所以，全城的市民都很愛戴他，不過他最親密的朋友是威尼斯的一個貴族巴薩尼奧。巴薩尼奧的產業並不多，但他也像大部分身分高而財產少的年輕人一樣，總是不自量力地揮霍，結果他那點家當已所剩無幾了。因此，安東尼奧總是不斷地接濟他，幾乎可以說他們已經不分彼此了。

有一天，巴薩尼奧來找安東尼奧，說他想借三千塊金幣，去向一位愛慕的小姐求婚，也好恢復自己的家境。原來，這位小姐的父親還在世的時候，巴薩尼奧就常常到她家去，而且他覺得這位小姐總是含情脈脈地看著他，好像在暗示著他去求婚。現在她父親去世了，這位小姐繼承了大筆產業，而巴薩尼奧覺得自己沒錢，沒有資格與這麼闊綽的小姐談戀愛，所以才懇求安東尼奧再幫幫他，借他點錢。

當時安東尼奧身邊沒有錢借給他的朋友，不過他有些船隻很快就會滿載著貨物回來。所以，他可以用那些船作擔保，去找那個放高利貸的夏洛克，向他借筆錢。

於是，安東尼奧就和巴薩尼奧一起去找夏洛克借錢。安東尼奧對這個猶太人說，只要他同意借錢，利息就按他說的算，將來安東尼奧會用海上那些船隻所載的貨物來還。

這時候，夏洛克卻在打著自己的如意算盤：我要是能抓到他的把柄，我一定要狠狠地報復往日的仇怨。他自己白白把錢借給別人也就算了，他還恨我們猶太人，辱罵我辛辛苦苦賺來的錢，他還管那叫利息！我要是饒了他，我們這個民族都會受到詛咒的。

安東尼奧看到夏洛克只是尋思，卻不說話，內心感到非常著急，就問：「夏洛克，你聽到了嗎？你究竟借不借啊？」

夏洛克回答說：「安東尼奧先生，你曾在交易所三番兩次地辱罵我，說我借錢是剝削，我都聳聳肩忍受了，因爲忍耐是我們這個民族的特色。你還罵我是異教徒、殺人的狗，往我的猶太長袍上吐唾沫、用腳踢我，簡直就像對待野狗一樣。怎麼，現在你也需要我幫忙了？你跑到這兒對我說：『夏洛克，借錢給我！』難道一條狗會有錢嗎？一條狗能拿得出三千塊金幣嗎？我是不是還要哈著腰說：『尊敬的先生，你上個星期三啐過我，還叫我狗。爲了報答你，我很樂意借錢給你。』」

安東尼奧回答說：「我可能還會那樣叫你，那樣啐你，那樣踢你。你借錢給我，請不要當作是借給一個朋友，而是當作借給一個仇人。我要是不能按期歸還，你儘管可以按照約定來懲罰我。」

「呵，」夏洛克說，「你的火氣太大了吧？不過我願意忘記你對我的侮辱，跟你做朋友。至於錢嘛，你要多少，我就借給你多少，任何利息都不要，如何？」

這個慷慨的提議大大出乎安東尼奧的意料。夏洛克依然假仁假義地說，他這麼做只不過是爲了得到安東尼奧的友誼。接著，他再一次強調，願意借給他們三千塊金幣，不要任何利息，但他們必須同意一個附加條件，那就是：安東尼奧要跟他到律師那兒簽一張借據，如果不能如期還錢，就得從身上割一磅肉，當然，從哪個部分割都可以。

「好吧，」安東尼奧說，「我願意簽，而且我還會到處宣傳，猶太人的心腸眞好。」

巴薩尼奧當然不同意安東尼奧爲他簽這樣的合約，可是安東尼奧執意要簽，他說他的船不必等到還錢的時候就會回來了，而且船上貨物的價值比債款多好幾倍呢。

夏洛克聽到他們的爭論，就大聲說：「亞伯拉罕祖先啊，這些基督教徒實在太多疑了！他們自己待人刻薄，所以也總是懷疑別人這樣。我問你，巴薩尼奧，如果他不能按時還錢，即使兌現了這份懲罰，對我有什麼好處啊？人身上的一磅肉，還不如一磅羊肉或牛肉値錢，我有什麼可賺的？我這麼做不過是爲了和他拉交情而已。他要是接受，我很高興；他要是不接受，那我只能說再見了。」

儘管這個猶太人把自己說得那麼宅心仁厚，但想到那麼可怕的處罰，巴薩尼奧還是不願意他的朋友爲他去冒險。但是安東尼奧根本不聽巴薩尼奧的勸告，最終還是簽了那麼一個借約。他想，這不過就像那個猶太人說的那樣，鬧著玩罷了。

巴薩尼奧所愛的那位闊綽的小姐叫波西亞，她住在貝爾蒙脫，距離威尼斯不遠。波西亞才貌雙全，無論相貌還是智慧，都決不亞於書上那個赫赫有名的發波西亞——就是古羅馬大哲人加圖的女兒，古羅馬帝國領袖勃魯托斯的妻子。

得到安東尼奧冒著生命危險給他的資助，巴薩尼奧就帶領著一隊衣著華麗的侍從，並由一位名叫葛萊西安諾先生的陪同，向貝爾蒙脫出發了。

巴薩尼奧的求婚很順利，波西亞很快就答應嫁給他了。

巴薩尼奧很坦白地告訴波西亞，他沒有什麼財產，他唯一可以誇耀的只不過是他的貴族身分罷了。波西亞本來就只是愛他的品德，再加上她自己已經很有錢了，所以根本不在乎這一點。於是，她謙遜地說，但願自己更美麗、更富有，只有這樣才能配得上他。隨後，善解人意的波西亞還乖巧地貶低自己說，她沒受過多少教育，沒念過多少書，也沒有什麼經驗，不過幸虧她還年輕，可以學習，所以今後她要將自己的終身託付給他。「巴薩尼奧，昨天我還擁有這座華麗的大廈，我還是自由自在的女王，這些僕人還在聽我指揮；可現在，我的夫君，所有的這一切，連同我自己都是你的了。這只戒指為證，我把這一切都獻給你。」說完，她送給巴薩尼奧一只戒指。

富有而高貴的波西亞就這樣接受了貧窮的巴薩尼奧，這份寬厚與尊重讓他又驚喜又充滿了感激。面對這麼可愛的小姐，他不知道用什麼話來表達自己的快樂與崇敬，只是斷斷續續地說了一些愛慕與感激的話，然後接過戒指發誓說：他會永遠戴在手上。

波西亞答應嫁給巴薩尼奧的時候，葛萊西安諾和波西亞的侍女尼莉莎都在場，各自伺候著他們的少爺和小姐。求婚成功以後，葛萊西安諾先向巴薩尼奧和那位慷慨的小姐表示了祝賀，然後又提出了一個要求：准許他也同時舉行婚禮。

「我全心全意地贊成，葛萊西安諾，」巴薩尼奧說，「只要你能找到一個妻子。」

原來，葛萊西安諾愛上了波西亞漂亮的侍女尼莉莎，他還說，尼莉莎已經答應，只要她的小姐嫁給巴薩尼奧，她就同意嫁給他。波西亞問這都是眞的嗎？尼莉莎回答說：「是眞的，只要小姐贊成。」

波西亞高興地同意了，巴薩尼奧也愉快地說：「你們能同時結婚，我們的婚宴就更熱鬧了。」

正當這兩對情人沉浸在歡樂的氣氛中，一個人送來了一封信，打斷了這種快樂。信是安東尼奧寫的，裡面肯定有什麼可怕的消息，因爲巴薩尼奧看信的時候，臉色變得慘白。波西亞擔心是哪位好朋友去世了，就問是什麼消息讓他如此難受。他說：「親愛的波西亞，這恐怕是世界上最悲慘的消息了。當初我向妳表示愛情的時候，就曾告訴過妳，我的貴族血統是我唯一的財產。可是，我沒有提到的是，我不但一無所有，而且還負債累累啊。」

然後，巴薩尼奧就把前面發生的事情一五一十地告訴了波西亞，先是他向安東尼奧借錢、然後安東尼奧又去找夏洛克通融，接著就是安東尼奧簽了那張借據，還有債務哪天到期、如果不能賠償，就要割一磅肉作爲賠償等等。隨後巴薩尼奧又讀了那封信：

「親愛的巴薩尼奧，我的船全沉了，跟猶太人簽的那張借約，現已逾期，看來我是非受罰不可了。履行完承諾以後，我性命難保，希望臨死前能見你一面。當然也要看你想不想來，如果你覺得我們的友誼還不足以於讓你趕來，請千萬不要因爲這封信而來。」

「啊，親愛的，」波西亞說，「你帶上比這筆債務多二十倍的錢，趕快去處理一下吧。絕不能因爲你的過失，害這位好心的朋友受到絲毫的損傷。你爲我付出了這麼大的代價，我一定會更加地珍愛你。」

然後波西亞說，巴薩尼奧在動身前要跟她結婚，只有這樣，他才能合法地使用她的財產。於是，他們立刻結了婚，葛萊西安諾同時也娶了尼莉莎。婚禮之後，巴薩尼奧和葛萊西安諾就匆匆忙忙地趕到了威尼斯。此時，安東尼奧已被關在監牢裡了。

債期已經過了，狠毒的猶太人不肯收巴薩尼奧的錢，堅持非要割下安東尼奧身上的一磅肉。沒辦法，威尼斯公爵只好審判這件駭人的案子。審判的日期已經確定，巴薩尼奧心急如焚地等待審判的結果。

跟丈夫分別的時候，雖然波西亞輕鬆愉快地說，讓他回來的時候一定要把他的好朋友也帶來，可是她心裡卻非常擔心安東尼奧會遭殃。所以，只剩下她一個人的時候，她就開始考慮要如何幫助親愛的丈夫去救朋友了。儘管爲了尊重巴薩尼奧，波西亞曾像一個賢慧的妻子那樣對他說，他比她明智，所以她會完全聽從丈夫的安排。可如今，看到丈夫敬重的朋友身處險境，她必須要採取行動了。她從不懷疑自己的本事，憑著她那眞實、完美的判斷力，她決定親自趕往威尼斯爲安東尼奧辯護。

波西亞有個當律師的親戚，叫培拉里奧。她寫了一封信給這位先生，徵求他的意見，並希望隨同意見寄給她一套律師穿的衣服。就這樣，送信的人帶來了培拉里奧關於辯護的意見和波西亞所需要的服裝。

波西亞換上男裝，披上律師的長袍，就帶著她的書記——改裝的尼莉莎出發了，她們在開庭的那天趕到了威尼斯。案子剛要開審的時候，波西亞走了進來。她遞上培拉里奧寫給公爵的一封信，說他本想親自替安東尼奧辯護，但因病不能出庭，所以請求允許這位學識淵博的年輕博士包爾薩澤代表他進行辯護。公爵批准了這個要求，不過看著這個陌生人的相貌還是有點納悶，因爲此時的波西亞披著律師的長袍，戴著一具假髮，喬裝得很好看。

這時候，一場重大的審判開始了。波西亞往四周看了看，她看到了那個毫無同情心的夏洛克，也看到了巴薩尼奧，此時他正站在安東尼奧旁邊，看起來十分痛苦。而巴薩尼奧並沒有認出喬裝的波西亞。

意識到自己所承擔的艱巨工作有多重要，波西亞就有了勇氣。她大膽地執行了所有應當承擔的職務。首先她要對夏洛克講話，承認根據威尼斯的法律，他有權索取借據裡寫明的任何東西。然後，她又說了仁慈是多麼高貴，說的很感人，也許除了冷酷的夏洛克，隨便什麼人聽了都會心軟的。她說，仁慈就像乾旱的季節裡從天而降的雨露；仁慈是雙重的幸福，施行者和接受者都會感到幸福；仁慈對君王來說比王冠還重要；世間所謂的公道，仁慈的成分越多，就越接近上帝的權威。她要夏洛克記住，既然我們都祈求上帝，懇求它對我們仁慈，那麼我們也應該對別人仁慈。但夏洛克只是說，他不過是討回借據上規定給他的東西。

「難道他沒有錢還你嗎？」波西亞問。

巴薩尼奧趕忙回答，隨便他要三千塊金幣的幾倍都可以。可是夏洛克拒絕了這個建議，還一口咬定只要安東尼奧身上的一磅肉。巴薩尼奧懇求這位學問淵博的年輕律師變通一下法律，來救安東尼奧的性命。可是波西亞莊重地說，法律一經制定，就絕不能變動。聽了這句話，夏洛克覺得律師好像在為他辯護，就說：「但以理下凡啦！啊，聰明的律師，我太敬重你了！你的學問要比年齡高多了！」

這時，波西亞要求看一下借據。看完之後，她說：「根據借據的規定，這個猶太人可以合法地從安東尼奧最靠近心臟的地方割下一塊肉來。」然後她又對夏洛克說：「還是請你發發慈悲，把錢接過去，同時也讓我撕掉這張借據吧。」

可是狠毒的夏洛克是不可能大發慈悲的。他說：「我以我的靈魂發誓，任何人都不能使我改變主意。」

「那麼，安東尼奧，」波西亞說，「你只能準備讓刀子紮進你的胸膛了。」此時的夏洛克非常賣力地磨著一把長刀，好像在準備隨時去割那磅肉。波西亞又問安東尼奧：「你還有什麼話要說嗎？」

安東尼奧鎮定、豁達地說，他沒什麼可說的，因爲他早就做好死的準備。然後他又對巴薩尼奧說：「把你的手伸過來，巴薩尼奧。再見了！千萬不要因爲我遭遇這樣的不幸而難過。替我問候你的夫人，告訴她我是多麼愛你。」

巴薩尼奧的心裡悲痛萬分，就說：「安東尼奧，我娶了一個妻子，我把她看得比自己的生命還要寶貴；即使這樣，在我眼裡，我們加起來甚至整個世界也不如你的生命重要。只要能救你，我願意失去我所有的一切。」

聽到丈夫居然用如此強烈的語言來表達對安東尼奧的友情，善良的波西亞雖然並不氣惱，還是禁不住說：「如果尊夫人在這兒，她不見得樂意聽你這番話吧。」

葛萊西安諾平時很喜歡模仿主人的一舉一動，所以這時他覺得自己也應該說點充滿感情的話，於是他說道：「我也有一個妻子，我發誓非常愛她，可現在，只要神靈能改變這個猶太人的殘忍，我寧可她升到天堂。」

不過，他做夢也沒想到的是，扮作律師書記的尼莉莎正在波西亞身邊寫著什麼，這些話被她聽了個一清二楚。

於是尼莉莎說：「幸虧這些話你沒有當著她的面說，不然你們家一定會鬧得天翻地覆。」

這時候，夏洛克等的不耐煩了，就大聲嚷道：「你們別再浪費時間了，快宣判吧。」

此時法庭裡充滿了一種可怕的寂靜，每顆心都在等待著宣判的結果，同時又深深同情安東尼奧可能遭遇的不測。

波西亞先問秤肉的天秤準備好了沒有，隨後又轉向那個猶太人，說：「夏洛克，你要請一位外科大夫在旁邊照顧，免得他流血太多，送了命。」

夏洛克本就打算讓安東尼奧失血過多而送命，就說：「借據裡可沒有這一條。」

波西亞回答說：「那又有什麼關係呢？行點善總是好的。」

面對這些請求，夏洛克只有一句話：「我在借據裡根本就找不到這一條。」

「那麼現在，」波西亞說，「安東尼奧身上的一磅肉就是你的了，你可以從他胸脯上割這塊肉，法律允許你這麼做。」

夏洛克又大聲嚷嚷：「啊，正直明智的法官！但以理來做裁判了！」隨後他又重新磨起那把長刀，望著安東尼奧急切地說：「來，準備好吧。」

「等一等，猶太人，」波西亞說，「我還有一點要說明，這張借據可沒承諾給你一滴血，上面只寫了『一磅肉』。所以，你在割這磅肉的時候，即使只是讓這個基督教徒流一滴血，按照法律規定，你的田地和產業也得充公，歸屬威尼斯政府。」

很明顯，夏洛克根本不可能割掉一磅肉，同時又不讓安東尼奧滴血。是啊，借據上只寫了肉可沒寫血啊！波西亞就是靠這個聰明的發現救了安東尼奧。大家都很欽佩這個年輕律師的驚人機智，竟能想出這樣一條妙計，法庭頓時響起了歡呼聲。葛萊西安諾就套用夏洛克的話嚷道：「啊，正直明智的法官！猶太人你看，但以理來做裁判了！」

夏洛克發現他的毒計一敗塗地了，就懊惱地說，他願意接受錢了。巴薩尼奧因爲安東尼奧出乎意料的得了救，非常高興，就嚷道：「錢在這兒！」

可是波西亞卻攔住他說：「別忙！這個猶太人不能拿錢，他說過只要借據上寫明的東西。所以，夏洛克，你還是準備割那塊肉吧，不過你千萬別讓他流血。還有，你割下的肉不能比一磅多，也不能比一磅少，否則，即使有一絲一毫的差別，威尼斯的法律也會判你死罪，你的全部財產都要充公。」

他又重新磨起那把長刀

「把錢給我，讓我走吧。」夏洛克說。

「我已經準備好了，」巴薩尼奧說，「錢在這兒。」

夏洛克剛要接過錢，波西亞又一次攔住了他：「等等，猶太人，我這兒還有一個消息要通知你。因爲你設計詭計來謀害一個市民的生命，根據威尼斯法律，你的財產已經充公了，至於你的性命，那就要看公爵是不是開恩了。所以，你還是跪下來求他饒恕吧。」

公爵給夏洛克的答覆是：「爲了讓你看看我們基督教徒跟你是多麼的不同，你不用開口，我就會饒你的命。但是，你的財產一半歸安東尼奧，一半歸國庫。」

但慷慨的安東尼奧卻說，只要夏洛克立個字據，答應死後把財產留給他女兒和女婿，他願意放棄自己應得的那一半。原來，夏洛克有個獨生女，最近她違背了父親的意願，嫁給了一個年輕的基督教徒，這個人叫羅蘭佐，是安東尼奧的朋友。所以，安東尼奧知道，由於這樁婚姻，夏洛克取消了女兒的財產繼承權。

猶太人答應了這個條件。現在他的報復失敗了，財產也被剝奪了，只好說：「我不太舒服，請讓我先回家吧。至於字據，你們隨後送到我家去好了，我同意把一半的財產分給我的女兒。」

「好，你可以走了，」公爵說，「不過你一定要簽那張字據。還有，如果你能爲你的狠毒懺悔，成爲一個基督教徒，那麼你充公的那一半財產，國家也會赦免的。」

公爵釋放了安東尼奧，宣佈審判已經結束，然後大大誇獎了這個年輕律師的聰明才智，並邀請他到家裡吃飯。

波西亞一心想趕在丈夫前面回到貝爾蒙脫，就回答說：「您的盛情我心領了，不過我必須馬上趕回去。」

公爵說，既然如此，他也不便勉強，不過他覺得很遺憾。然後又轉過身去，對安東尼奧補了一句：「你應該好好謝謝這位先生，我認爲你欠了他一個大人情。」

公爵和其他的元老們都走了。巴薩尼奧對波西亞說：「可敬的先生，幸虧您的機智，才使我的朋友免去了一場痛苦的懲罰。這是本來應該還給那個猶太人的三千金幣，請您收下吧！」

「您的恩情我們感激不盡，」安東尼奧說，「我們將永遠以虔誠的心祝福您！」

波西亞無論如何都不肯收那筆錢。但看到巴薩尼奧再三懇求她收下一些報酬，她就說：「那就把你的手套送給我吧，我留著做爲紀念。」

於是巴薩尼奧就把手套取下來，波西亞一眼就看到了自己送給他的那只戒指。原來，這只戒指才是她的目的。她想把戒指弄到手，等再見到巴薩尼奧的時候跟他開個玩笑。於是，她指著戒指說道：「既然你這麼想表達謝意，就把這只戒指送給我吧。」

巴薩尼奧很爲難，要知道，這只戒指是他唯一不能離手的東西啊。於是他慌張地說，這只戒指是他妻子送的，他發過誓要永遠戴在手上，所以不便奉送。不過他願意去尋找威尼斯最貴重的戒指送給他。

聽了這話，波西亞故意顯得很不高興，她一邊往外走，一邊說：「你這是在回答一個乞丐吧。」

「親愛的巴薩尼奧，」安東尼奧說，「戒指就送給他吧。他幫了我這麼大忙，看在我們友情的份上，你就得罪一次您的夫人吧。」

這讓巴薩尼奧覺得自己有點忘恩負義，就讓步了。於是他就派葛萊西安諾拿著戒指去追波西亞了。隨後，那位尼莉莎裝扮的書記也向他要戒指。葛萊西安諾不想在慷慨上輸給主人，就給了她。兩位夫人開始盤算，等丈夫回家後，她們就可以因爲戒指的事責備他們一頓了，而且還非要說他們肯定送給了別的女人。說到這兒，她們就大笑起來。

通常，人做了好事之後，心情都會變的愉快，波西亞回家的時候就是這樣。她覺得什麼都好，連月光也比以前皎潔了。看著頭頂那輪月亮微微的躲在雲彩後面，眼前從她家裡射出一道燈光，也使她產生了無盡的想像。她對尼莉莎說：「妳看，這道燈光是從我們家裡射出來的。小小的一根蠟燭，它的光輝卻照的那麼遠。在這個萬惡的世界，任何一件小小的好事，肯定也能發出同樣的光輝。」聽到家裡響著的音樂，她也說：「我覺得這音樂比白天好聽多了。」

波西亞和尼莉莎回家後，就換上自己的衣服，等待丈夫歸來。果然，不一會兒，他們就帶著安東尼奧回來了。巴薩尼奧把他親密的朋友介紹給了波西亞，波西亞當然表示歡迎，可這時他們卻看到，尼莉莎跟她的丈夫在一個角落裡吵起來了。

「怎麼吵起來了？」波西亞問，「爲了什麼啊？」

葛萊西安諾回答說：「夫人，都是因爲一只鍍金戒指，是尼莉莎送給我的，值不了幾個錢。不過上面刻著『愛我，不離不棄』幾個字，就跟刀匠刻在刀子上的一樣。」

「你管它刻什麼字，值不值錢！」尼莉莎說，「我送給你的時候，你曾發誓，要永遠戴在手上，可如今你卻說送給律師的秘書了，我看你一定是送給了一個女人。」

「我發誓，」葛萊西安諾回答說，「我送給了一個年輕人，一個矮矮的小男孩，個子不比你高。他是那位年輕律師的秘書，安東尼奧的命就是那位律師救的。所以，那個囉嗦的孩子向我要戒指，我無論如何都不能不給啊。」

波西亞說：「葛萊西安諾，這件事是你錯了，無論如何你都不該把妻子送你的第一件禮物送給別人。我也送給我丈夫一只戒指，我敢說，他絕對不會送人的。」

這時候，爲了掩飾自己的過失，葛萊西安諾說：「不，我的主人也把戒指送給律師了，然後那個負責抄寫的書記才向我要戒指。」

波西亞聽了這話，假裝很生氣，責備丈夫不該把戒指送人，還說，她寧願相信尼莉莎的話，戒指一定是送給了別的女人。巴薩尼奧看到夫人生氣了，心裡很難過。於是，他很懇切地說：「不，我以我的人格向你擔保，戒指絕不是給女人，而是給了一位法學博士。他不接受那三千塊金幣，卻一定要那只戒指。我不答應，他就生氣地走掉了。親愛的，你說我應該怎麼辦呢？我不能那麼忘恩負義，所以就讓人追上去把戒指給了他。原諒我吧，親愛的。我想當時如果你在場，一定會央求我把戒指送給那位可敬的博士。」

「啊，對不起！」安東尼奧說，「都是我的緣故，才引起了這樣的爭吵。」

波西亞請安東尼奧千萬不要爲此難過，因爲無論如何他都是受歡迎的。然後，安東尼奧說：「我曾經因爲巴薩尼奧抵押了自己的身體，幸虧接受妳丈夫戒指的那位律師，我才保住了性命。如今，我願再立一張字據，用我的靈魂擔保，妳的丈夫再也不會做背信的事了。」

「太好了，那你就是他的保人了，」波西亞說，「那麼請你把這只戒指給他，但他可要保存的更長久一些。」

巴薩尼奧一看，這只戒指竟然跟他送掉的那只一模一樣，非常驚訝。不過，波西亞馬上告訴了他們眞相：她就是那個年輕的律師，尼莉莎就是那個書記。巴薩尼奧這才知道，原來救安東尼奧的，正是妻子卓絕的膽略和智慧，眞是說不出的驚喜。

波西亞再次對安東尼奧表示了歡迎，還把幾封剛巧送達她手中的信交給了他。信的內容竟然是，安東尼奧原本以爲全部損失的船隻，現在已經安全到達港口了。於是，這突如其來的好運讓大家忘記了這個富商所遭遇的悲慘。現在，他們有足夠的時間去嘲笑那兩只戒指的經歷和兩個認不出妻子的丈夫了。葛萊西安諾還用了一句押韻的話來起誓：

他有生之年，不怕別的事，就怕丟了尼莉莎的戒指。

❦ 辛白林

奧古斯都・凱撒統治羅馬的時候，英國還叫作不列顛，國王是辛白林。

辛白林有三個孩子，兩男一女，在他們年紀都還很小的時候，辛白林的原配夫人就去世了。女孩伊摩琴年紀最大，也只有她是在父親的王宮裡長大的，因爲她的兩個弟弟被人莫名其妙地偷走了，當時大的才三歲，小的還在吃奶。辛白林怎麼也查不出到底是誰偷走了孩子，也不知道他們後來生活的怎麼樣。

後來，辛白林又結了婚，他娶了一個兇狠、陰險的寡婦。後母對伊摩琴很刻薄，這對伊摩琴來說實在不是一件好事情。

王后很清楚，如果國王的兩個兒子找不回來，王位就一定會由公主繼承。所以，她雖然憎恨伊摩琴，但也基於相同的原因，她還是盤算著讓她嫁給克洛頓——她跟前夫（也是再婚）生下的兒子。如此一來，辛白林老後，她自己的兒子就是不列顛眞正的統治者了。可惜，她的如意算盤落空了，因爲伊摩琴並未徵求父親和王后的意見，甚至都沒讓他們知道就秘密結了婚。

伊摩琴的丈夫叫波塞摩斯，是一個品德高尙、很有教養的青年，對當時的學問也頗有造詣。他的父親是個軍人，爲了辛白林而戰死於沙場上；他的母親生下他不久，也因悲傷過度而去世了。

辛白林覺得無依無靠的波塞摩斯很可憐，就收留了他，讓他在自己的王宮裡接受教育。而且，因爲波塞摩斯是在父親去世以後出生的，所以他的名字也是辛白林取的。

伊摩琴和波塞摩斯從小就一起讀書玩耍，可以說是兩小無猜。隨著時光的流逝，他們的愛情也與日俱增，於是就私下結了婚。

由於王后經常派人監視她繼女的一舉一動，所以很快就獲悉了這件事。失望之餘，她馬上把這個消息報告給國王知道。

辛白林聽到女兒不顧自己高貴的身分，竟然跟一個平民百姓結了婚，而且還沒有徵得自己的同意，氣得暴跳如雷。他把波塞摩斯趕出不列顚作爲懲罰，命令他永遠不得回國。

王后工於心計，假裝同情伊摩琴，並表示願意在她丈夫動身去羅馬（波塞摩斯的流放地）以前，想辦法讓他們見一面。其實，她表面上的這番好意，只是想贏得伊摩琴的信任，等她丈夫離開後再勸她放棄這個國王並不同意的婚約，然後再進一步爲她的兒子打算。

臨別時，伊摩琴把母親留下的一顆鑽戒送給了丈夫，波塞摩斯答應會永遠帶在身上。同時，他也把一隻鐲子套在妻子的手上，作爲他愛情的象徵。然後兩人又許下誓言，一定會永遠相愛、忠貞不渝，這才揮淚告別。

就這樣，伊摩琴在王宮裡淪爲一個鬱鬱寡歡的公主，而波塞摩斯經過長途跋涉來到了遠在羅馬的異地。

在羅馬，波塞摩斯很快就認識了一些來自世界各地的年輕人。在一次社交聚會上，他們漫無邊際地談論著女人，當然，每個人都會誇耀本國的女人和自己的情人。波塞摩斯惦記著心愛的妻子，堅持他的夫人是無與倫比的，美麗的伊摩琴才是這個世界上最聖潔、最聰明、最忠實的女人。

聚會上，一個叫做阿埃基摩的義大利人，聽到有人誇獎不列顛的女人是那麼忠誠，甚至比羅馬的還要好，心裡就不高興了。於是，他故意激怒波塞摩斯，說不相信他滿口誇耀的妻子會對他忠實，還說自己會去證實這一點。經過激烈的爭執，最後波塞摩斯接受了阿埃基摩的挑戰：由阿埃基摩親自前往不列顛，試試伊摩琴對愛情是否忠貞。如果阿埃基摩不能得到伊摩琴的愛情，他就必須輸掉一大筆錢；可是如果他能夠贏得伊摩琴的好感，並且拿到當日分別時波塞摩斯送給妻子作爲紀念的鐲子，那麼波塞摩斯就輸了，他必須把伊摩琴送給自己的戒指輸給阿埃基摩。波塞摩斯對妻子的忠貞深信不疑，所以他根本不擔心自己會輸。

到了不列顛，阿埃基摩自稱是波塞摩斯的朋友，輕易就見到了伊摩琴並受到熱情的款待。可是，當他開口求愛的時候，伊摩琴鄙夷地拒絕了他，這讓他明白，他那個卑鄙的計策是不可能成功的。

作爲莊家，阿埃基摩一心想贏得這場賭注，於是就開始施展詭計。他買通了伊摩琴身邊的一些侍女，讓她們把他藏在一個大箱子裡，再搬進伊摩琴的繡房。等伊摩琴睡熟之後，他才小心翼翼地鑽出來，朝四周環顧並記住了房間的一切擺設，還特別留意到伊摩琴脖子上的一顆痣。然後，他躡手躡腳地從伊摩琴手上摘下那只鐲子，又鑽回箱子裡去。第二天，阿埃基摩動身返回羅馬，聲稱自己已經贏了這場賭注。阿埃基摩是這麼說的：「她臥室裡掛的地毯是用絲和銀線織成的，上面繡的故事是《驕傲的克莉奧佩特拉與安東尼約會》，做工很精細。」

「這倒不假，」波塞摩斯當然不相信，「但你也許是聽別人說的，並沒有親眼看到。」

「還有，壁爐在屋子的南面，」阿埃基摩說，「爐臺上雕刻著『月神沐浴』，人物栩栩如生。」

「這也可能是你從別人那兒聽來的，」波塞摩斯說，「因爲經常有人稱讚那幅雕像。」

阿埃基摩又精確地描述了繡房的天花板，並說：「我差點忘了告訴你，壁爐裡的柴架是一對白銀鑄成的小愛神，他們各自蹺著一隻腳在眉目傳情，沒錯吧？」然後他又拿出了那只鐲子，說：「先生，你不會不認得它吧。她從手上摘下來，送給了我。我到現在都還能想起她當時的樣子，她優美的姿態比這份禮物的價值本身還大，同時也使這禮物更加貴重。記得她把鐲子遞給我的時候還說，她曾經珍愛過它。」最後，他又描述了一下伊摩琴脖子上的痣。

波塞摩斯痛苦地聽完這段話，開始破口大罵妻子的不忠貞。然後，根據打賭的條件，他把伊摩琴送他的鑽戒輸給了阿埃基摩。

波塞摩斯妒火中燒，打定主意要報復伊摩琴。他想到了畢薩尼奧——伊摩琴的一個侍從，同時也是自己的多年朋友。於是，他寫了封信給畢薩尼奧，在信中指出伊摩琴的不忠，然後要他把她帶到威爾士沿海的密爾福特港，並且殺掉她。同時，他又寫了封信給妻子，說自己見不到她就沒有活下去的勇氣，所以懇求她隨畢薩尼奧到密爾福特港去等他，儘管他不被允許踏入不列顚的國土，他也顧不了這麼多了。伊摩琴對丈夫的愛超越了一切，她在看完丈夫的信後，還來不及細想，就帶著畢薩尼奧動身了。

雖然畢薩尼奧一直是個忠實的朋友，卻不會隨便做壞事，他考慮再三後，在快到達目的地時，把事實原原本本地告訴了伊摩琴。

伊摩琴原本是要去見日思夜想的丈夫，可如今竟發現丈夫想要自己的性命，她自然痛苦萬分。畢薩尼奧請她不要著急，說波塞摩斯一定是受了某人的陷害，總有一天會明白自己冤枉了她，她應該耐心等待。伊摩琴也很想知道究竟是怎麼一回事，因爲她仍然深愛著丈夫，就決定不回父親的王宮了。畢薩尼奧建議她換上男裝，這樣會安全些。伊摩琴同意了，決定喬裝去羅馬找她的丈夫，弄清眞相。

畢薩尼奧擔心離開王宮的時間太長，所以設法幫伊摩琴找到所需的衣服之後就回去了。不過，他在離開之前曾給伊摩琴一小瓶藥，說那是王后給他的靈丹妙藥，能治百病。

但事實並非如此。由於巴薩尼奧是波塞摩斯和伊摩琴的摯友，王后對他恨之入骨，陰謀要除掉他。所以她早就吩咐御醫替她準備了一劑毒藥，不過她只是說想在動物身上做實驗。御醫知道王后為人陰險狠毒，所以假裝遵命，但實際上給了她一種無害的藥。凡是吃了這種藥的人都會酣睡幾個小時，看起來就像死了一樣，但醒後仍然安好無恙。出於好意，畢薩尼奧把藥送給了伊摩琴，讓她生病的時候吃。兩人就此告別了。畢薩尼奧衷心祝福她一路平安，早日從這場災難中解脫出來。

天意還眞奇妙，伊摩琴竟然走到了她那兩個被偷走的弟弟那裡。原來，偷走他們的是辛白林王宮裡的一個貴族培拉律斯。早年，他是一名戰功卓著的軍官，但被仇人誣告通敵謀反，結果被辛白林逐出宮廷。為了報復，他偷走了辛白林的兩個兒子，想把他們殺死。可是隱居之後，他就不忍心那麼做了。不久，他就像對待自己的孩子一樣疼愛著他們，撫養他們長大成人。如今他們已成長為英俊的少年，高貴的血統使他們英勇果敢，同時，常年的狩獵生活又使他們行動矯捷，能吃苦耐勞，他們總是懇求培拉律斯讓他們到戰場上去碰運氣。

伊摩琴是怎麼來到這個山洞的呢？她本想穿過森林，走到前往密爾福特港的那條大道，從那裡乘船去羅馬。可是伊摩琴不幸迷了路，饑餓和疲憊使她沒有力氣繼續走了。要知道，一個嬌生慣養的年輕女子即使穿上男人的衣服，也不可能像一個眞正的男人那樣經得起折騰，更何況是在荒涼的森林裡跋涉。就在伊摩琴不知如何是好的時候，她看到了這個山洞，她連忙走進去，希望能討點東西吃，可是除了一些冷肉，山洞裡什麼也沒有。她實在太餓了，等不到人來就開始吃起來。

「唉，原來男人的生活是這麼無聊，」她自言自語地說，「我都快累死了！這兩夜，我都是在硬綁綁的地面上睡覺，要不是有一股強烈的意志在支撐著我，我早就病倒了。可是畢薩尼奧從山頂指給我看的時候，密爾福特港顯得多麼近啊！」接著她又想起了丈夫和他那殘忍的命令，就說：「親愛的波塞摩斯，你怎麼可以這樣對我！」

這時候，她那兩個弟弟和培拉律斯打獵回來了。兩位王子原本的名字是吉得律斯和阿維拉古斯，但他們一直不知道自己的身世，認定培拉律斯就是他們的親生父親，培拉律斯一直叫他們波里多和凱德華爾。

培拉律斯先進到山洞，看到伊摩琴就攔住兩個孩子說：「先別進來，有人在裡面吃東西，不然我會以爲是仙人下凡。」

「怎麼了，父親？」兩位王子問。

「天哪，」培拉律斯又說，「眞是個難得一見的絕美少年，我眞的以爲是天使出現了。」穿上男裝後，伊摩琴的確顯得太漂亮了。

聽到有人說話，伊摩琴走了出來，說：「好心的朋友，請你們不要誤會，我什麼也沒有偷，即使有滿地的金子我也不會拿的。我只是太餓了，等不及你們回來就吃了你們的肉，可我眞的準備付錢的。即使你們沒回來，我也打算把錢放在桌子上，爲你們祈禱以後再離開，請不要傷害我。」他們誠懇地謝絕了她的錢。

「我知道你們生氣了，」伊摩琴膽怯地說，「可是先生，我要不這麼做就會餓死的，請不要因為這個錯誤殺死我。」

「你叫什麼名字？要去哪裡啊？」培拉律斯問。

「我叫斐苔爾，」伊摩琴回答，「我有個親戚，要在密爾福特港乘船去義大利。我正要去找他，但在路上餓得筋疲力盡了，所以才吃了你們的食物。」

「好孩子，」老培拉律斯說，「不要認為我們無知，也不要因為我們住的地方簡陋就懷疑我們的善良。巧的很，你看天就要黑了，你今天也不能繼續趕路了，還是留下來吃頓飯，讓我們略盡地主之誼吧。孩子們，快表示歡迎啊！」

於是，她那兩個舉止溫柔的弟弟就說了很多好話，盛情邀請伊摩琴。伊摩琴高興地答應了。正好，剛才打獵的時候，他們獵到了一隻鹿，伊摩琴就熟練地幫助他們準備起晚餐來。雖然現在出身名門的年輕女子都不怎麼講究烹飪，但那時卻不一樣，而且伊摩琴本來就擅長做飯。她的弟弟深受吸引，說斐苔爾把菜根切得大小適中，羹湯的味道也醇香無比，跟天后朱諾生病時的飲食味道差不多。

「而且，」波里多還對弟弟說，「他唱起歌來真像個天使！」

不過他們也注意到了，雖然斐苔爾的笑容很甜，卻怎麼也遮不住那層濃濃的愁雲，好像背負著太多的憂愁和痛苦。

或許是因為她溫厚的品性，或許是因為他們並不知曉的血緣關係，兩個弟弟對伊摩琴充滿了好感。當然，伊摩琴也同樣喜歡他們，她甚至想，如果不是自己牽掛著親愛的波塞摩斯，她大可以在這裡過一輩子。不過最後，她還是高興地答應住一段時間，直到她從旅途的疲憊中恢復過來，可以重新上路爲止。

洞裡的食物吃完了，男人們又出去狩獵了，但斐苔爾由於身體不適，就沒跟他們一起去。很顯然，她是因爲丈夫的殘酷而深感抑鬱，再加上在森林裡東奔西跑才弄得身心疲憊。

培拉律斯和伊摩琴的弟弟們一路上都在誇獎斐苔爾，說他舉止大方，氣質高貴。

他們走後，伊摩琴忽然想起了畢薩尼奧給她的那瓶藥，希望這劑藥能帶給她力量，於是就一口喝了下去。接著她就睡著了，看起來就像死了一樣。

打獵的人回來了，波里多第一個進洞，看見伊摩琴躺在那兒，以爲她睡著了。爲了不吵醒她，他就脫掉自己笨重的靴子，輕手輕腳地往裡面走。可是不久，他就發現，不管用什麼辦法，即使推她也不能把她喚醒，於是就認定她已經死了。波里多悲痛地哀悼著，那感覺就像是爲從小一起長大的親兄弟哀傷一樣。

培拉律斯提議把她抬到森林裡去，按照當時的習俗用莊嚴的輓歌來舉行葬禮。

於是，伊摩琴的兩個弟弟就把她抬到陰涼的樹底下，輕輕地放在草地上，在她身上灑滿了樹葉和鮮花，爲她逝去的靈魂唱起了輓歌：

「斐苔爾，只要夏季還沒有過去，只要我還住在這兒，我每天都會用鮮花來裝飾你的墳墓。我

輕輕地放在草地上

要去採潔白的櫻草花，因爲它最像你的臉；我要去採風信子，因爲它像你潔淨的血管；我要去採野薔薇，儘管它還不如你的呼吸那麼芬芳。到了冬天，找不到花的時候，我會把毛茸茸的青苔蓋在你的身上。」

辦完葬禮之後，他們就悲傷地離開了。

沒多久，藥的作用開始消失，伊摩琴慢慢甦醒過來，毫不費力就把身上那層薄薄的樹葉和鮮花抖落了。她昏沉沉地環顧四周，還以爲自己在做夢呢。她說：

「我記得自己好像在山洞裡面幫一些善良的人做飯，可現在我怎麼會在這兒，身上還蓋滿了鮮花呢？」

她不認得回山洞的路，也找不到那些新朋友，就確信她記憶中的一切都是一場夢。於是，她又疲憊地出發了，只希望能走到密爾福特港，從那裡搭上一條前往義大利的船，因爲她唯一的願望就是找到她的丈夫波塞摩斯。

就在伊摩琴遭遇這種種不幸的時候，不列顛也發生了一件大事：羅馬和不列顛忽然發生了戰爭。一隻羅馬軍隊大舉進犯不列顛，並且佔領了伊摩琴所在的森林。波塞摩斯也在軍隊之中。

儘管波塞摩斯是隨羅馬軍隊來到不列顛的，卻並不打算爲羅馬效力。他想加入不列顛的軍隊，捍衛曾放逐他的國王，只因爲他是伊摩琴的父親。

其實，他仍然相信伊摩琴對他不忠實。可是自己深愛的人已死，而且是自己害死了她（畢薩尼奧寫信給他，說事情已經辦妥），這讓他既悔恨又痛苦。於是，他回到了不列顛，想著隨時戰死沙場，或者由於未經允許返回而被處死；總之，他已將生死置之度外。

再說伊摩琴，她還沒走到密爾福特港就被羅馬軍隊俘虜了。不過她的行爲舉止很討人喜歡，就做了路歇斯將軍的隨從。

與此同時，雙方軍隊就要交鋒，戰爭迫在眉梢。波里多和凱德華爾聽說後也加入了國王的軍隊，雖然他們無論如何都想不到這是爲自己的父王而戰。除了這兩個年輕人急於大展身手外，老培拉律斯也上了戰場。他早就後悔偷走了辛白林的兩個兒子，再加上他年輕時的鬥志重新被點燃，所以他很樂意爲自己傷害過的國王作戰。

雙方軍隊展開了大規模的戰爭，羅馬軍隊氣勢逼人。幸虧波塞摩斯、培拉律斯和辛白林的兩個兒子驍勇善戰，才扭轉了戰局，使不列顛人取得了勝利；同時也救了國王的性命。

戰爭結束了。波塞摩斯沒能如願死在戰場上，就向辛白林的一個軍官自首，表示願意接受死刑，因爲他在流放的過程中私自回國了。

伊摩琴和她伺候的主人被俘虜了，和他們一起被俘的還有那個惡毒的阿埃基摩——他是羅馬軍隊裡的一名軍官。他們被帶到國王面前的時候，波塞摩斯正要接受死刑的宣判。巧的是，就在這時，培拉律斯、波里多和凱德華爾也被帶到了辛白林面前，當然，他們是來領賞的。畢薩尼奧也在場，因爲他是國王的一個侍從。

就這樣，大家同時站在國王面前，只不過每個人的身分是不同的：被俘的波塞摩斯、伊摩琴以及她的新主人羅馬將軍、忠實的僕人畢薩尼奧、不義的朋友阿埃基摩，還有辛白林兩個失蹤的兒子，以及偷走他們的培拉律斯。

羅馬將軍頭一個開口，其他人都一聲不響地站在國王面前，當然，他們之中許多人的心都在怦怦跳著。

此時的伊摩琴正以一個戰俘的身分站在父親面前。她認出了波塞摩斯，儘管他喬裝成一個農民；不過波塞摩斯卻沒認出穿了男裝的妻子。伊摩琴還看到了阿埃基摩，而且在他手上發現了自己的戒指，可是她並沒有想到眼前的這個人正是自己一切災難的根源。

畢薩尼奧認出了伊摩琴，因爲是他幫她喬裝的。他想：「這是我的公主啊，她還活著！那我就先別戳穿了，看命運怎麼安排吧。」培拉律斯也認出了她，就悄悄地對凱德華爾說：「這不是那個死去的男孩子嗎，他又活過來了。」

「就是兩粒沙子也不會這麼像，」凱德華爾說，「這個可愛的少年跟死去的斐苔爾簡直一模一樣。」

「也就是說，他死而復生啦！」波里多說。

「小聲點，小聲點，」培拉律斯說，「如果眞是他，他一定會跟咱們說話的。」

「可他明明死了啊，我們親眼看見的。」

「別說話。」培拉律斯說。

波塞摩斯靜靜地等著，只盼自己趕快被宣判死刑。所以他打定主意不讓大家知道自己曾在戰場上救過國王的性命，因爲他怕那樣一來，辛白林受到感動，赦免了他。

羅馬的那個將軍英勇之餘，又高貴莊重，他是這樣對國王說的：「我聽說只要是被你俘虜的人，都要被判處死刑，不管多少金錢都不能換回一條性命。我是羅馬人，我願意用一顆羅馬人的心來接受死亡，可是我要請求你一件事。」他把伊摩琴領到國王面前，說：「這是我的隨從，他善良、勤勞、忠實、可靠，我從未遇過像他這樣忠於職守的隨從。而且他是不列顛人，雖然伺候過羅馬人，卻從來沒有做過對不起不列顛人的事。所以，請你饒恕他吧。」

辛白林並沒有認出喬裝的女兒，可是他卻說了這麼一番話：「他的相貌讓我有一種熟悉和親切感，我總覺得在哪裡見過他。我不知道爲什麼，可我還是要這麼說：孩子，你放心地活著吧，我不僅饒恕你的性命，而且不管你提出什麼要求，我都會答應你。即使你要我饒恕哪個俘虜的性命，我也絕無二話。」

「謝謝陛下的恩典。」伊摩琴說。

很明顯，國王的這番話就是說，不管受恩典的人要什麼，他都會答應他。

大家都在留心這個隨從會要求些什麼。她的主人路歇斯說：「好孩子，我知道你想要求饒恕我的性命，不過那眞的不是我所想要的。」

「唉，對不起，」伊摩琴說，「我的好主人，我不能要求救您的命，因爲我還有更重要的事要做。」

這個孩子說出了這種忘恩負義的話，讓羅馬將軍大吃一驚。

伊摩琴專注地盯著阿埃基摩，只提出這麼一個要求：求國王讓阿埃基摩招供出手上的鑽戒是哪兒來的。

辛白林答應了，並威脅阿埃基摩，如果不從實招來，就要嚴刑逼問。

就這樣，阿埃基摩招供了他的全部罪行，把他與波塞摩斯打賭的經過，以及自己怎麼使用陰謀欺騙波塞摩斯，一一說了出來。

波塞摩斯這才知道事情的眞相，他竟然殺死了一個清白無辜的妻子，此刻他的痛苦達到了極點。於是，他立刻奔向前去，悲傷地向國王坦白，他已命令畢薩尼奧處死了伊摩琴公主。最後，他狂叫著：「伊摩琴，我的王后！我的生命！我的妻子！」

看到心愛的丈夫如此痛苦，伊摩琴實在不忍繼續隱瞞自己的身分。如此一來，波塞摩斯的內疚和痛苦變成了難以置信的寬慰和歡欣，他原以爲已被自己殺死的妻子又重新回到了身邊。

辛白林這麼奇妙地找到了失蹤的女兒，跟波塞摩斯一樣高興。因此，他不但饒了波塞摩斯，還同意了這樁婚姻，承認了波塞摩斯這個乘龍快婿。

就在這歡樂的時刻，培拉律斯也自首了。他指著波里多和凱德華爾對國王說，這就是他那兩個丟失已久的兒子——吉得律斯和阿維拉古斯。

國王這才知道，搭救自己的人竟是自己失蹤多年的兒子，自己還曾看到他們是那麼驍勇地作戰，這眞是意想不到的快樂。重新得到了女兒和兒子，辛白林高興還來不及，哪裡還會想到懲罰呢，因此他赦免了老培拉律斯，並歡迎他回宮。

這時候，伊摩琴也可以爲路歇斯將軍效勞了。在女兒的請求下，辛白林馬上就赦免了這個人。並且由於路歇斯的調停，羅馬跟不列顚達成了和平協議，從此之後，兩國維持了多年的相安無事。

現在該說說辛白林那個惡毒的王后了。她看到自己的奸計沒能得逞，同時也感受到良心的不安而病死了；在她死前，她那愚蠢的兒子克洛頓也在一場爭吵中被人殺死了。連阿埃基摩這種背信棄義的人也被釋放了，只因爲他的奸計沒能在最後得逞。所以，這個故事的結局是可喜的，而且用一句話總結就足夠了：凡是應該得到幸福的人都得到了幸福。

ℒ 李爾王

李爾是不列顛的國王，他有三個女兒：高納里爾、里根和考狄利婭。高納里爾和里根分別嫁給了奧本尼公爵和康華爾公爵，年輕的考狄利婭雖然未婚，但此時法蘭西國王和勃艮第公爵都在李爾的王宮裡，爲的就是向她求婚。

老國王已八十多歲了。由於常年爲國事操勞過度，身體已日漸衰弱。權衡再三，他決定退位，把國事交給年輕有爲的人去打理，自己就在安寧中度過餘生，準備後事。因此，他把三個女兒叫到跟前來，想知道她們對他的愛戴程度，然後據此分配每人應得的國土。

其實，在這種場合，只要誠懇實在地表達自己的感情就足夠了。可是，高納里爾的心裡根本不愛她的父親，她信口編了一大堆花言巧語來諂媚父王。她說自己對父親的愛不是用言語就能表達的，這份愛勝過自己的生命和自由，甚至超越一切。老國王對這樣的回答非常滿意，於是就憑著一時衝動的父愛，把三分之一的國土賜給了大女兒和她的丈夫。

接著輪到二女兒了。里根的虛僞絲毫不比姊姊遜色，甚至比姊姊更勝一籌。她說姊姊的話也不

考狄利婭

足以表達自己對父親的愛，在這個世界上，她唯一的幸福就是孝順親愛的父王，除此之外，她對什麼都不感興趣。

里根的表白這麼出色，李爾當然也要給予同樣的賞賜，於是他又把三分之一的國土賜給了二女兒和她的丈夫。孩子們的愛讓他感到很幸福，他也祝福了自己。

最後，李爾轉身問他的小女兒考狄利婭要說些什麼。他想，考狄利婭一定會像姊姊一樣說出讓他高興的話，或許比她們的話更熱烈，因爲三個女兒中，他一向最寵愛她。可是，考狄利婭很討厭姊姊們的奉承，她知道她們心口不一，剛才的話都是在撒謊。而她們那麼做只不過是想得到父王的國土，儘早掌握大權。因此，考狄利婭只是說，她的愛不多也不少，她會按照作女兒的本分去愛國王。

國王大吃一驚，因爲她最寵愛的孩子，竟然說出如此忘恩負義的話。於是他讓她重新修正一下自己的措辭，不然她的前途會很危險。

考狄利婭告訴父親說：「您是我的親生父親，您從小就疼愛我，把我撫養成人。我也會盡到做女兒的責任，愛您、尊敬您、孝順您。可是我不能像姊姊們那樣，保證愛您勝過其他任何人。因爲，我有了丈夫之後，一定會分給他一半的愛，用一半的心去照顧他，盡到一個妻子的責任。如果像姊姊們說的那樣，還結婚做什麼呢？」

實際上，考狄利婭對父親的愛是眞誠的，就像她的姊姊們假裝的那樣。她也知道，自己剛才的話確實不好聽，可是看到姊姊們透過虛僞的奉承得到了豐厚的賞賜，她就想：只有用行動去愛父親，才能使這份愛不至於沾染上貪圖的色彩，才能表明我對父親的愛並不是爲了得到什麼。所以，她才說出那番雖不動聽，卻眞摯誠懇的話。其實，如果不是在這麼一個場合，她會明明白白地告訴父親，自己會用實際行動去證明對父親的愛，言辭也會更親熱，而不至於像現在這樣僵硬。

李爾王年輕的時候就是個性情急躁、容易發脾氣的人；如今上了年紀，難免昏聵，更是難辨眞假了。如此一來，考狄利婭那番樸實的話就被他當作驕傲了。狂怒之下，他收回了原本留給她的三分之一國土，平均分給了她的兩個姊姊和姊夫。就這樣，李爾把他的兩個女兒和女婿召集在一起，當著所有大臣的面把王冠賜給了他們，還把全部的權利、稅收和國政都交給他們共同管理。至於他自己，在放棄所有的職權之後，只要求保留著國王的名義和尊嚴，然後帶著一百名騎士作爲侍從，在兩個女兒的王宮裡輪流居住。

國王憑著一時的衝動，毫無理智地分掉了整個王國，這讓所有的大臣感到既震驚又難過：震驚的是這麼做實在太荒唐了，難過的是國王冤枉並懲罰了最眞誠的女兒。可是，也只有肯特伯爵有膽量去冒犯怒氣沖天的國王。他一向對李爾忠心耿耿，甚至把國王當作父親、主人。他認爲自己的生命微不足道，自己活著的目的和意義只不過是爲了效忠國王。只要能保護國王，他可以把生死置之度外。肯特伯爵一向是國王最忠實的諫臣，而在很多大事上，國王也會聽從他的意見，接受他的勸告。如今，看到國王做出了對自己不利的決定，這個忠誠的僕人又開始以一貫的精神來捍衛主人的利益了，只不過這次是以反對的名義。可是肯特伯爵剛替考狄利婭說了幾句好話，李爾王就暴跳如雷了，甚至還說要取他的性命。可是國王的威脅並沒有讓他屈服，反而激他說出了最坦率的話。他說，自己敢用性命擔保，考狄利婭的孝心絕不比姊姊少，她說話的聲音低、甜言蜜語少，是因爲她充滿了眞誠的感情，不需要用虛假的諂媚去填補。所以，請國王好好考慮一下，收回成命。

很不幸，肯特伯爵的諫言更加激怒了國王，他被放逐了，並且必須在五天之內離開不列顛，否則就會被馬上處死。這眞像一個發瘋的病人要殺死替他治病的醫生，卻反而對那些讓他斃命的症狀戀戀不捨。無奈的肯特只有向國王告辭，說事已至此，自己出去流浪和留在國王身邊已經沒什麼區別了，他會馬上離開，到一個新的地方去找尋曾走過的路。走之前，他還祈禱上天保佑考狄利婭，祈禱她的兩個姊姊能用實際行動來兌現曾誇下的海口。

如今，考狄利婭失去了父親的寵愛，也失去了繼承權，已經一無所有了。李爾王想知道法蘭西國王和勃艮第公爵此時是否還想娶她，就把他們召了進來。結果，勃艮第公爵謝絕了這個婚姻，因爲考狄利婭已沒有任何財產，難怪人們會稱呼勃艮第公爵爲「如水的公爵」，他的愛情就像流水一樣，轉眼間就流光了。不過，法蘭西國王可沒有錯過這麼眞誠的姑娘，他瞭解了事情的經過以後，就拉著考狄利婭的手說，她的品德比一個王國還要貴重。然後，他讓考狄利婭跟她的兩個姊姊和父親告別，去做他的王后，他還說錦繡的法蘭西比她姊姊的王國更燦爛。

考狄利婭跟姊姊告別的時候，她含著眼淚懇求她們要好好照顧父親，就像她們曾承諾過的那樣。可是她們卻冷淡地說，她們自然知道該這麼做，用不著她指指點點。之後，還用嘲弄的語氣說，既然法蘭西國王把她當成上天的恩賜，她還是努力去管好丈夫的幸福吧。考狄利婭只好帶著沉重的心情離開了。她知道姊姊們爲人刁鑽，所以很擔心父親會受苦。

不久，考狄利婭的擔心就變成了現實，因爲她的姊姊很快就露出了眞面目。按照原來的規定，李爾王第一個月要住在大女兒的王宮裡，可是不到一個月，老國王就發現高納里爾當初的諾言是多麼虛假！這個惡毒的女人已經得到了父親給予的一切，現在根本不當他是一回事了。她先對國王不理不睬，每當父親要跟她說話，她就會裝病或者找藉口躲開，很顯然，她把年邁的父親當成是一個累贅。後來，她連國王保留的那點最後的尊嚴都不能容忍了，因爲她覺得那一百名騎士是一種浪費。更過分的是，不但她自己對國王越來越怠慢，而且由於她明目張膽的暗示和唆使，她的僕人也開始故意對他冷淡起來，甚至假裝沒聽到他的話。李爾不可能不知女兒的一舉一動，可他還是儘量睁一隻眼閉一隻眼，因爲人們一般總是不肯相信自己所犯下的錯誤，更何況他當初是那麼地固執與堅持。

如果一個人的愛和忠誠是眞實的，那麼無論你對他多麼殘忍，也不能讓他疏遠你，正如一個心地虛僞的人，無論你對他多麼誠懇，也無法感化他。這一點在好心的肯特伯爵身上體現得尤爲明顯。他已被流放，而且只要在不列顛被人發現，就會丟掉性命；然而，只要還能爲國王效勞，他就會不顧一切地留下來。情勢所逼，他放棄了所有的尊嚴和排場，喬裝成一個僕人，請求國王雇用他。也許，他如今的身分很卑微，可這絕不能說明他這個人下賤，因爲他這麼做只是爲了更方便去盡他應盡的責任。國王當然不知道這就是肯特，就問了他一些問題。肯特故意答得很直爽，甚至可以說有些粗魯，不過國王卻很高興，因爲女兒的所作所爲已讓他厭倦了那種油腔滑調的奉承。於是，李爾很爽快地就收下了他，不過他怎麼都料想不到，這個自稱卡厄斯的僕人，竟是當年他十分得意的寵臣——位高權重的肯特伯爵。

很快地，卡厄斯就表現出了對國王的忠誠和敬愛，這也使得國王對他越來越親近了：有一天，高納里爾的管家出言不遜，侮辱了李爾，當然這都是因爲女主人私下的唆使。卡厄斯看到他這麼無禮，不由分說，當即就絆了他一腳，把那個沒禮貌的奴才拖到了陰溝裡。

眞正效忠李爾的，除了肯特，還有一個人，就是李爾的弄臣。按照當時的習俗，國王和一些大人物身邊都會養個弄臣，在繁忙的公務之餘，爲他們解悶、散心。李爾還在位的時候，這個地位低微的人總是竭盡所能地逗國王開心。李爾退位之後，他仍然跟在國王左右，用他那機智的口才爲國王排解憂愁。當然，他有時也不免善意地譏笑國王，把自己的王國給了如此不孝的女兒，比如他編了這麼一個曲子來諷刺李爾的兩個女兒：

你們喜出望外

卻聽到父親淚流滿面的訴說悲哀

堂堂一國之主
卻淪落到只能和弄臣捉迷藏

這種荒誕不稽的歌詞還有很多，而且這個天性快樂、正直的弄臣也常常當著高納里爾的面唱，故意讓她聽到這些諷刺和笑罵。譬如，他把國王比作一隻籬雀，養大了幼小的杜鵑，卻被杜鵑咬掉了腦袋；還有什麼「驢子也許知道什麼時候車拉著馬走」，意思是說做女兒的反倒站在父親的前面了；還說如今的李爾不過是一個影子而已。當然，這些放肆又無禮的話也讓他受過幾次鞭子的警告。

李爾雖然覺察到他那個不肖的大女兒對他越來越冷淡，也越來越不尊敬，但他忍耐下來了，可是李爾卻沒想到她又提出了更過分的要求。她明明白白地說，那一百名騎士的編制實在是一種浪費，而且又很吵，讓她的王宮看起來不成體統。所以，她要求減少人數，只留一些跟國王差不多年齡的人。如果國王不同意的話，就必須離開她的王宮。

李爾簡直不敢相信自己的眼睛和耳朵，他不敢相信自己的女兒竟說出了如此刻薄的話，他不相信從他手裡得到王國的女兒居然要裁掉他的隨從，剝奪掉他晚年僅有的這點尊嚴。老人真的生氣了，破口大罵高納里爾，說她是「可惡的鳶」，只會一派胡言。的確，那一百名騎士素來品行端正，他們在小事上都很講究禮節，怎麼可能像她說的那樣，吵吵鬧鬧、大吃大喝呢？於是他一邊吩咐馬上備馬，他要帶著隨從去二女兒家，一邊詛咒大女兒。他說，只有鐵石心腸的魔鬼才會忘恩負義，如果一個孩子這樣的話，那簡直比妖怪還可怕。既然高納里爾是這種人，他就詛咒她永遠不能生兒育女，萬一有個孩子，也會用同樣的侮辱來報復她，讓她知道這種滋味比被毒蛇咬還痛苦。這時候，高納里爾的丈夫奧本尼公爵聽不下去了，就爲自己辯解，希望李爾不要連他一起罵。可是李爾根本沒等他把話說完，就帶著隨從走了。這時，他想起了考狄利婭，比起她的姊姊，她怎麼能算犯錯呢？可自己卻把她趕走了！想到這裡，他哭了。眼淚又讓他感到慚愧，自己英勇一生，可如今卻被高納里爾逼出了男子漢的眼淚，實在羞愧啊！

出發前，國王派忠心的卡厄斯帶一封信去里根那兒，他想，這樣女兒就有時間準備接待他了。可是，卡厄斯到達的時候，卻看見了高納里爾的管家，就是那個被卡厄斯絆過一跤的奴才。原來，可惡的高納里爾也派人送信給妹妹，責備父親任性固執，脾氣乖張，還挑唆妹妹不要收留父親和他的侍從。卡厄斯知道這個管家一向愛製造禍端，他來肯定沒什麼好事，就破口大罵，要跟他決鬥，並且在一怒之下，狠很地揍了他一頓。雖然卡厄斯打了人，但這也是那個傢伙罪有應得，更何況他又是國王派來的，理應受到最高的禮遇，可是里根和她的丈夫卻爲他戴上了枷鎖。就這樣，國王到來以後，首先就看到了這屈辱的一幕。

但這也只不過是一個開始罷了，更壞的事情還在後面。國王來到後得到的答覆竟然是，她的女兒和女婿旅行了一夜，現在很累，不方便接見他。老人當然不願意，要求非見到他們不可。可他萬萬沒料到，跟著二女兒出來見他的，還有那個可恨的高納里爾。她派人送信來不算，還親自跑來惡人先告狀。

這種情景實在太刺激老人了，於是他憤怒地質問高納里爾，難道他這一大把白鬍子不會讓她覺得慚愧嗎？之後，他又說里根的眼睛是溫和善良的，不像高納里爾的那麼兇狠，她肯定沒有忘記父親曾賜給她半個王國，所以他決定以後帶著那一百名騎士住在這裡。可是，里根竟然要她年邁的老父親去向姊姊賠禮道歉，再裁去一半的侍從，安安靜靜地回到姊姊那裡；還說什麼「上了年紀的人，缺乏分辨的能力，應該由別人的智慧來支配，不要信任自己的智慧」。國王怎麼能容忍這樣的侮辱呢？李爾說，低聲下氣地向自己的親生女兒乞討，這實在太荒唐了，所以他永遠不再回到高納里爾的王宮。如果他那麼做，還不如去法國，向不要任何嫁妝、娶了他小女兒的國王要一筆養老金呢。

看來，李爾投奔二女兒的想法已經泡湯了。因為里根好像故意要超過姊姊的忤逆，竟然說她覺得五十名隨從太多了，二十五名就足夠了。李爾的心幾乎要碎了，但他卻只能屈服於殘酷的現實之下，於是他轉過身來，略帶諷刺地對高納里爾說，他願意回去，因為五十還是二十五的兩倍，這說明她的愛比里根的還多一倍呢。可毫無人性的高納里爾又開始推托，說二十五名也太多了，她覺得連十名、五名都用不著，她和妹妹有那麼多的僕人，足夠父親使喚的了。就這樣，兩個喪盡天良的姊妹拚命比著如何虐待自己的老父親。要知道，雖然一個人不一定非要有一幫衣冠華麗的侍從才算幸福，但從國王淪落到乞丐，從統治幾百萬人到一個侍從也沒有，這個難堪的變化是很難讓人接受的。所以，對於曾統治過一個王國的李爾來說，如今已所剩無幾了，可她們絲毫不顧及父親的感受，竟想把他這一點點的尊嚴也全部取消。尊嚴的消失、親情的廉價，雙雙刺痛了李爾的心。他的神志開始有些不正常了，他說著自己都不明白的話，發誓要向這兩個天理不容的女兒報復，詛咒她們遭到天打雷劈。

就在他發狂地喊著這些他做不到的事情時，天忽然間暗下來了，緊接著就是一陣電閃雷鳴的暴風雨。即使如此，李爾的女兒仍然不同意讓他的侍從進去。老人無奈，就吩咐把馬拉過來，他寧可到外面去承受暴風雨的洗禮，也不願意跟這兩個無情無義的女兒同住在一個屋簷底下。她們竟然說，任性的人一定會嘗到愚蠢的苦果，如果遭遇到什麼苦難，那一定是他自作自受。說著，她們就下令把城堡門關上，任憑她們可憐的老父親走進滿天烏雲的風雨中。

風越來越猛，雨越下越大了。但在李爾王的心中，再大的風雨也沒有女兒的狠毒那樣令人心痛，於是老人毫無目地在風雨中奔跑。這是一片空曠無際的荒原，周圍沒有任何可以遮風擋雨的地方，老人就在大自然的洗禮中呼喊著，他要風把地面刮到海裡去，或者讓海浪肆虐，淹沒地面，來懲罰那些忘恩負義的人。此時，老人的身邊只剩下那個可憐的弄臣了，他依然跟著國王，想辦法說些詼諧的話來排遣這種不幸。他說，在天氣這麼惡劣的情況下游泳眞沒意思，國王還不如去向女兒乞討祝福呢。

老人就在大自然的洗禮中呼喊著

縱然風吹雨打，只怪自己愚蠢；
即便天天淋雨，無需怨天尤人。

曾經叱吒風雲的一國之君，如今只剩下一個孤零零的侍從，這是何等的悲哀！就在這種悲慘的境況下，肯特伯爵假扮的卡厄斯找到了李爾王，原來他一直跟著國王，雖然國王並不知道。他說：「國王，不要待在這兒了。這樣的黑夜實在太恐怖了！看，狂風暴雨把野獸都嚇跑了，脆弱的人是經受不住這樣的折磨的。」

李爾反駁說，一個人生了重病的時候，就不會感覺到細微的痛苦了；只有保持一顆安寧的心，肉體才會變得敏感。現在，暴風雨已奪去了他心裡的一切感覺，他唯一能夠感受到的也只有奔騰的熱血了。之後，他傷心地說道，父母就是兒女的手，如果兒女忘恩負義的話，就等於咬掉了那雙餵養他長大的手。

經過卡厄斯一再地勸說，國王終於答應到一個窩棚下避避雨。不過弄臣進去以後，又驚恐地跑了出來，大喊看見了幽靈。不過這個幽靈只不過是一個可憐的瘋乞丐，他也是來這兒躲雨的。當時，有一種人自稱「可憐的托姆」或「可憐的屠列古德」，他們有的是眞瘋，有的是裝瘋，在鄉下流浪漂泊。爲了生存，他們常常會有一些出人意表的舉動，比如他們會嚷嚷「哪位行行好，賞點什麼給可憐的托姆吧」，或者他們會把針、釘子之類的東西扎到胳膊上，故意讓血流出來。這些瘋狂的行爲會讓那些好心的鄉下人感動或心軟，然後施捨給他們。剛剛弄臣看到的幽靈就是這種人，他除了腰上裹著一條毯子，簡直是一絲不掛。國王看到他這麼潦倒，就說他一定把所有的財產都分給了女兒們，因爲在國王半瘋癲的頭腦中，他認爲只有養了狠毒的女兒，才會落到如此的地步。

看到國王被女兒的虐待氣成這個樣子，肯特伯爵非常傷心，但他依然保持著絕對的忠心。天亮的時候，他找了一些仍然忠於國王的侍從，幫他把國王送到多佛城堡，因爲在那裡，他的朋友很多，勢力也很大，照顧國王比較方便。而他自己則趕忙乘船前往法國，日夜兼程地趕到了考狄利婭的王宮，詳細地敘述了她兩個姊姊的慘無人道和她父親的悲慘境遇。這個善良孝順的孩子傷心地哭了，她馬上請求丈夫允許她帶上足夠的人馬，去討伐兩個殘忍的姊姊和姊夫，把王位還給父親。得到丈夫的允許後，她就帶著一隻軍隊，在多佛登陸。

李爾被送到多佛以後，肯特伯爵就派了些人照顧他，以免他到處亂跑。可他還是乘機偷跑了。幸好，李爾在附近的田野徘徊的時候，被考狄利婭的隨從發現了。這位國王當時的情況眞是淒慘極了，他一個人大聲唱著歌，頭上戴著用稻草和其他野草編成的王冠，看起來完全瘋了。考狄利婭雖然很想念父親，可她還是聽從了醫生的建議：等睡眠和藥物使國王慢慢鎭定下來的時候，再和父親見面。考狄利婭還許諾，只要能治好國王的病，她願意拿自己所有的金銀珠寶來酬謝醫生。終於，考狄利婭可以見到她的父親了。

父女團圓的情景很感人。剛開始，李爾王並沒有認出他的女兒，因爲他的神志還沒有完全恢復。他不知道自己身在哪裡，只是感覺有一個好心的人在吻他，對他說著溫暖的話。不過慢慢地，他清醒過來了，但他不敢相信眼前的好心人就是自己的女兒，就說，如果他弄錯了，請旁邊的人不要嘲笑他。然後，他就跪了下來，老淚縱橫地祈求女兒的原諒。善良的考狄利婭也一直跪在那裡，說這是她應盡的孝道，只因爲她是他的孩子，希望自己對父親的愛能減輕姊姊們對父親的傷害。考狄利婭還說，她們把年邁的老父親趕到風雨中，應該感到羞愧，因爲即使是仇人的狗咬了自己，在那種惡劣的天氣，她也會讓狗在火爐邊暖暖身子；所以她這次特地從法國前來，就是爲了幫助父親。聽到這裡，老國王眞是既高興又慚愧。高興的是，又見到了自己鍾愛的孩子，慚愧的是，當初就因爲那麼一點點過錯，自己就遺棄了這麼孝順的孩子。於是，老國王又一次誠懇地說，請她原諒過去的事，一切都是自己錯了；她有理由不孝順自己，但她的兩個姊姊卻沒有。考狄利婭回答說大家都沒有理由不孝順父親。

慢慢地，考狄利婭和她的大夫終於治好了國王的神經錯亂。現在，我們暫時把這位老國王託付給這個孝順的孩子，看他那兩個狠毒的女兒怎麼樣了。

這兩個惡毒的女人對待自己的父親尚且那麼殘忍，對丈夫又能忠實到哪裡去呢？不久，她們就公然表示另有所愛，不巧的是，姊妹兩人還因爲愛上了同一個人而變成了仇敵。這個人是已故的葛羅斯特伯爵的庶子愛德蒙，他曾經使用詭計，剝奪了理應由他哥哥埃德加繼承的爵位。就憑這一點，他和高納里爾姊妹勾搭，正好是半斤八兩。恰巧這時候，里根的丈夫康華爾公爵去世了，里根就馬上聲稱要和愛德蒙結婚。高納里爾妒火中燒，就想辦法毒死了妹妹。不久，她也受到了懲罰，因爲她丈夫發現了她的罪行和不貞，就把她送進了監獄。她因爲愛情受挫，在獄中既憤怒又絕望，不久就自殺了。就這樣，李爾王的兩個壞女兒由於自己的邪惡和爭吵，毀了自己。

對於這兩個壞女人的死，大家都說公道。如果考狄利婭能夠率領軍隊幫助她的父親奪回王位，故事的結局就很完美了。但是，在現實生活中，往往並非善有善報，惡有惡報，品德高尙的考狄利婭並沒有得到幸福的結局。因爲，那個卑鄙的愛德蒙率領軍隊打敗了法蘭西，這個壞伯爵因爲害怕，所以想篡奪王位，他當然不會讓合法的考狄利婭活著，於是就派人把她殺了。可憐這個純潔無辜的女人，年紀輕輕就被上天召回了，不過她的有生之年留給世人一個盡孝的典範。這個善良的孩子死後，李爾也因悲傷過度而去世了。

再說說那個忠實的肯特伯爵吧。自始至終，他一直陪伴在李爾的左右。李爾去世之前，肯特曾想讓國王知道，卡厄斯就是他。可是李爾已經發了瘋，怎麼也無法理解，爲什麼肯特和卡厄斯會是同一個人呢？後來，肯特就不再解釋了。李爾死後，這個忠實的奴僕很悲傷，再加上年事已高，不久也進了墳墓。

最後，上天還是懲罰了那個卑鄙的愛德蒙。他的陰謀敗露後，在一場決鬥中，被他哥哥刺死了。至於不列顛的王位，落在高納里爾的丈夫奧本尼公爵身上。他沒有加害考狄利婭，也沒有鼓勵妻子那樣殘忍地虐待她父親。所以，李爾死後，他就順理成章地做了不列顛的國王。但這個故事講的只是李爾王和他三個女兒的經歷，如今他們都死了，其他的事就不必再提了。

馬克白

在仁慈謙恭的鄧肯掌管蘇格蘭王國的時期，有一位名聲赫赫的貴族，他叫馬克白。馬克白是國王的親族，由於他的勇敢善戰和優良品行，所以贏得了國人的極度尊敬。最近，他再次率兵擊敗了一支由挪威援助的叛亂大軍。

激戰之後，馬克白和班柯這兩位蘇格蘭的將軍凱旋而歸。途徑一片荒蕪的原野，卻被迎面走來的三個外表怪異的女人攔住了去路。這三個人看起來像是女人卻長著鬍鬚，她們皮膚乾枯，穿著蠻族的衣服，一點都不像是在陸地上生活的人。馬克白首先向她們打招呼。她們好像被冒犯了，一個個都把自己乾裂多皺的手指放在乾枯的嘴唇上，示意不要說話。她們之中的第一個人稱呼馬克白為「格萊密斯爵士」，馬克白對此感到有些吃驚，她們是怎麼知道自己身分的？接下來，第二個人稱他為「考特爵士」，這更令馬克白驚訝萬分，他知道自己尚未享有這個爵位的資格，然而第三個人竟然對他說：「歡呼吧，你將成為未來的君王！」這個預言令馬克白震驚，因為他知道只要國王的兒子還在世，繼承王位對他而言簡直是天方夜譚。

被迎面走來的三個外表怪異的女人攔住

對於班柯，她們用一種預言般的語言向他宣佈：「你的地位雖然低於馬克白，但是你比他更偉大！你雖然沒有馬克白幸運，但是你將獲得更多的快樂！你雖然不會成爲君王，但是你的兒孫將成爲蘇格蘭的國王。」話音剛落，她們便化作輕煙消失得無影無蹤了。兩位將軍這才明白，她們就是傳說中的命運三女神，或是稱她們爲女巫。

當他們還在百般揣摩剛才的奇異境遇時，國王突然派來信差，授予馬克白「考特爵士」這個尊貴的封號。馬克白驚喜地發現，這個突如其來的好消息與剛才女巫們怪異的預言如此吻合，他站在原地發楞，一時之間不知所措，沒能回覆使者。而馬克白心中的期待卻像河水一樣奔騰洶湧起來，他熱切地期望第三個預言也能夠變成現實，那麼他就將成爲蘇格蘭的國王。

他轉過頭問班柯：「女巫們對我的預言已經如此難以置信地應驗了，難道你不希望你的孩子成爲君王嗎？」

「這種希望會誘惑你去篡奪王位。」班柯回答說，「要知道，黑暗中的惡魔常常會在小事情上透露一些實情，以此獲得我們的信任，然後引誘我們去做有可能導致嚴重後果的事情。」

但是女巫們邪惡的暗示在馬克白的心中已經生根發芽，他根本聽不進班柯的苦心勸說。從那時起，他的全部心思都用來策劃如何走向蘇格蘭國王的寶座。

馬克白寫信將命運三女神奇怪的預言以及部分預言已經應驗的實情告訴妻子。馬克白的妻子是一個極具狂熱野心的女人，只要丈夫和她自己能夠達到目的，她將不擇手段。馬克白一想到要去屠殺親人，便感到良心受到了譴責，而他的妻子卻在一旁極力地煽動馬克白謀殺國王，這將是他們實現那令人狂喜的預言絕對必經的一步。

那時，國王經常會離開皇宮親切地訪問他的臣僚。而這次則是為了表彰馬克白在戰役中所獲得的輝煌戰果，屈尊來到了馬克白家。隨行除了兩位年輕的王子——馬爾康和道納本，還有一大群貴族和侍從。

馬克白的城堡建造的賞心悅目，周圍的環境美妙而又清新，聖馬丁鳥和燕子在建築物延伸出的裝飾與牆壁下築巢，地理位置佔有相當的優勢；這裡的氛圍由於鳥兒的繁衍與出沒而變得柔美可人。國王來到這裡，內心十分欣喜，並沒有十分注意尊貴的女主人——馬克白夫人——她巧妙地利用微笑掩蓋了內心陰險的目的，就像是一朵天真的花朵，下面卻盤旋著一條可怕的毒蛇。

由於旅途勞累，國王很早就上床休息了，在寢宮之內有兩位侍從官陪著他。他對於這一切款待感到非常滿意。在睡覺之前，他賜給大臣們一些禮物，也送了馬克白夫人一顆貴重的鑽石，並稱贊她是親切的女主人。

夜深了，萬籟俱寂，邪惡的夢侵襲著人們沉睡的靈魂，只有惡狼和行兇之人在戶外遊蕩。這時，馬克白夫人卻清醒著，密謀著如何殺害國王。她是一個性格堅毅的人，做事不會半途而廢，但她很擔心她丈夫的本性，馬克白生性善良而不可能謀殺他人。她知道馬克白雖然充滿野心，然而本性卻仍保存著一絲善心，而且並未做好準備犯下野心發展到極點才做得出來的邪惡之事。她已經使他同意了這樁謀殺案，但她仍懷疑他的決心，她擔心他溫順的性情會戰勝他們的目標。所以她手裡拿著匕首，一步步來到國王床前，小心翼翼地勸說兩位侍從官飲酒，他們喝得酩酊大醉，怠忽了自己的職守。在勞累的旅途之後，鄧肯沉沉地睡去，她認眞地注視著鄧肯，他臉上的某種東西很像她自己的父親，這使她沒有勇氣去進行計畫。

她回去和丈夫商量。馬克白的決心再次動搖，他想到了許多說服自己反對這個計畫的理由。首先，他不僅是臣子，還是國王的親族；而且他現在還是男主人和東道主，根據待客之道，他有責任保護客人的安全，而不能身帶兇器殺害客人。然後，他還想到身爲一國之君的鄧肯是多麼的公正與仁慈，又是如何寬恕臣民的冒犯，對貴族們充滿仁愛之心，尤其是對他，這樣的國王是上天特殊的恩賜，臣民們必定會誓死爲其報仇雪恨。

除此之外，由於國王對馬克白的恩寵，各色各樣的人都尊敬他，怎麼能讓卑鄙的謀殺玷污了這些榮譽呢！

在這些思想鬥爭的過程中，馬克白夫人覺察到她的丈夫更傾向於善良的一面，並不想要採取更進一步的行動。身爲一個女人，她不容易動搖自己邪惡的決心，她開始向丈夫滔滔不絕的灌輸自己的想法，一項一項地分析利弊，鼓勵他不要退縮，這件事是多麼容易，而且很快就能完成，短短一夜的行動又是如何能讓他們得到長久的君權統治！

馬克白夫人還向馬克白表明，她曾經哺育過孩子，她知道一個熱愛孩子的母親對正在吃奶的孩子會如何溫柔，但是她會在孩子微笑著看著自己的臉的時候，把乳頭從孩子的嘴巴裡拔出並且把孩子的腦袋砸得粉碎，如果她曾經發誓要這樣做，就像馬克白發誓要進行一場謀殺一樣。

然後馬克白夫人補充道，將罪責歸在爛醉如泥的侍從官身上是很可行的。由於她言語中充滿了勇氣，她嚴酷的責備他如此緩慢的決定，以至於他再一次鼓起勇氣去執行這個血淋淋的勾當。

手中握著匕首，慢慢的，馬克白在黑暗中悄悄地前往鄧肯睡覺的房間；在他行進的過程中，他彷彿看到空氣中另一把高懸的匕首，刀柄指向他，這是由於他焦躁而又壓抑的頭腦以及手中握有的秘密所產生的幻覺。

擺脫了這種擔憂，馬克白潛進國王的臥房，用手中的匕首結束了鄧肯的生命，就在他行兇之時，一位睡夢中的侍從官突然笑出聲來，另一位大喊：「謀殺。」這一聲將兩個人都驚醒了。

但是他們只祈禱了一下；一個說「上帝保佑！」另一個說「阿門」；然後兩人就又睡著了。馬克白站在那裡靜靜地聽著，當一個人說「上帝保佑！」時，他想說「阿門」，雖然他想得到保佑，但是，那個詞哽咽在喉，並沒有說出來。

然後他覺得他聽到一個聲音在呼喚：「不要再睡了！馬克白謀殺了睡眠，清清白白的睡眠，滋養健康生命的睡眠。」這個聲音依舊在呼喚，「不要再睡了！」在整個建築中迴響，「葛萊密斯謀殺了睡眠，考特爵士再也不能安眠，馬克白再也不能安眠了。」

伴著這樣可怕的幻覺，馬克白回去找他那正翹首盼望的妻子，她還以爲他失手而導致整個計畫的挫敗。他回來時心慌意亂，她態度堅定地責備他，然後接過匕首，命令他洗掉手上的血跡，並且在侍從官的衣服上留下血跡，以證明他們有罪。

清晨，謀殺被發現了，其實這根本不可能被掩蓋；儘管馬克白和他的夫人顯得極度悲傷，而且證明侍從官有罪的證據又很充分（匕首就在他們身邊，他們的衣服上沾滿了血跡），然而，馬克白還是受到了很大的質疑，比起那兩個可憐無辜的侍從官，他做這件事的動機要更強；鄧肯的兩個兒子逃走了，大兒子馬爾康逃到英格蘭宮廷尋求庇護；小兒子道納本逃到了愛爾蘭。

國王的兒子原本可以繼承王位，現在卻放棄了。馬克白身爲繼承人之一而被授予王位，這樣一來，女巫們的預言便一字不差地應驗了。

儘管高居王位，馬克白和他的王后始終無法忘掉命運三女神的預言：雖然馬克白是國王，然而在他之後繼承王位的將會是班柯的兒子，而不是他自己的孩子。一想到這裡，一想到他們自己的雙手沾滿了鮮血，犯下如此的滔天大罪，僅僅是將班柯的子孫推上王位，他們便充滿了仇恨，並決定將班柯和他的兒子們置於死地，使女巫們的預言沒有實現的可能，儘管預言中關於他們自己的部分已經以如此不同尋常地手段得以實現。

爲了達到目的，馬克白舉行了一次晚宴，並邀請了所有重要的貴族；在這些人中，班柯和他的兒子弗里恩斯得到了格外隆重的禮遇。在班柯前往皇宮的路上，馬克白佈下天羅地網，準備行刺他；但在混戰中，弗里恩斯逃掉了。弗里恩斯具有王室血統，而且他的家族也是蘇格蘭的王室之一，蘇格蘭的詹姆士六世和英格蘭的第一位君主將他們的王權聯合在一起。

晚宴中，王后的舉止和藹可親又具有皇室風度，她優雅地扮演著女主人的角色，並贏得了在場每個人的注意與尊敬。馬克白和他的男爵、貴族們隨意地交談著，他說如果他最好的朋友班柯也出席的話，那必定使他蓬蓽生輝，這將是最大的榮耀，但是他寧願斥責這種忽略，也不願爲任何不幸而悲傷。當他說這些話時，被謀殺後的班柯的鬼魂也來到了這間房內，並坐到了馬克白的椅子上。儘管馬克白是膽大之人，即使面對惡魔也不會戰慄，但面對這一可怕的景象，他的臉因恐懼而變得慘白，怯懦地站著，眼睛死盯著鬼魂。他的王后和其他客人卻什麼也沒看到，只是注意到他一直凝視著空空的椅子，心神不寧；她輕輕地責備他，這使他又看到了自己謀殺鄧肯時，空中懸著的那把匕首。但是馬克白一直看著那個鬼魂，並未留心別人在說什麼，只是漫不經心地應答。王后非常害怕這個可怕的秘密被發現，就找藉口說馬克白有頭腦紊亂的毛病，匆匆地打發了客人。

馬克白被可怕的景象控制著。噩夢困擾著他和王后，班柯的鮮血和逃跑的弗里恩斯也使他們感到苦惱。班柯被預測會是國王的父親，而弗里恩斯的存在也會讓他們自己的子孫遠離王位的寶座。因爲這些困擾的思緒，他們不得安寧，馬克白決定去尋找女巫，詢問最壞的後果。

馬克白在荒野的一個岩洞中找到了女巫，她們已經預見了他的到來，忙於準備魔咒，並施用魔法預測未來。魔咒可怕的組成成分是癩蛤蟆、蝙蝠、蟒蛇、水螈的眼睛、狗的舌頭、蜥蜴的腿、貓頭鷹的翅膀、龍的鱗片、狼的牙齒、鯊魚的胃、女巫的乾屍、芹葉鉤吻的有毒根莖（只有在黑夜中挖出來的才有效力）、山羊的膽汁、猶太人的肝臟、爬滿墳前的紫杉的枝條，還有死嬰的手指。所有的材料被放入滾燙沸騰的大水鍋裡，當溫度升高時就用狒狒的血液爲水鍋降溫。女巫們又潑入母豬的鮮血，並在燃燒的火焰中拋入絞架上凝結的油脂。透過這些魔咒，她們便可以解開心中的疑惑。

他們要求馬克白選擇是由她們，還是由她們的主人——神靈來解開他心中的疑惑。他沒有被那恐怖的晚宴所嚇倒，大膽地回答：「神靈在哪裡？我想見他們。」她們召喚來了三個神靈。第一個看起來像是一個武裝好的頭顱，他叫著馬克白的名字，吩咐他對法夫的貴族多加小心，要小心麥克德夫；馬克白對他的忠告表示感謝，因爲他已經注意到了麥克德夫，他就是法夫的貴族。

第二個神靈看起來像是個血淋林的孩子，他也叫喚著馬克白的名字，吩咐他不要害怕，而是要鄙視人的權利，因爲沒有一個婦女生下的孩子能夠具有傷害他的能力；他建議馬克白要殘忍、大膽、有決心。

「那麼，你就活著吧，麥克德夫！」馬克白大喊。「你不應該活著，但是我又有什麼好害怕的？只是我仍然要再三確定，以便能夠讓膽怯的心靈強壯，在雷聲陣陣的夜晚也能安然入睡。」

第三個神靈走開了，第三個神靈是個頭戴皇冠的孩子，手中握著棵小樹。他叫著馬克白的名字，安慰他不要怕陰謀，他永遠不會被擊潰，除非有一天勃南的樹移到了鄧希嫩山面前來。

「多麼可愛的預言！很好！」馬克白大喊；「誰能移動森林，移動它深埋在土地中的根？我知道我會和常人一樣活下去，不會被謀殺，但我很想知道一件事。告訴我，既然你們預測未知的能力如此強大，那麼班柯的兒子是否會統治這個國家？」

大鍋陷入地下，嘈雜的音樂漸漸清晰，八個影子掠過馬克白，最後是班柯，帶著一面鏡子，映射出更多的人物。所有的人都很血腥，班柯對馬克白笑著，並指向他們；馬克白知道那是班柯的後代，他們應該在自己之後統治蘇格蘭；女巫們唱著柔和的音樂，跳著舞，向馬克白表示敬意，並歡迎他，然後就消失了。

從這時起，馬克白的頭腦中充滿了殘忍與恐怖。當他走出女巫的洞穴時，他得知麥克德夫，法夫的貴族，已經逃到了英格蘭，並參加了由前國王大兒子馬爾康領導的征討自己的軍隊，他們想讓眞正的繼承人馬爾康登上王位取代自己。馬克白大怒，他攻克了麥克德夫的城堡，殺掉了他的妻子和孩子，並殺掉所有與他有關係的人。

這些事情使其他貴族漸漸疏遠了他。一些人投靠正率領大軍從英格蘭步步逼近的馬爾康和麥克德夫；其他人雖然懼怕馬克白而不敢採取什麼行動，但也私底下希望馬爾康能取得勝利。馬克白招募新兵進行得很緩慢，所有的人都痛恨這位暴君；沒有人喜愛或是尊敬他，而是對他產生了懷疑。他開始嫉妒被他殺害的、現在安靜地睡在墳墓中的鄧肯。干戈或毒藥，國民的敵意或外敵的入侵，都不會再傷害他了。

當這些事正在進行的過程中，王后是馬克白陰謀中的唯一同謀。夜裡，當他們都被噩夢所困擾時，馬克白只能在她懷中尋找到片刻安寧。也許是因爲無法承受罪惡的煎熬和大家的仇恨，王后結束了自己的生命；只剩下馬克白孤獨一人，沒有一個人愛他、關懷他，也沒有任何朋友可以讓他傾訴自己邪惡的目標。

馬克白過著行屍走肉般的生活，只求一死；但是步步逼近的馬爾康大軍又點燃了他內心早已十分久遠的勇氣，他決定要「身穿鎧甲的死去」。除此之外，女巫們空洞的承諾對他造成了不眞實的信心，他還想起了神靈所說的話：沒有一個婦女生下的孩子有傷害他的能力，他永遠不會被擊潰，除非勃南的森林跑到了鄧希嫩山面前，他覺得這種事永遠不會發生。所以他把自己關在城堡內，像是用這城堡堅固的防守來對抗圍攻軍隊一樣。在這裡，他猶豫地等待著馬爾康的來臨。直到有一天，來了一位使者，他因爲恐懼而臉色蒼白，渾身戰慄，幾乎不能通報他所看到的景象；他聲稱當他站在山上眺望勃南山時，他發現森林開始移動！

「騙子和奴才！」馬克白叫喊道，「如果你說的是假的，你將會被就近吊在一棵樹上，直到餓死；如果你說的是眞的，那我也不介意你用相同的手法對待我。」因爲馬克白的信心已經開始減弱，並開始懷疑女巫們含意曖昧、模稜兩可的話了。直到勃南的樹林跑到鄧希嫩之前他還是不怕的，但是現在樹林已經到面前了！「但是，」馬克白說，「如果這一切註定是眞的，那麼讓我們戰鬥直到死去，既然已經註定插翅難逃，左右不過是死。我開始討厭這太陽，希望我的生命就這樣結束。」說完了這些絕望的話之後，他向到達城堡前的圍攻軍隊衝了過去。

關於使者說樹林移動這種奇怪的景象，實際上是十分容易解答的。當圍攻的軍隊從勃南趕來的時候，馬爾康如同任何一位技術嫻熟的將軍一樣，他命令他的每個士兵都砍下一根樹枝綁在身前，用這種方法來掩飾軍隊的眞實人數。帶著樹枝行軍的軍隊從遠處望去的景象嚇倒了馬克白的探子，因此女巫的話再一次得到證實，對這些話的不同理解曾經讓馬克白信心大增，現在馬克白當然已經沒有一點信心。

接下來是一場劇烈的戰鬥，儘管馬克白感到擁護自己的朋友已經不多了，幾乎大部分人都憎恨暴君並且傾向同情馬爾康和麥克德夫，然而他仍然用最後剩餘的一點尊嚴和勇敢來戰鬥，面對那些敵對他的人，直到他到了麥克德夫戰鬥的地方。他看到了麥克德夫，馬上想起女巫們對他的忠告：避免面對麥克德夫甚於任何人。他想轉身離開，可是麥克德夫已經看到他了，他穿過戰鬥的人群擋住了馬克白的去路，他們之間爆發了一場激烈的爭論。麥克德夫用大量骯髒的字眼來譴責他殺害了自己的妻子和孩子們。馬克白因爲內心感到自己的手上已經沾滿了這個家族太多的鮮血，於是不願意再爭鬥了，但是麥克德夫強烈要求他決鬥，他稱呼他爲暴君、謀殺者、地獄的獵犬以及惡棍。

馬克白想起了女巫們的話，沒有一個婦人所生的人能夠傷害到他，於是，他微笑著充滿信心地對麥克德夫說：「你肯定白費力氣了，麥克德夫，你的劍想傷害到我就像想在空氣中刻畫出痕跡來一樣困難，我的生命受到魔法保護將會安然無恙，沒有任何一個婦人所生的人能夠傷害到我。」

「你的魔力保護令人感到失望，」麥克德夫說，「讓那些保護你的說謊的幽靈們告訴你吧，麥克德夫可不是按照普通的方式以婦人所生，他生的太早，是剖腹所產。」

「希望告訴我這些話的舌頭永遠受到詛咒，」馬克白顫慄著說，他感到他最後的信心也不翼而飛了，「希望將來的人們永遠不要相信女巫們模稜兩可的謊言，她們的話從字面上看能讓你信心倍增，結果卻和你希望的完全相反。我不想和你戰鬥了。」

「想活就投降」，麥克德夫說，「我們會把你像怪物一樣拿來展覽，並且畫成像，在上面寫道：『這個人就是那個暴君！』」

「絕對不可能！」馬克白說，他在絕望之下，勇氣又重新回復，「我不願意活著去親吻小馬爾康腳下的泥土，並遭受下賤之輩的咒罵折磨。既然勃南的樹林能夠跑到鄧希嫩，加上你我偏偏狹路相逢，而你還不是婦人所生，即使如此，我還是要戰鬥到最後。」

說完這些瘋狂的話語之後，馬克白衝向了麥克德夫。經過一番激烈的戰鬥，麥克德夫終於戰勝了馬克白，並且砍掉了他的腦袋，將之當作禮物送給了年輕的合法國王——馬爾科姆——他在貴族和人們的歡呼聲中建立了自己的王朝，這個王朝曾經被篡位者用詭計從仁慈的國王鄧肯手裡奪走，已經失去太長時間了。

∽ 終成眷屬

伯特倫的父親過世不久，他就獲得了「盧西倫」伯爵的稱號和地位的。法國國王喜歡伯特倫的父親，因此他一聽說老伯爵過世的消息，就馬上派人將年輕的伯特倫傳喚到巴黎王宮，給予他寵信與關照，以表達國王與老伯爵的友誼。

伯特倫與自己的寡母伯爵夫人生活在一起，這時，法王宮廷裡的一位老貴族拉佛來了，說要引伯特倫去覲見國王。此時的法王是一位絕對的專制君主，這次的邀請實際上是宮廷的絕對命令，沒有任何臣民能夠違背——無論身分是何等尊貴；因此，儘管老伯爵夫人在兒子離別時，難過的如同再次埋葬那位令她剛剛從悲痛中恢復過來的丈夫一樣，但她一刻也不敢久留自己的兒子，而且還不得不立即吩咐兒子上路。

奉旨前來帶伯特倫去巴黎覲見國王的拉佛，努力安慰這位剛剛失去丈夫又即將與兒子分離的老伯爵夫人。拉佛以一種朝臣慣有的阿諛奉承的語調安慰她說，國王是一位仁義君主，善良的伯爵夫人甚至都能在國王陛下身上找到她丈夫的影子，拉佛又說國王會像對待親生兒子一樣來對待伯特倫；總之，在他說來，國王會成就伯特倫一生的命運。拉佛還提到國王身體欠安，御醫們都說已無藥可救了。

聽到這裡，伯爵夫人表現出極大的悲痛，並說海萊娜（伯爵夫人的一位女僕）的父親如果在世就好了，那樣的話，他一定可以將國王的病醫好的。伯爵夫人順便向拉佛講了一段海萊娜的身世，說她是名醫傑拉德・德・納旁的獨生女，並說傑拉德逝世的時候將海萊娜託付給她，自從傑拉德死後，她一直照顧著海萊娜；緊接著，伯爵夫人對海萊娜善良的性格和優秀的品德讚歎了一番，說她繼承了她那德高望重的父親的美德。伯爵夫人一邊說，海萊娜一邊暗自悲傷的抹去眼淚，伯爵夫人又不得不責備她對於父親的去世過於悲痛。

伯特倫現在要與母親告別了。伯爵夫人一面雙眼含淚，一面向兒子祝福。他將兒子託付給拉佛老爺，「可敬的老爺，孩子未曾見過什麼世面，凡事還望您能提點著他。」

伯特倫臨別前最後的話是說給海萊娜的，但那僅僅是一些禮儀性的祝福而已，最後他說：「小姐，請務必安慰我的母親大人，勞妳費心了。」

海萊娜對伯特倫愛慕已久。其實她剛才悲傷的淚水並不是爲了她的父親傑拉德而流。海萊娜是愛自己的父親的，但目前與自己即將失去的愛慕者比起來，父親的身影已消失得無影無蹤，她腦子中想的全是伯特倫。

海萊娜對伯特倫愛慕已久，但她一直把他看成是「盧西倫」伯爵，看成是法國名門望族的後代，而自己卻出身卑微。海萊娜的雙親並無任何頭銜，而伯特倫的祖先卻享有世世代代的封爵。因此，她總是把他看成是高高在上的主人和統治者，自己一生一世僅僅是他的一個僕人，並不敢存有任何非分之想。在她看來，他的高貴與她的卑微之間有著天淵之別，以至於有時候她會說：

「這簡直好比我愛上了一顆星星，並想與之結婚。伯特倫與我的距離太遠了，地位高得簡直遙不可及。」

伯特倫的離去使得海萊娜終日含淚，心懷憂傷；因爲儘管她對他並不敢抱有任何幻想，但能夠時刻看到伯特倫，這對海萊娜來說也是一種慰藉。海萊娜喜歡坐下來看他深色的眼睛、彎彎的眉毛，看他那打著卷的細髮，直到在自己的心板上深深的畫下他的肖像——他那張招人喜愛的臉上的每一個輪廓都被這顆心牢牢記住。

傑拉德臨死的時候，除了幾份秘方之外，什麼遺產也沒有留給海萊娜。他收集的這些秘方都是經過深入研究和長期臨床實驗證明，十分有效並絕對可靠的。其中有一個秘方治的就是拉佛所描述的，致使國王如今奄奄一息的那種病；當她聽說了國王身體微恙之後，海萊娜——至今仍然身分卑微，前途渺茫——突然萌生了一個雄心勃勃的計畫，她要去巴黎，去那裡醫好國王的病。但儘管海萊娜是這些秘方的擁有者，要讓國王和醫師們相信她這個乳臭未乾的黃毛丫頭能醫好國王的病，似乎是不可能的，因爲無論御醫，還是國王都認爲這種病已經無藥可救。在海萊娜心中，能成功治癒國王的堅定希望——如果她能被允許一試的話——似乎比父親的本領許可的範圍還要大，儘管父親是當時的一代名師。因爲她認爲這秘方是天堂中所有的幸運之星賜給她改變命運的遺產，而她的運氣將會好到使她足以高貴的成爲盧西倫伯爵的妻子。

伯特倫離開不久，伯爵夫人就從管家那裡聽說海萊娜自言自語的字裡行間隱約透露出她迷戀著伯特倫，並打算追隨他前往巴黎。伯爵夫人謝過管家之後就將他摒退了，並讓他轉告她想和海萊娜談談。她剛剛聽到的關於海萊娜的事情，勾起了伯爵夫人腦海中塵封多年的記憶——她回憶起那些她剛剛開始愛上伯特倫的父親的日子。想到這些，她不禁自言自語道：

「我當年也是這樣。愛，其實就是年輕玫瑰身上的刺；因爲在年輕的時候，只要我們是上天的孩子，我們都會犯這樣的錯誤——儘管當時我們並不認爲那是錯誤。」

正當伯爵夫人思索著自己年輕時在愛情上所犯的錯誤時，海萊娜進來了。於是她開口說道，「海萊娜，妳知道，對妳而言，我是母親。」

海萊娜回答道：「您是我尊貴的女主人。」

「妳是我的孩子，」伯爵夫人又開口說，「我說我是妳的母親，妳爲什麼對我的話感到驚訝和不安呢？」

海萊娜面色惶恐，思緒也更加混亂，她擔心伯爵夫人已經發覺了自己對伯特倫的愛，於是她答道：「請原諒，夫人，您不是我的母親；伯爵大人也不是我的兄長，我不是您的孩子。」

「可是，海萊娜，」伯爵夫人又道，「妳可能會成爲我的兒媳；妳不是正有此意嗎？『母親』

和『孩子』兩個字眼怎麼就讓妳如此不安？海萊娜，妳愛我兒子嗎？」

「親愛的夫人，請原諒。」此時海萊娜已經有些害怕了。

可伯爵夫人又一次重複了那個問題，「妳愛我兒子嗎？」

「您不愛他嗎，夫人？」海萊娜說。

伯爵夫人回答道：「不要給我這樣含糊不清的答案，海萊娜。來，來吧，把妳心裡的感情都說出來，因爲妳對他的愛我們都看出來了。」

這時，海萊娜跪了下來，帶著嬌羞承認了自己對伯特倫的愛，同時她懷著忐忑不安的心情懇求這位高貴的伯爵夫人原諒；她說她知道雙方的地位太懸殊了，在他們之間根本沒有平等可言，她也知道伯特倫並不愛她。她把自己卑微又無望的愛情比作可憐的印第安人對太陽的崇拜，儘管太陽照耀著他的虔誠，但除此之外，對他一無所知。伯爵夫人問海萊娜最近是否想要去巴黎。海萊娜坦承當她聽拉佛說起國王病情沉重的時候，心中的確有這樣的計畫。

「這就是妳想去巴黎的全部理由嗎？」伯爵夫人說道，「不要害怕，孩子，請告訴我實話。」

海萊娜誠實的答道：「我的主人，是您的兒子讓我有這樣的想法；否則，巴黎、藥方、國王，才不會在我的頭腦裡出現。」

伯爵夫人聽了這番坦誠的表述後不置一語，既未表示贊同，也沒有責備，但是她嚴格地詢問了海萊娜的藥方對國王的病是否有效。伯爵夫人發現那是傑拉德所擁有的最珍貴的東西，他在病床上把這藥方給了自己的女兒；她又想到在傑拉德臨終的時候，關於這個年輕的姑娘，她所許下的鄭重的承諾。現在，海萊娜的命運和國王的生命似乎都取決於這次計畫能否順利施行（雖然這個計畫也許只是出於一個陷入狂熱愛情之中的姑娘的設想）。伯爵夫人想道，但是也許上天正保佑著她能治好國王的病，並爲傑拉德女兒的未來幸福奠定基礎。於是，伯爵夫人同意讓海萊娜離開這裡，去尋找自己的未來，並慷慨地爲她提供了足夠的財物，和一個合適的僕人；帶著伯爵夫人的祝福和對她成功的美好祈禱，海萊娜動身前往巴黎。

海萊娜來到了巴黎，在她的朋友老臣拉佛的幫助下，她拜見了國王。但仍然有許多困難，因爲要勸國王去嘗試由這位年輕貌美的醫生所提供的新藥是很不容易的。但她告訴國王，她是傑拉德的女兒（國王對傑拉德的名望早有耳聞），她要把這種昂貴的藥物作爲一種珍愛的財富獻給他，這裡面包含著她父親行醫多年的經驗和技術的精髓。她大膽地承諾：如果兩天之內，這個藥不能讓國王恢復健康的話，她就以自己的生命相抵。最後，國王同意試一下，他們達成了以下的協定：如果國王兩天內沒有康復，海萊娜就要丟掉性命；但是如果她成功了，國王就承諾讓她在全法國的男人中（王子除外）選擇一個她看中的人做自己的丈夫；也就是說，如果海萊娜治好了國王的病，她所獲得的報酬就是爲自己挑選一個丈夫。

海萊娜希望她父親的藥確實有效，讓她的願望得以實現。不到兩天，國王果然恢復了健康，於是他將宮廷內所有年輕的貴族召集在一起，以兌現他對這位漂亮醫生的諾言，讓她自己挑選一個丈夫；他讓海萊娜仔細觀察這些年輕的單身貴族，然後選擇一個丈夫。海萊娜很快地作出選擇，因爲在這些年輕的貴族中，她一眼就看到了盧西倫伯爵。然後，她轉向伯特倫說道：

「您被選中了，伯爵，我不敢說我要您，但我把我自己獻給您，爲您服務，聽您的指使。」

「那麼，」國王說道，「年輕的伯倫特，接受她吧；她是你的妻子了。」

但是伯倫特馬上不假思索地宣佈他不喜歡這個國王給他的、自薦的海萊娜，他說她只是一個窮醫生的女兒，被她父親養大，現在又依靠他母親的慷慨相助而活。

海萊娜聽到這些拒絕和輕視的話後，對國王說：「陛下，您已經完全恢復了健康，我很高興，其他的事我們就忘掉吧，就當所有一切都沒有發生。」

但是國王不能容忍別人輕視他高貴的命令，因爲在法國，決定貴族的婚姻大事只是國王所擁有的權力中的一項。當天，伯特倫就與海萊娜結爲夫妻。對於伯特倫來說，這是一個被迫的、令他不舒服的婚姻，而對於這個可憐的姑娘來說，也沒什麼幸福的前景可言。儘管這個高貴的丈夫是她冒著生命危險得到的，但是她不過是得到了一個美麗的空白，因爲法國國王不能用權利把她丈夫的愛奪來給她。

海萊娜結婚不久，伯特倫就要求她向國王請求，准許他離開皇宮；當她把國王准許他離開的聖旨告訴他時，伯特倫告訴她，他對於這次突然的婚姻並沒有做好準備，這使他心神不寧，所以，他希望海萊娜不要對他將要做的事感到驚訝。

即使海萊娜不感到驚訝，但當她發現他是想要離開她時，她還是難免感到悲傷。他要求她回到他母親那裡。當海萊娜聽到這個無情的命令時，她回答道：「先生，對所有的一切我都無話可說，我永遠是您最恭順的僕人，我的命不好，沒有福氣享受眼前的一切，我會永遠忠誠服侍您，以彌補我自身的不足。」

但是海萊娜這番卑微的表白絲毫沒有打動傲慢的伯特倫，他對他溫順的妻子沒有一點同情，當他離開她時，連最普通的禮貌——一句和睦的告別都沒有。

不久之後，海萊娜回到了伯爵夫人的身邊。她發現這次巴黎之行，從表面上看，她已經實現了自己的目的，她保住了國王的性命，並和她心中愛慕的盧西倫伯爵結了婚；但實際上，情況似乎更加糟糕，當她回到婆婆身邊時，她變成了一個沮喪的女人。剛一回到家，她就收到了伯特倫的一封信，信的內容使她心碎欲絕。

這位善良的伯爵夫人熱情地迎接歸來的海萊娜，就好像她是兒子自己選擇的妻子，並且是位身分高貴的女士一樣。由於伯特倫在新婚之日就送他的妻子獨自回家，對於這種無情的忽視，伯爵夫人用溫柔的言語安慰海萊娜。但是這種親切的迎接沒能使傷心的海萊娜高興起來，她說：

「夫人，我的丈夫已經走了，永遠地走了。」然後她唸出伯特倫信裡的一些話：「只有當妳從我的手指上取下這枚永不可能摘掉的戒指時，妳才能稱呼我爲丈夫，但是這一天永遠不會到來。」

「眞是個可怕的宣判！」海萊娜說。

伯爵夫人請她放寬心耐心的等待，並說，現在伯特倫已經走了，她就是伯爵夫人的孩子。她配得上二十個像伯特倫那樣莽撞的小夥子服侍她，並且整日不停地在她耳邊稱呼她妻子。但無論這位仁慈的婆婆如何敬重她，用什麼話來安慰她，都難以化解海萊娜心中的悲哀。

海萊娜仍是死盯著手中的信，用悲痛的語調嚷出：「只要我有妻子在法國，我就不會對那裡有任何的懷念。」伯爵夫人問她這是否是她在信中找到的話語。

「是的，夫人。」可憐的海萊娜回答道。

第二天清晨，海萊娜離開了。她留下一封信，告訴僕人她離開以後再把信交給伯爵夫人，讓伯爵夫人明白她突然失蹤的原因。在信中，海萊娜告訴伯爵夫人，因爲自己的原因，讓伯特倫不得不離開自己的祖國、自己的家園，她感到十分難過。爲了彌補她的過錯，她要到聖約克·勒·葛朗的神殿去朝聖，在信的結尾，她要求伯爵夫人告訴她的兒子，他所厭惡的妻子已經永遠離開他的家了。

伯特倫離開巴黎以後，他來到了佛羅倫斯，然後成爲佛羅倫斯公爵軍隊裡的一名軍官，由於他作戰英勇無畏，使他在屢次戰役中脫穎而出。在一次成功的戰役結束後，他收到了母親的來信，信中他得到了一個正合他心意的好消息，那就是海萊娜再也不會打擾他了；正當他準備收拾行裝，打道回府時，海萊娜穿著朝拜者的服裝，也來到了佛羅倫斯。

佛羅倫斯這座城市是許多朝聖者前往聖約克·勒·葛朗的必經之路；當海萊娜來到這裡時，

她聽說有位熱情好客的寡婦，經常款待那些要到聖約克・勒・葛朗聖殿的女朝聖者們，提供她們食宿和很好的招待。因此，海萊娜就去投奔這位善良的女士。這位寡婦禮貌地迎接了她的到來，並邀請海萊娜參觀這座著名的城市，並告訴她如果她想去看伯爵的軍隊，她也能帶她到那裡好好地看一看。

「在那裡妳可以看到一位妳的同胞，」這位寡婦說道，「他的名字叫羅西倫公爵，他在伯爵的戰鬥中立下赫赫戰功。」當海萊娜聽說伯特倫也在軍隊中，就馬上接受了這位寡婦的邀請。她陪在寡婦的身邊，當她想到可以再一次看到她親愛的丈夫的臉龐時，心中既高興又難過，百感交集。

「他難道不是一個英俊的人嗎？」寡婦問道。

「我很喜歡他。」海萊娜老老實實地回答。

在她們走路的過程中，這位愛說話的寡婦所談論的一切都是關於伯特倫。他告訴海萊娜關於伯特倫婚姻的所有故事，他是如何拋棄她那可憐的妻子，又是如何進入公爵的軍隊以躲避和她共同生活。海萊娜耐心地聽著這位寡婦談論她的不幸，關於伯特倫過去的事還沒有完全說完，這位寡婦就又開始講起另一個故事了，這個故事的每一字、每一句都讓海萊娜感到難過；因爲寡婦現在講的都是伯特倫對於她女兒的愛。

儘管伯特倫不喜歡國王強加在他身上的婚姻，但這並不代表他不嚮往愛情，事實上，自從他跟隨軍隊駐紮在佛羅倫斯後，他就深深地愛上了那位寡婦的女兒戴安娜，一位美麗而又年輕的淑女。

每天晚上，他都來到她的窗下，演奏各種音樂，唱著讚美戴安娜美貌的歌曲，向她求愛；而他的要求，就是請戴安娜允許他在她家人都休息之後，可以偷偷和他幽會。但是戴安娜始終沒有被這種不合宜的請求所說服，並對他的請求無動於衷，因爲她知道他已經結婚了；戴安娜是在她謹慎的母親的教導下長大的，儘管她家現在家道中落，但她家是貴族凱普萊特家族的後裔。

這位善良的女士把所有的事情都講給海萊娜聽，還極力讚揚自己這個懂事的女兒的善良品德，她說這都歸功於她給予女兒良好的教育和指導；然後她又說伯特倫特別懇求戴安娜允許他今晚再拜訪一次，因爲第二天早晨，他就要離開佛羅倫斯了。

儘管伯特倫對寡婦女兒的愛使海萊娜傷心不已，然而透過這件事，海萊娜熱切的心中卻想出了一個計畫——上一次的不成功並沒使她失望——來藉機挽回躲避他的丈夫。她向寡婦坦誠了自己的身分，告訴她自己就是海萊娜，被伯特倫拋棄的妻子，她懇求這位仁慈的女主人和她的女兒能夠同意伯特倫來訪的請求，然後由她代替戴安娜與伯特倫見面。海萊娜告訴她們，這次與丈夫的秘密相會主要是爲了從他手中拿到那枚戒指，因爲他曾說過，只要她能擁有那枚戒指，他就會承認她是自己的妻子。

寡婦和她的女兒答應幫助海萊娜，一部分原因是她們被這個鬱鬱寡歡、遭到拋棄的妻子的不幸所觸動，另一部分原因是因爲海萊娜答應用一筆酬金來答謝她們的幫助，海萊娜還付給了她們一些訂金。當天，海萊娜就讓人送消息給伯特倫說她已經死了，她希望藉此使伯特倫認爲自己已無後顧之憂，放心大膽地向已經喬裝成戴安娜的海萊娜求婚。如果她能夠藉此得到那枚戒指和承諾，毫無疑問，會對她的未來帶來良好的轉機。

晚上，夜幕降臨，伯特倫被允許進入戴安娜的房間，事實上，海萊娜已經在那裡做好了迎接他的準備。當海萊娜聽到伯特倫向她訴說著充滿了稱讚和愛的話語時，她感到眞是字字珍貴，儘管她心裡很清楚那些話都是說給戴安娜聽的。伯特倫對她相當滿意，很快就做出了鄭重的承諾：一定要娶她爲妻，並且生生世世愛著她；海萊娜期待如果伯特倫知道與他愉快交談的人就是自己的妻子——讓他鄙視的海萊娜，他所說過的話也能成爲他們之間愛的預言。

伯特倫不知道海萊娜是一個如此有智謀的女子，否則他也不會小看她；因爲每天都能見到她，所以他完完全全地忽略了她的美麗。如果是面對一張我們每天都看得到的臉，我們很難對它產生什麼反應；而第一眼看到的某人，卻會讓我們馬上分辨出是美是醜；伯特倫根本不可能對海萊娜的思想有任何瞭解，因爲她對他的感情充滿了尊敬和愛，以至於當伯特倫就在她身邊時，她也總是默默無聞的，沒有展現任何女性的嬌媚。

但是現在，她未來的命運以及她這一次愛的計畫能否有一個幸福的結局，似乎都取決於她能否在今晚與伯特倫幽會時留下一個完美的印象。海萊娜絞盡腦汁取悅他，她用自己樸素的優雅，活潑的談吐和可愛的舉止深深地吸引了伯特倫，使他發誓她就是他今生的妻子。海萊娜請求伯特倫贈與她那枚戒指作爲他承諾的象徵，他把戒指送給了她；能擁有這枚戒指眞是太珍貴了，作爲回報，她贈與他另一枚戒指，這是國王送給她的禮物。在天亮以前，她送走了伯特倫；伯特倫立刻動身啓程，回他母親那裡。

海萊娜說服寡婦和戴安娜陪她一起回巴黎，這個計畫能否圓滿完成還需要她們的進一步幫忙。當他們到達巴黎後才得知國王已經啓程去拜訪盧西倫伯爵夫人了，於是海萊娜立刻馬不停蹄地趕去。

國王身體十分健康，他對於使他身體恢復的海萊娜仍然記憶猶新，所以當他見到伯爵夫人的那一刻，就自然而然地談起海萊娜來，他把她比作是伯爵夫人的傻兒子丟掉的一顆珍貴珠寶；但當他發現海萊娜的死使伯爵夫人十分難過，而這一話題又讓她更加悲傷時，他便說道：

「我尊敬的夫人，我已經原諒並忘記了過去的一切。」

但是當時也在現場的善良的老拉佛不願意看到他所喜愛的海萊娜這麼輕易地就從人們的記憶中消失，於是說道：「我不得不說這位年輕的貴族大大地冒犯了陛下，也十分對不起他的母親和他的妻子；但實際上，他最對不起的人，就是他自己，因爲他失去了一位無比美麗的妻子，她婉轉動聽的話語使所有聽者都爲之著迷，她完美的行爲使所有的心靈都願意爲她服務。」

國王說：「對於已經失去的東西讚美得越多，就越讓人們覺得它的珍貴。算了吧，把伯特倫叫過來。」伯特倫來到國王面前，國王見他對自己傷害海萊娜的事已經感到深深的愧疚，於是就看在他死去的父親和讓人尊敬的母親的面子上原諒了他，並再一次恢復對他的恩寵。但是國王臉上親切的笑容突然消失了，因爲他看到了戴在伯特倫手上的那枚戒指，他認出那就是他送給海萊娜的那一枚。他記得很清楚，海萊娜曾經對所有的神明發誓，永遠不會讓這枚戒指離開她的身體，除非發生了什麼災禍，她也一定會把戒指當面奉還給國王本人的；但是當國王向伯特倫詢問這枚戒指的來歷時，他卻編了一個荒唐的故事，他說這枚戒指是一位女士從窗戶扔給他的，並否認從新婚那天之後還見過海萊娜。國王很清楚伯特倫不中意自己的妻子，他很擔心伯特倫會因此把自己的妻子殺死了，所以他命令侍衛將伯特倫捉起來，說：「我有一個可怕的想法，也許海萊娜是被人殺死的。」

正在此時，戴安娜和她的母親來到這裡，出現在國王的面前。她們說伯特倫曾經發誓一定要娶戴安娜爲妻，她們請求國王運用崇高的權力准許他們結爲夫妻。因爲害怕國王發火，伯特倫矢口否認自己曾經立下這樣的誓言；但是戴安娜拿出伯特倫的那枚戒指（是海萊娜交給她的）以證明自己所說的句句屬實。她還說，因爲當時伯特倫對天發誓要娶她爲妻，並把自己的戒指送給她以做信物，她才把自己的戒指回贈與他。聽完這些話，國王馬上命令侍衛把她也捉起來，因爲她對於這枚戒指的解釋和伯特倫的不同，這更堅定了國王對伯特倫的懷疑。他說，如果他們不坦白如何得到海萊娜的戒指的話，他們都要被判處死刑。戴安娜要她的母親去把那個賣給她這枚戒指的珠寶商人找來，國王同意了，於是寡婦走了出去，不一會兒，她就把海萊娜本人給帶了回來。

善良的伯爵夫人一直都沉浸在無言的悲傷之中，她既擔心兒子的安危，又擔心兒子是否眞的殺害了海萊娜。當她看到被她視作親生女兒的海萊娜還活著時，不禁欣喜萬分；而國王也十分高興，幾乎不能相信自己的眼睛，說道：「我所看到的眞的是伯特倫的妻子海萊娜嗎？」

海萊娜覺得自己還不是伯特倫已經承認的妻子，於是回答說，「不，陛下，您所看到的只是他的妻子的影子；只是徒有虛名罷了。」

伯特倫喊道：「是的，妳就是我的妻子！哦，請原諒我，好嗎？」

「噢，少主人，」海萊娜說道，「當我假扮成這位美麗的姑娘和您幽會時，我發現您是那麼的溫柔多情；但是再看看您寫的信！」海萊娜當著他的面用一種愉快的語調讀信中那些不止一次傷了她的心的話，「只有當您從我的手中得到這枚戒指時——我做到了；您已經把戒指交給了我。我已經在此得到了您的愛，您現在願意承認我是您的妻子了嗎？」

伯特倫回答說：「如果妳能證明那天晚上和我交談的女士就是妳的話，我會給妳我最深的愛。」

這並非難事，因爲陪伴海萊娜一起回來的寡婦和戴安娜都可以證明；國王基於海萊娜治好了他的病，所以對她格外器重，又因爲戴安娜爲海萊娜提供了友好的幫助，所以也很喜歡戴安娜，他鄭重承諾要許給她一個高貴的丈夫。海萊娜的經歷給了國王一個啓示，那就是每當有美麗的姑娘做出什麼豐功偉績時，國王給與她們的最佳獎賞就是一個丈夫。

最終，海萊娜發現父親留給她的遺產的確是她的幸運之星；因爲現在，她就是他最心愛的伯特倫的妻子，是那位高貴的女主人的兒媳，而她自己現在也成爲了尊貴的盧西倫伯爵夫人。

馴悍記

帕多瓦的富商巴普提斯塔有兩個女兒，大女兒卡瑟琳娜是個悍婦。卡瑟琳娜擁有一種極度難以駕馭的性格，以及猶如烈火般的火爆脾氣，單是大聲斥罵這一點就足以使這位女士聞名全城，人稱「悍婦卡瑟琳娜」。要讓哪位紳士敢冒險娶這位女士爲妻似乎很難，甚至可以說根本不可能，巴普提斯塔躊躇再三，甚至爲此拒絕了無數前來向其小女兒——溫順美麗的碧昂卡——求婚的紳士。巴普提斯塔聲稱，只有把大女兒嫁出去以後才可以談小女兒婚嫁的問題。

正巧，一位名叫彼特魯喬的紳士來到帕多瓦，並且打算在這兒找個老婆。這位彼特魯喬先生聽說卡瑟琳娜富有而貌美，所以打算上門提親，絲毫不畏懼她的悍婦性格，他還打算把這位素以吵架聞名的潑婦訓練成溫順而善解人意的好妻子。教訓卡瑟琳娜這件艱巨的任務交給彼特魯喬眞的是再合適不過了，他的脾氣跟卡瑟琳娜一樣倔強，也如同卡瑟琳娜一樣驕傲，但彼特魯喬多了一點智慧和積極的幽默感；彼特魯喬本是個個性格隨和、無憂無慮的人，但他可以在內心很平靜的時候假裝滿腔熱情或者怒不可言，而且裝得那麼惟妙惟肖，連他自己都暗地裡得意地笑。彼特魯喬憑其出眾的洞察力爲自己設計了一套方案，那就是在成爲悍婦卡瑟琳娜的丈夫以後，要爲了打擊卡瑟琳而三不五時地發一頓脾氣。更準確地說，這應該是唯一能克服悍婦撒潑的方法——以其人之道，還治其人之身。

彼特魯喬向悍婦卡瑟琳娜求婚的那天，首先會見她的父親巴普提斯塔。他請求巴普提斯塔允許他向溫柔的卡瑟琳娜求婚，還說他早有耳聞，卡瑟琳娜的性情靦腆，溫柔可愛，所以特地從維羅納趕來，希望能得到佳人的垂青。卡瑟琳娜的父親雖然急於把大女兒嫁出去，但面對這樣的稱讚也不得不承認自己女兒的性格實際上與他的稱讚相差太遠。這一點馬上就得到了卡瑟琳娜本人的證實，因爲這時她的音樂老師奪門而入，說他的學生「溫柔的卡瑟琳娜」用魯特琴砸他的頭，只因爲他指出了她演奏中的錯誤。

彼特魯喬聽了說：「多勇敢的姑娘啊！我更愛她了。能讓我單獨和她聊一會兒嗎？」他的請求立即得到老丈人的同意。他說：「我的工作很忙，尊敬的巴普提斯塔。我不可能每天來府上求婚。我父親已經去世了，他把財產都留給了我。我想知道如果我能得到令嬡的芳心，您打算給她多少嫁妝？」

巴普提斯塔覺得這種求愛的態度無論如何都有些生硬，但只要能把卡瑟琳娜嫁出去，他願意拿出自己一半的土地加上兩萬克朗作爲嫁妝。這是一筆好買賣，彼特魯喬自然馬上接受了。於是巴普提斯塔跑去跟他的潑婦女兒說這裡有一位紳士講了很多愛慕她的話，並通知她馬上來聽對方的求婚。

與此同時，彼特魯喬正在調整自己的狀態準備求婚，他一邊想像一邊自言自語地說：「等她來了，我要充滿熱情地向她求婚。如果她罵我，無論怎麼　，我都直接誇她唱得像夜鶯一樣動聽；如果她皺眉，我就稱讚她的容貌宛如點綴著露水的玫瑰；如果她什麼也不說，我就表揚她能言善辯，口才一流；如果她要我離她遠一點，我就謝謝她自願挽留我跟她共度美好時光。」

終於，令人矚目的卡瑟琳娜登場了。彼特魯喬連忙上前：「妳好，琳娜（卡瑟琳娜的暱稱），我可以這樣稱呼妳嗎？」

卡瑟琳娜對這個稱呼相當不以爲然，輕蔑地說：「大家都叫我卡瑟琳娜。」

「妳一定說謊！」彼特魯喬回答，「大家都叫妳琳娜，美麗的琳娜，當然也有人叫妳悍卡瑟婦琳娜，但是，琳娜，相信我，妳是基督教徒中最美麗的琳娜。我在每一個城市都聽到人們讚頌妳的溫柔，作我的妻子吧，琳娜。」

這可眞是個不尋常的求婚。一邊是彼特魯喬盡力稱讚卡瑟琳娜甜美溫柔，另一邊則是卡瑟琳娜用粗暴的憤怒證明給他看，「悍婦卡瑟琳娜」這個稱呼決不是徒有虛名的。這時，卡瑟琳娜的父親來了（大概是想儘快結束求婚）。

「親愛的卡瑟琳娜，妳父親來了，他已經同意把妳嫁給我了，還有嫁妝也談妥了。無論妳同意或不同意，我娶定妳了。」

巴普提斯塔走進來，彼德魯喬告訴他，他的女兒已經親切地接受了自己的求婚，並且同意婚禮在下周日舉行。卡瑟琳娜當然否認這些，她說下周日讓彼德魯喬吊死算了，並且埋怨父親爲什麼答應把自己嫁給這樣一個瘋子加流氓。彼德魯喬叫巴普提斯塔別在意她粗暴的態度，實際上他們已經說好了，只是在父親面前要表現得不願意出嫁的樣子，實際上他們兩個人單獨在一起的時候她很乖，可愛極了。接著他對卡瑟琳娜說：

「把手給我，琳娜。我要去威尼斯爲妳買結婚禮服。父親，請您爲我們準備婚宴，並通知婚禮的賓客。我一定會買戒指，編排好體面的隊伍，還有昂貴的服裝，我的卡瑟琳娜一定會很漂亮。吻我，琳娜，我們周日就要舉行婚禮了！」

到了周日，婚禮的賓客都到齊了，但遲遲不見彼特魯喬的出現，卡瑟琳娜惱羞成怒，一邊哭一邊抱怨被彼特魯喬捉弄了。不過，彼特魯喬還是來了。但是他既沒有帶來結婚禮服，自己也穿得不像個新郎，而是稀奇古怪的服裝，還有他的隨從和他騎的那匹馬都穿得破破爛爛的。

彼特魯喬拒絕換衣服，他說卡瑟琳娜嫁的是他這個人而不是他身上的衣服。大家勸他也沒用，於是彼特魯喬就這樣走進了教堂。在教堂裡，彼德魯喬仍舊瘋瘋癲癲的，牧師問他是不是要娶卡瑟琳娜爲妻的時候，他居然大聲喊「她應該嫁給我」，嚇得牧師把書都掉到地上，在他去撿書的時候，這個瘋子居然一巴掌打過去，把牧師連人帶書打翻在地。

在整個結婚儀式的過程中，彼特魯喬一直在捶胸頓足，大聲咒罵，把驕傲的卡瑟琳娜嚇得瑟瑟發抖。儀式剛結束，大家尚未離開教堂，彼特魯喬就叫人把酒拿來，還舉杯祝大家身體健康；他喝乾了酒，還把浸在酒裡的麵包丟到教堂司事的臉上，他的理由只是因為那司事的鬍鬚稀疏，好像一個餓漢在向他討東西吃似的。誰都不知道婚禮怎麼會搞成這個樣子，只有彼特魯喬最清楚——這只是他馴服悍妻計畫的第一步。

巴普提斯塔準備了豐盛的婚宴，但是大家剛從教堂回來，彼特魯喬就表示要帶著他的妻子馬上回家。無論卡瑟琳娜怎樣憤怒反對，他老丈人如何抗議，也改變不了彼特魯喬的想法。他說他現在是卡瑟琳娜的丈夫了，要怎樣安排自己的妻子就怎樣安排，說完就帶著卡瑟琳娜走了。彼特魯喬表現的是那麼的膽大妄為且意志堅定，以至於根本沒人敢上前阻止他。

彼特魯喬將自己的妻子扶上一匹老馬，那匹馬是他精心挑選的，既老又瘦，走起路來搖搖晃晃，簡直慘不忍睹。彼特魯喬和僕人隨即也上馬，開始了一段艱苦的旅程。在這條泥濘的道路上，卡瑟琳娜的馬每絆倒一次，彼特魯喬都要對這匹不堪重負的老馬高聲咒罵，好像只有他一個人火氣大。

彼特魯喬一路上都在咒罵僕人和馬，一刻不停，卡瑟琳娜只有聽著，加上旅途勞累，早已不堪忍受。終於到家了，彼特魯喬親切地將新娘迎進門，但他決定今晚什麼東西都不給她吃，也不讓她休息。桌子佈置好了，晚餐也很快地擺上來。但是，彼特魯喬假裝在每一道菜中挑毛病。他把肉扔到地上說毛沒有去乾淨，或者喝斥僕人撤下去，反正所有的挑剔都是為了他親愛的妻子好，美麗的

他把肉扔到地上說毛沒有去乾淨

卡瑟琳娜怎麼可以吃這麼低俗的東西呢。卡瑟琳娜最終也沒吃到飯。當她又累又餓地說要去休息的時候，彼特魯喬又開始對床大挑毛病，把枕頭和床單扔得滿屋都是。卡瑟琳娜只能坐在椅子上打盹兒，可是剛睡著又被吵醒，因爲彼特魯喬整晚都在訓斥僕人爲什麼沒爲他心愛的妻子準備好新床。

第二天依舊，彼特魯喬仍然對卡瑟琳娜無比溫柔，但每當卡瑟琳娜要吃東西的時候，他總能挑出毛病不讓她吃，像前一天一樣把飯菜扔得滿地都是。可憐的卡瑟琳娜餓得快要暈倒了，她跑去求僕人偷偷給她一點吃的東西；但是僕人們早已接到主人的命令，決不能把任何食物給她。

「唉！」卡瑟琳娜想，「難道他娶我回來爲的就是要把我餓死嗎？乞丐到我父親門前尚且能得到一些食物。而我，從來不知道乞求爲何物的卡瑟琳娜，現在居然快要被餓死了。睏得頭發暈也只能醒著聽他咒罵，餓得快暈倒卻只能引來更糟糕的吵鬧。最可恨的是，他做這一切都是打著愛我的名義，不讓我吃、不讓我睡，好像食物和睡眠能要了我的命似的。」

卡瑟琳娜獨自氣憤著，彼特魯喬回來了。他拿來了一點肉，畢竟他不是眞的要把卡瑟琳娜餓死。

「親愛的琳娜，妳今天好嗎？妳看，親愛的，看我多勤快，親自爲妳煮了肉呢。妳一定會感謝我吧？……怎麼，不說話？這麼說妳不喜歡吃肉，我的辛苦白費了？」接著彼特魯喬讓僕人把肉拿下去。

卡瑟琳娜太餓了，饑餓減少了她的傲氣，她哀求道：「求求你，別把肉拿走。」

但是這還沒達到彼特魯喬的目的，他說：「最不起眼的服務也會立刻得到感謝的，妳難道不應該感謝我爲妳烹煮了食物嗎？」

卡琵琳娜聽了勉強說：「是的，謝謝你，我的丈夫。」

這時他才肯給她一小塊肉，然後宣佈說：「琳娜，快點吃。親愛的，我們現在要回妳父親那裡去省親，痛痛快快地玩一場。我們要穿綢緞的衣服，戴華麗的帽子和金戒指，再加上頭巾、頭飾，總之我們要打扮得很體面。」爲了使卡琵琳娜相信，這次他是眞的要幫她買奢侈品，彼特魯喬特地請來了一位裁縫和一位衣帽商。他們都帶來了彼特魯喬爲她訂製的衣服。彼特魯喬急著叫僕人把卡琵琳娜手裡的盤子拿走，其實卡琵琳娜才剛剛吃個半飽。他說：「怎麼，妳還沒吃飽？裁縫們都在等著呢。」

衣帽商拿出一頂帽子，說：「這是您親自預訂的。」接下來彼特魯喬又開始故技重施，他大罵這頂帽子，說這帽子做得太小了，比碗口還小，簡直像個貝殼，不不，還沒有核桃殼大呢。然後讓衣帽商拿回去改大一點。

卡琵琳娜說：「我想要這頂帽子，淑女都帶這種帽子。」

「等妳變成淑女以後再說吧！」彼特魯喬回答說，「現在還不行！」

剛剛吃的那塊肉讓卡琵琳娜恢復了一點體力，也恢復了她的傲氣，她說：「爲什麼？你得讓我說話，讓我把想說的說出來。我不是小孩、不是嬰兒。你得耐心地聽聽我的想法，你要是不願意聽，可以把耳朵堵起來。」

彼特魯喬當然不願意聽這些話，但他有個好辦法能控制自己的妻子，這比跟她正面交鋒好多了。他說：「當然，這頂帽子眞是糟透了，妳不喜歡它，這讓我更愛妳了。」

「愛我也好，不愛我也好，」卡瑟琳娜說，「我就喜歡這頂帽子，別的都不要。」

「妳說妳喜歡長裙？」彼特魯喬接著打岔。

於是裁縫走上前來，拿出一件爲卡瑟琳娜訂做的長裙。彼特魯喬其實根本不想給她任何衣服或者帽子，當然又開始對這件長裙百般挑剔。

「噢，上帝啊！」他說，「這裡面塡充什麼東西啊！什麼，這也叫袖子？簡直像兩門大炮，跟蘋果餅一樣，皺皺巴巴的。」

裁縫說：「您說讓我們照最流行的樣式做的。」卡瑟琳娜覺得這是她見過最漂亮的長裙了。彼特魯喬覺得表演得差不多了，於是私下答應付錢給裁縫和衣帽商。但表面上還是找各種理由對他們帶來的衣服大肆批評，甚至憤怒地把這兩個人都趕了出去。最後，彼特魯喬對卡瑟琳娜說：「好吧，我親愛的琳娜，我們就穿現在這身簡單的衣服去妳父親家吧。」

接著，他吩咐備馬，說要在晚飯前到達巴普提斯塔那裡。但時間已經不早，快接近中午了。卡瑟琳娜小心翼翼地提醒他說：「請允許我提醒您一下，我的丈夫，現在已經兩點了，我們還沒出發就已經快到晚飯時間了。」

但是彼特魯喬希望做到的是，到達巴普提斯塔那裡以前把卡瑟琳娜訓練得對他百分之百的服從，無論他說什麼，卡瑟琳娜都要表示贊同。所以他說話的語氣好像他就是上帝、就是太陽，連時間都由他控制。他說：「只要妳反對我要說什麼、做什麼，我就不去了，我說什麼時候去就什麼時候去。」

儘管卡瑟琳娜剛剛學會什麼叫順從，還沒有從內心深處接受順從的生活方式，但是因爲只要稍有違抗，彼特魯喬就不讓她回娘家了，所以卡瑟琳娜這一天不得不處處順從她丈夫。甚至途中彼特魯喬硬把太陽說成是月亮也不能稍微表現出一絲不情願，否則立刻打道回府。

「以我母親的兒子的名義，」他說，「當然，那就是我。以我自己的名義發誓，在到達妳父親那裡以前，那就是月亮，或者星星，或者我命名的別的什麼東西。」接著彼特魯喬轉頭就往回走。卡瑟琳娜已經完全不是悍婦卡瑟琳娜了，完全變成了一位賢淑的妻子，她說：「我們還是去吧，求求你，我們都走了這麼遠了。那是太陽也好，月亮也好，你說是什麼就是什麼。就算你說是蠟燭，那它從此對我來說就是蠟燭了，我發誓！」

彼特魯喬又肯定地說：「我說那是月亮！」

「我知道，那是月亮。」卡瑟琳娜回答說。

「妳說謊，那明明是耀眼的太陽！」彼特魯喬說。

「那麼，那就是耀眼的太陽。」卡瑟琳娜回答說，「你說它不是太陽的時候，它就不是太陽了。你說它是什麼，它就是你說的那個東西，永遠是，對卡瑟琳娜來講永遠是。」

在接下來的旅途中，彼特魯喬繼續考驗他的妻子，看她能否把這種順從的態度保持下去。他看到一位老先生迎面走來，就上前去打招呼：「妳好啊，姑娘。」並叫卡瑟琳娜也來向這位「女士」問好，還稱讚這位老先生的皮膚白裡透紅，眼睛像星星一樣明亮；向這位「女士」再次問好之後，他對自己的妻子說：「親愛的琳娜，妳難道不打算擁抱一下這位美麗的姑娘嗎？」

現在的卡瑟琳娜已經完全被馴服了，她立刻按照丈夫的意思招呼這位老人，她說：「年輕的姑娘，妳是這樣美麗可愛。妳要去哪兒，妳住在什麼地方？能見到妳這樣的姑娘我眞高興。」

「爲什麼？琳娜，妳怎麼了？」彼特魯喬說，「妳是不是瘋了。這是位老先生，臉上都是皺紋，巍巍顫顫的，妳怎麼說她是少女？」

卡瑟琳娜聽了馬上改口說：「請原諒我，先生。陽光太刺眼了，我都分辨不出顏色了。現在才看清，您是位老人。希望您能原諒我犯了這樣一個愚蠢的錯誤。」

「請問這位老先生，」彼特魯喬說，「您要去哪兒啊？要是能同路相伴豈不更熱鬧些？」

老人回答說：「這位先生，還有你可愛的夫人，你們都把我弄糊塗了。我叫文森修，我要去帕多瓦見我的兒子。」

彼特魯喬想起來了，這位老先生是路森修的父親。路森修就要和卡瑟琳娜的妹妹碧昂卡結婚了，看來老文森修對這門親事很滿意。於是他們一路同行有說有笑，很快就到了巴普提斯塔的家。

原來卡瑟琳娜出嫁以後，巴普提斯塔就同意了小女兒的親事。這會兒正在家裡爲二女兒碧昂卡和路森修舉行結婚宴會，親朋好友歡聚一堂，好不熱鬧。

巴普提斯塔站在門口歡迎女兒女婿回來參加結婚宴會，這樣宴會上就有兩對新人了。

宴會上，路森修——碧昂卡的丈夫——和霍坦西奧（另一位剛結婚的男士）爲自己找到了溫順的妻子而洋洋得意，正等著看彼特魯喬娶了卡瑟琳娜以後會有多麼不幸。彼特魯喬剛開始並未發覺這兩個人正等著看他的笑話，後來妻子們各自回房去了，巴普提斯塔也過來跟他們三個聊天。連巴普提斯塔也嘲笑彼特魯喬娶了個十足的悍婦。彼特魯喬分辯說自己的妻子是最順從的，另外三個人笑得前俯後仰。

「那好吧！」彼特魯喬說，「我說她不是悍婦，我說的是眞的。你們要是不信，我們可以打賭。我們一起叫自己的妻子到這裡來，哪個最順從、來得最快就贏了。」

另外兩位紳士當然同意打賭，賭注二十克朗，因爲他們相信自己的妻子肯定比傲慢的卡瑟琳娜來得早。但是彼特魯喬卻說，二十克朗只配用他的小狗打賭，要用妻子打賭最少得加上二十倍才行。路森修和霍坦西奧同意把賭注加到一百克朗，於是打賭開始。路森修首先叫僕人去叫碧昂卡，過了一會兒，僕人回來說：「先生，夫人說她很忙，不能過來。」

「你看看，」彼特魯喬說，「她居然說很忙不能來，這像個妻子應該說的話嗎？」

但大家都嘲笑他，都說卡瑟琳娜不說更難聽的就不錯了。接下來是霍坦西奧叫他的妻子，他對僕人說：「去，請我太太到這兒來一下！」

「不會吧？叫自己妻子還用『請』？」彼特魯喬接著說，「她必須來。」

「但是，」霍坦西奧說，「你家夫人說不定『請』都『請』不來呢！」。很快地，僕人自己回來了，這位先生有點失望地連忙問僕人：「怎麼回事？太太呢？」

「先生，」僕人說，「太太說您一定是開玩笑，她不出來，她叫您去找她。」

「眞是越來越不像話了。」接下來，彼特魯喬對僕人說，「去，告訴太太說我命令她立刻到這兒來。」

大家根本不相信那個悍婦對這種法院傳票似的召喚會做出何種反應，正待發表議論之時，巴普提斯塔驚呼：「天哪，我的上帝，卡瑟琳娜來了！」

卡瑟琳娜眞的來了，她還是用跑的到彼特魯喬跟前溫順地問：「親愛的，你叫我有什麼事？」

「妳妹妹和霍坦西奧的妻子做什麼去了？」彼特魯喬問。

卡瑟琳娜說：「她們坐在客廳裡烤火聊天。」

「去把她們叫到這兒來！」彼特魯喬說。

卡瑟琳娜二話不說地走了，前去執行丈夫交代的任務了。

「這簡直是奇蹟！」路森修說。

「是啊！」霍坦西奧驚嘆，「簡直令人不敢相信，這意味著什麼呢？」

「這意味著快樂、和平！」彼特魯喬說，「還有愛情和安靜、丈夫的尊嚴、以及……總體來說就是幸福的生活。」

卡瑟琳娜的父親看到女兒這樣的轉變，內心眞是太高興了，他說：「太好了，我的女婿彼特魯喬，我再加上兩萬克朗當作是給另外一個女兒的嫁妝，因爲她簡直像變了一個人一樣。」

「不！」彼特魯喬說，「還不只如此，接下來我將繼續向你們展示我把她變得多麼賢慧順從。」這時，卡瑟琳娜帶著另外兩位太太進來了，他接著說：「卡瑟琳娜，妳的帽子不適合妳，快扔了！」

卡瑟琳娜立刻取下頭上的帽子扔在地上。

「上帝啊！」霍坦西奧的妻子驚呼，「還好我沒有她這麼傻！」

碧昂卡也跟著說：「天呀，我才不要遵守這些愚蠢的繁文縟節。」

聽到碧昂卡這麼說，她的丈夫說：「我倒是希望妳也遵守一些愚蠢的繁文縟節，親愛的碧昂卡，妳害得我一頓飯的功夫就輸掉了一百克朗。」

「那是因爲你更愚蠢。」碧昂卡說，「誰叫你拿我打賭呢。」

「卡瑟琳娜，」彼特魯喬說，「現在我派妳爲這些死腦筋的婦女們講講，她們應該如何對待自己的丈夫！」

接下來發生的一切令所有在場的人再次目瞪口呆。卡瑟琳娜，這位改過自新的悍婦，立刻口若懸河、滔滔不絕地爲在場的女士們講授婦人之道，其內容之誠懇、態度之恭順足以令人瞠目結舌。卡瑟琳娜再次聞名，當然不再是悍婦卡瑟琳娜，而是帕多瓦城最順從、最賢慧的妻子。

∽ 錯誤的喜劇

很久以前，敘拉古和以弗所這兩個城邦關係很不融洽，彼此水火不相容。以弗所城因此制定了一條殘酷的法律，規定任何一個敘拉古的商人不管以任何原因來到以弗所，都要被處以死刑，要想活命，除非這個人交出一千馬克的金錢。

伊勤是來自敘拉古的一個老商人，他進入以弗所後在一條街道上被人發現，最後被帶到了以弗所公爵的面前，情況很清楚，他必須付出沉重的罰金，不然將會被判處死刑。

伊勤沒有錢支付罰金。以弗所公爵在宣判他死刑之前，基於好奇心的驅使，希望伊勤講述自己的故事，以便弄明白他爲何寧願冒著巨大的風險進入以弗所。眾所周知，任何敘拉古商人進入以弗所只有死路一條。

伊勤說他經歷的悲哀已經使他厭倦了自己的生命，他不懼怕死神的來臨，他之所以來到以弗所，是因爲生命中自有比生命本身更加重要的使命要他去做，敘述自己不幸的命運比起死亡來不過是小兒科。於是，他開始講述他自己的故事。他這樣講道：

「我出生在敘拉古，從小就開始經商，我有一個妻子，我們快樂地生活，但是因爲事業的原因，我必須去愛比丹奴一趟，並且在那裡停留六個月，後來，我發現我必須停留更長的時間。我寫信給妻子，她馬上趕了過來，她一過來，就生下了一對雙胞胎，這兩個兒子長得非常相似，想分辨出誰是誰還眞不容易。同時，我妻子居住的旅館有一個窮苦的女人也生下了一對雙胞胎，這兩個孩子也很相像。因爲這對孩子的父母太窮了，所以我買下了這兩個孩子，把他們撫養長大以伺候我們的孩子。

「我的兒子長得活潑可愛，我妻子對兩個孩子寵愛非常，她天天都盼望著能夠回到家鄉。儘管我事務繁忙，不大情願，最後還是答應了她。那一天我們上了船，船離開愛比丹奴不遠，一場可怕的暴風雨就無情地襲來，船上的水手看到船已經沒有希望，紛紛擁擠著坐上小船逃生去了，把我們一家人留在船上，隨時可能死於狂暴的風雨中。

「看到這種情況，我的妻子不停地哭泣，我可憐的孩子還不知道恐懼爲何物，他們因爲看到自己的母親在哭泣，也跟著抽泣起來。儘管我自己並不害怕死亡，我所想的是如何保護孩子和妻子的安全，像水手防備風暴一樣。我把我的小兒子綁在一個小桅杆的一頭，桅杆的另一端綁上那對孿生兄弟中年齡較小的那一個，我也教我的妻子用相同的方法把兩對孿生兄弟中的老大綁在另一個桅杆的兩頭。就這樣，她照顧兩個大孩子，我看管兩個小的，我們也各自把自己與桅杆兩頭的孩子綁在一起，用捆綁的方法確保我們不會在風暴中分離。但是正是這種方法導致了悲劇，我們的船猛烈地撞在一顆礁石上，船被撞得粉碎，靠著桅杆的浮力，我們漂浮在海上。因爲要照顧兩個孩子，我無法顧及我的妻子，眼睜睜看著海水把妻子和另外兩個孩子從我身邊沖走，幸好，我看到他們被科林斯的一艘漁船救走了。看到妻子得救了，我就全力和風浪搏鬥，保護我的小兒子和另一個孩子，最後，我們被另外一艘船拯救了。水手們知道我的遭遇以後，把我們照顧得很好，並幫助我在敘拉古安頓下來，但是讓人悲哀的是，我再也沒有獲得我妻子和大兒子的消息了。

「此後我就和我的小兒子相依爲命，當他長到十八歲的時候，他常常詢問他母親以及哥哥的消息，他好多次要求我答應讓他去尋找自己的母親和哥哥，那個年小的奴隸，他也想尋找自己的哥哥，於是，他們希望一起出去尋找，雖然我不願意他們離開，可是我自己也非常希望能夠知道我妻子和大兒子的消息，最後他們出發了。本來是讓小兒子去尋找母親和哥哥，誰知道現在我卻面臨連小兒子也丟失的情況。現在，我的小兒子已經離開我七年了，我連他的消息都沒有，我開始到處去尋找他們，五年來，我走遍了希臘的各個角落，最遠到達亞洲，雖然知道希望渺茫，但是仍然不肯放棄一點點希望。這次我遠航歸來，在以弗所上了岸，因爲我不願意放棄任何我沒有到過的地方，誰知道，我的故事要在這裡畫上句點。如果我一定要死的話，我希望能夠知道我的妻子和孩子都安然無恙，那樣我即使死了也會感到快樂的。」

當不幸的伊勤講述完自己的悲慘遭遇，公爵很同情這位不幸的父親，他知道他之所以冒著生命的危險來到以弗所，只是因爲對自己兒子的思念之情。他說如果他不是曾發誓絕對不會改變法律，而他的地位也不允許他違反法律，他一定會豁免他的罪，給他自由。法律已經判決他必須死，他在法律許可的範圍內，給他一天的時間，在這一天內，希望他能夠借到或者弄到足夠的罰金來換回生命。

這一天時間的寬限對於伊勤來說似乎沒有多大幫助，因爲他在以弗所不認識任何人，讓一個陌生人爲他付一千馬克的罰金也是一件難以想像的事情，機會太渺茫了。要湊足罰金是一件讓人感到絕望的事，無奈之餘，公爵讓獄卒先把伊勤看管起來。

伊勤原本以爲自己在以弗所舉目無親，也不認識任何人。但是就在伊勤的生命繫於千鈞一髮之際，一直到處尋找自己兄弟的伊勤的小兒子，以及他的哥哥當時都在以弗所這座城市。

伊勤的兩個兒子，不但容貌完全相同，就連名字也差不多，他們都叫安提福勒斯，就連那兩個孿生奴隸兄弟也都叫做德洛米奧。伊勤的小兒子，也就從敘拉古來的安提福勒斯恰好也來到了以弗所尋找自己的母親和兄長，他與自己的奴僕小德洛米奧與伊勤恰好同一天到達以弗所。因爲他也是敘拉古的商人，所以他與自己的父親一樣，面臨著相同的危險。然而他的運氣比較好，一個朋友告訴他來自敘拉古的一位老商人已經落入法網，他建議他說自己是從愛比丹農來的。小安提福勒斯聽從了這個建議。雖然他十分同情自己的同鄉落入這種危險，但卻沒有想到這位同鄉就是自己的父親。

大安提福勒斯（爲了與來自敘拉古的安提福勒斯區別開來，我們不妨這樣稱呼居住在以弗所的安提福勒斯）已經在以弗所居住了二十年了。他已經是一位富翁了，有足夠的能力支付足以挽救自己父親生命的罰金。但是大安提福勒斯對於自己父親的情況一無所知。由於是在幼年時候就被漁民所救，他完全記不起自己的父親或者母親的模樣。漁民們救起大安提福勒斯、大德洛米奧以及伊勤的妻子之後，就把兩個孩子和這個不幸的女人分散開來，他們準備賣掉兩個孩子。

後來，大安提福勒斯和大德洛米奧被賣給了米納福公爵，他是以弗所公爵的叔叔，米納福公爵是一位聲名赫赫的戰士，過去曾有一次他前來以弗所看望自己侄子的時候，恰好帶著這兩個小男孩。

以弗所公爵十分喜愛年輕的大安提福勒斯，於是大安提福勒斯就跟隨著以弗所公爵，並且跟隨他參加了多次的戰鬥，大安提福勒斯在戰鬥中十分勇敢，並且救過以弗所公爵的命。爲了獎勵他的功勞，以弗所公爵讓他娶了以弗所一位美麗並且富裕的姑娘安德里安娜。在他父親來到以弗所的時候，他們夫婦就在以弗所，大德洛米奧則服侍著他們夫妻倆。

小安提福勒斯聽從了朋友的建議，聲稱自己來自愛比丹農，與這位朋友分開以後，他給了自己的奴僕德洛米奧一筆錢，讓他帶去預定居住的旅館，自己則到大街上逛一逛，順便觀察一下這座城市，考察這裡的風土人情。

小德洛米奧是一個開朗的小夥子，每當小安提福勒斯感到憂鬱徬徨的時候，他總能順手編出一些開心的玩笑，或者插科打諢一番，所以他們兩人的關係比其他主僕要融洽隨和。

當小安提福勒斯打發小德洛米奧之後，他想起了自己尋找母親和兄長的這一段孤獨的旅途，花費了如此多的精力，卻一點頭緒都沒有，想到這裡，他情不自禁地自言自語說：「我就像汪洋大海中的一滴水，想要尋找另一滴，卻在茫茫大海中迷失了自己。這就是我，不快樂的我，想要尋找母親和兄長，卻迷失了自己。」

他一邊回想漫長的旅途一邊自怨自艾，覺得白費一番力氣的時候，他看到小德洛米奧回來了，他疑惑他怎麼走得這麼快，便問他把錢放好了沒有。他不知道這個德洛米奧實際上是大德洛米奧，也就是孿生兄弟中跟隨大安提福勒斯居住在以弗所的大德洛米奧。兩個安提福勒斯以及兩個德洛米奧確實如伊勒所言，長得一模一樣。因此小安提福勒斯不疑有他，還以爲是自己的奴僕小德洛米奧回來了。

於是他問他爲什麼來的這麼快，這個德洛米奧回答說：「女主人讓我叫您回家吃午飯，雞肉都烤糊了，豬肉也快烤過頭了，如果你還不回家，飯菜都要涼了。」

「這個玩笑可開過頭了！而且一點都不好笑。」小安提福勒斯說，「你把我給你的錢放在哪裡了？」德洛米奧仍然說女主人讓他來接他回去吃飯。

小安提福勒斯一頭霧水，問：「什麼女主人？」

「您怎麼這麼問，難道您忘記您令人尊敬的太太了嗎，主人？」大德洛米奧回答。

小安提福勒斯還沒有結婚，德洛米奧的回答自然讓他十分生氣，他說：「因爲我有時候和你談話太隨便，你以爲用這種對話能讓我開心？告訴你，我現在可沒有心情開玩笑，老實告訴我錢在哪裡？要知道我們對這裡一無所知，你怎麼敢把一大筆錢隨便亂放？」

德洛米奧聽了主人的話，聽到他說他們在以弗所舉目無親，便以爲主人在開玩笑。他笑著說：「上天保佑您，主人，您要開玩笑可以，不過還是先回去吃飯吧，如果不把您帶回家，太太和她的妹妹非把我吃了不可。」

小安提福勒斯聽到這裡完全失去了耐性，一時火起，就打了德洛米奧。大德洛米奧跑回家告訴安德里安娜說他的男主人拒絕回家吃午飯，並且還說自己沒有老婆。

當大安提福勒斯的妻子安德里安娜聽到丈夫拒絕承認自己的時候，心裡感到十分生氣，她本來就是一個醋罈子，她說她的丈夫那樣做很可能是因爲他喜歡另一個女人，嫉火中燒之下，她說了很多責備丈夫以及嫉妒的話。她的妹妹露西安娜很愛她，勸她不要捕風捉影、道聽塗說，但是對於嫉妒的女人，怎麼勸說都沒用。

小安提福勒斯急匆匆地回到旅館，見到小德洛米奧之後，知道錢也收藏得十分妥當，於是就責備他不該亂開玩笑。正在這時，安德里安娜找來了，她絲毫都不懷疑自己看到的就是自己的丈夫，她責備他見了她就好像不認識一樣（實際上他確實不認識這個怒氣沖沖的婦人），然後向他訴說他們結婚的時候是多麼的恩愛，而現在他卻另尋新歡，對自己的妻子看也不看一眼。

「怎麼會這樣呢，我親愛的丈夫？哦，我怎麼就失去了你的愛了呢？」安德里安娜問道。

「請聽我說，美麗的夫人！」小安提福勒斯試圖辯解，他告訴她自己不是她丈夫，而且自己到達以弗所只有兩個小時，但這些話顯得如此軟弱無力，她根本就聽不進去，她堅持讓小安提福勒斯跟隨她回家。小安提福勒斯被纏得無法脫身，只得跟隨她回到自己兄長的家，並且與安德里安娜以及露西安娜一起吃飯。這兩個女人一個叫自己丈夫，一個叫自己姊夫，這可太讓安提福勒斯驚訝了，他以爲自己在做夢，在夢中娶了這位女子，而且還一直在夢中。至於小德洛米奧，他的迷惑並不下於他的主人，因爲那個廚娘一直說他是她的丈夫。實際上她是他哥哥的妻子。

正當小安提福勒斯與自己的嫂子一起進餐的時候，他的哥哥，也就是安德里安娜眞正的丈夫，與自己的奴僕大德洛米奧回家吃飯來了。但當他們走到自己家門口的時候卻吃了閉門羹，僕人們不開門，說女主人吩咐他們不放任何人進去，他們很氣憤，不斷地敲著門，說他們是安提福勒斯和德洛米奧。門內的女僕們聽到都大笑起來，說主人安提福勒斯正在屋內和女主人吃飯呢，而德洛米奧也在廚房，哪裡又跑出一個安提福勒斯和德洛米奧呢？他們在外面差點把門敲爛了，還是沒能叫開門。大安提福勒斯感到無比的奇怪和驚訝，這種情況眞是怪誕極了，隱約之間，他確實聽到屋內有一位男子正與自己的妻子在吃飯，大安提福勒斯大怒而去。

小安提福勒斯昏頭昏腦地吃完飯之後，發現這個婦人仍然稱呼自己爲丈夫，同時小德洛米奧也跑來說，他被廚娘纏上了，這個女人也叫他老公，他只想馬上離開這間房子。儘管小安提福勒斯對露西安娜一見鍾情，可他對愛吃醋的安德里安娜毫無好感，小德洛米奧對這個平白得來的廚娘媳婦也不滿意。於是這對始終糊裡糊塗的主僕一有機會就高高興興地跑了出來。

小安提福勒斯剛從安德里安娜的房子裡面跑出來，迎面就撞上一名金匠，與安德里安娜一樣，他也把小安提福勒斯當成了大安提福勒斯，他叫住安提福勒斯，給了他一條金項鍊。小安提福勒斯感到很奇怪，馬上拒絕接受，可是金匠卻強調，這條項鏈是按照他本人的要求打造的，說完之後，他把金項鍊留給小安提福勒斯就走了。小安提福勒斯徹底迷糊了，不知道自己是不是中了魔法，或者受到了蠱惑。他感到忐忑不安，讓小德洛米奧把貨物搬上船，準備啓程，這個奇怪的地方充滿了奇異的事情，千萬不能再停留了。

金匠把項鏈錯誤地交給了小安提福勒斯，恰好他欠的一筆帳馬上就要到期，差官已經來催促了。這筆款子的數額剛好與他製作的金項鍊價值相當，如果他不還錢就得蹲苦牢了，於是他就和差官前去尋找大安提福勒斯，希望大安提福勒斯能夠支付金項鍊的貨款，以便還清欠款。

沒想到大安提福勒斯不承認自己收到了金項鍊，當然也拒絕付款。金匠堅持說就在幾分鐘前他才將金項鍊交給了他本人。兩個人爲此吵得不可開交，各自都堅持自己是正確的。大安提福勒斯確切地知道金匠並沒有給自己金項鍊；金匠堅持自己明明把金項鍊親手交到了他手中，卻不知道接受金項鍊的是那個一模一樣的孿生弟弟。最後金匠因爲欠帳被差官拘捕起來，同時，金匠也向差官控告安提福勒斯賴帳不還，最後，他們兩個一起被差官押往監獄。

就在大安提福勒斯被押往監獄的時候，恰好碰到了小德洛米奧，也就是他哥哥的奴僕，他誤以爲是自己的奴僕大德洛米奧，他命令他去找他的妻子——安德里安娜——告訴她他被拘禁了，讓她拿錢來保釋他。

小德洛米奧則在納悶爲什麼自己的主人剛剛才從那個奇怪的房子中匆忙逃出，現在卻讓他回到那裡去，他不敢去報信，又看主人的神情不像是在開玩笑，就告訴大安提福勒斯說船已經快要啓航啦。但是對方不理睬他，於是他說完就走開去報信，一邊走一邊自言自語地說：「雖然那裡有一個厲害的女人聲稱我是她老公，但我還是得去，因爲奴僕必須聽從主人的吩咐。」

小德洛米奧拿了安德里安娜給的錢，在返回的路上卻碰見了小安提福勒斯，後者對這一天奇怪的遭遇仍然感到訝異。因爲他的兄長大安提福勒斯在以弗所頗有名氣，他在大街上遇到的每一個人幾乎都能夠叫出他的名字，似乎和他是老朋友：一些人給他錢並且說這些錢本來就是屬於他的，一些人熱情地邀請他去作客，還有一些人對他所做的善事表示衷心的感謝。所有的誤會都是錯誤地把弟弟當成了哥哥。一個裁縫讓他看他買的綢緞，並且堅持爲他測量身材，要替他做幾件衣服。

小安提福勒斯開始認爲自己也許處於一個充滿巫師和巫婆的國度，當他碰到小德洛米奧的時候，後者問他差官不是正要把他送往監獄嗎，他是如何逃脫的？並且掏出安德里安娜給的錢包，說裡面的錢是用來保釋他的。由於剛剛經歷的遭遇，以及面前實實在在的錢包，這更讓小安提福勒斯感到頭昏腦漲、不知所措。他說：「德洛米奧你可眞是個讓人煩惱的傢伙，我確信我很可能處在一個幻想的世界。」這種想法讓他感到極度的恐懼。他不由自主地大喊：「神靈啊，不管你是誰，來自何方，請把我們從這個奇怪的地方送走吧！」

這時又有一位陌生的女人走到他面前，她稱呼他安提福勒斯，並說他與她前幾天才吃過飯，她向他索討一條金項鍊，並說這是他許諾要送給她的禮物。他的忍耐到達極限了，好比不堪重負的駱駝被最後一根稻草壓死一樣，他爆發了出來。他對她大喊，說她是一個巫婆，他說他不但從來沒有許諾要給她金項鍊，而且也沒和她吃過飯，甚至他在此之前從未見過她。這個女人再一次重申他們一起吃過飯，他也發誓說要給她金項鍊。安提福勒斯再次否認有這樣的事情。這個女人則進一步說她曾經給他一個貴重的戒指，如果他不給她金項鍊，那麼她就要討回原本應該屬於自己的戒指。聽到這些，小安提福勒斯都快要瘋了，他再一次說她是個女巫和魔鬼，並且否認她所說的一切，自己不認識她也沒拿她的戒指。

小安提福勒斯的話、發狂的樣子讓這個女人十分吃驚。因爲沒有人比她更能確切地知道他們是否一起吃過飯，她也確實給了他一個戒指，迫使他送她一條金項鍊的。實際上這位女士與其他發生誤會的人一樣，都錯把弟弟當成哥哥了。大安提福勒斯確實和她認識並做過她所說的事情。

當大安提福勒斯被拒絕在自己家的大門外的時候（實際上當時家裡人以爲他就在房間裡），他十分生氣，他一心認爲是自己妻子奇怪的嫉妒又發作了。她做的太過分了，既然她經常誣告他和別的女人拉拉扯扯，而今天她還拒絕他進入自家的大門，他決定報復她，於是決定去拜訪這位女士。這個女人十分隆重地接待了他，他們一起吃飯，大安提福勒斯那時想，既然自己妻子做的這樣過分，他也要一報還一報，於是大安提福勒斯許諾送給這位女士一條金項鍊，這條金項鍊本來是他準備送給自己妻子的禮物。

這條金項鍊也就是金匠誤交給小安提福勒斯的那一條，這個女人心想一條金項鍊當然比戒指值錢多啦，於是就把自己的戒指給了安提福勒斯作為交換，但是當她看到小安提福勒斯拒絕承認認識她，還用如此瘋狂的話來形容她，她覺得他可能是頭腦出了問題，於是她去找安德里安娜，告訴她她的丈夫發瘋了。正在她向安德里安娜訴說的時候，大安提福勒斯在獄卒的陪同下回家來了（獄卒同意他回家取錢來支付欠款）。因為安德里安娜已經把錢交給小德洛米奧，而後者把錢交給了小安提福勒斯。現在大安提福勒斯回家之後馬上就責備安德里安娜把自己關在自家門外，安德里安娜想起這個女人說的自己丈夫發瘋的話，又想起吃飯的時候安提福勒斯（實際上是小安提福勒斯）說自己不是她的丈夫，而且剛到以弗所不到兩個小時的話，就認定自己的丈夫確實發了瘋。

她先付給獄卒欠款保釋自己的丈夫，然後她命令僕人用繩子把她的丈夫捆起來，搬到一間黑房間裡，然後又派人請醫生來治療他的瘋病。大安提福勒斯一直在激烈地反抗這種顛倒是非的指控，堅持自己沒有瘋，激烈程度與他帶給他弟弟的疑惑頗為相似。然而他反抗得越劇烈，別人愈認為他真的發了瘋，大德洛米奧因為與主人口風一致，也被捆綁起來塞進了房間。

安德里安娜剛剛把自己丈夫拘禁起來，一個僕人就跑來告訴她說，安提福勒斯和德洛米奧一定是想辦法逃出來了，因為他們兩個現在正在另一條大街上閒逛呢。聽到這個消息，安德里安娜立刻帶人去找自己的丈夫，要帶他回家，她的妹妹露西安娜也一直跟著她。當她們走到附近的一座修道院門口的時候，終於找到了小安提福勒斯和小德洛米奧。小安提福勒斯還一頭霧水呢，金匠給他的金項鍊還懸掛在他的脖子上。安德里安娜一行人也誤認了這一對。金匠首先跑上來譴責安提福勒斯拿了他的金項鍊不給錢，小安提福勒斯則反駁說，早上金匠主動送給自己金項鍊之後，他壓根就沒再見過他。

然後安德里安娜就上來說她的丈夫精神有問題，他剛從被看守的房間裡逃出來，她要帶他回家。於是她帶來的人一擁而上，七手八腳地準備捆綁，小安提福勒斯和小德洛米奧大吃一驚，奮力掙扎，最後跑到修道院裡面去了。小安提福勒斯向女修道院長乞求幫助。

女修道院長親自出來詢問事件的起因，她是一位莊重嚴肅的女士，而且有足夠的智慧來判斷事情的是非，她並沒有急於答覆小安提福勒斯對自己的請求，她細心地詢問了安德里安娜關於她丈夫發瘋的經過，然後她問：

「什麼是使妳丈夫發瘋的起因呢？他的商船在大海中損失嚴重嗎？或者是他親近的朋友的死亡打擊了他，讓他頭腦混亂？」

安德里安娜回答說沒有這一類的原因。女修道院長又說：「也許他對其他的女子比對妳更好，是否這種原因讓他發狂呢？」

安德里安娜說她也想過，也許是因爲某個女人，因爲他經常不在家。

女修道院長覺得安德里安娜是一個嫉妒心強的女人，並非是因爲她的丈夫有外遇而迫使安提福勒斯離家不歸，女修道院長覺得直接說會引起安德里安娜的強烈反抗，於是她就間接地引導，她說：「妳應該因此而責備他啊！」

「我早責備過了呀。」

「哦，也許妳責備的不夠嚴厲。」

安德里安娜希望女修道院長知道自己爲了使丈夫改邪歸正而盡力，就回答說：「我們經常就這個問題進行交談，在床上的時候，他要是不交代這個問題我就不讓他睡覺；在飯桌邊，我也讓他老實回答這些問題，否則就不給他飯吃；當我們兩個獨處的時候，我們除此之外就不談別的，人多的時候，我也經常給他暗示讓他注意這個問題，我所有的談話都讓他知道，勾引除了我之外的其他女人是一件多麼卑鄙和糟糕的事情。」

女修道院長就這樣讓愛吃醋的安德里安娜變相承認了自己嫉妒得發狂的事實，然後她總結說：「事情已經很明顯，妳的丈夫確實已經發瘋了，要知道，女人的嫉妒發作起來，其危害眞比瘋狗的毒牙還要厲害啊，這意味著無論他多麼疲倦欲睡，都得忍受妳的嘮叨；他吃飯的時候，伴隨著食物下嚥的就是妳的譴責，進餐的時候，分心會影響消化，容易讓他身體不適。妳說他運動的時候都會遭到妳的責怪，一個人如果沒有一點娛樂休息，肯定會心情壓抑、落落寡歡。吃飯、休息、運動都要受到打擾，不管是人或畜生都會生病的。妳丈夫的發瘋實在是因爲妳過於嫉妒的緣故。」

露西安娜奇怪地問她姊姊：「她指責妳把丈夫逼瘋了，爲何妳只是聽她說而不反駁她呢？」

實際上，女修道院長巧妙地讓安德里安娜認識到自己的缺點，於是她一句話也不辯駁，只是說：「她讓我出賣了自己，還能怎麼辯駁呢？」

安德里安娜儘管也爲自己的行爲感到羞愧，但她仍然堅持把自己的丈夫帶回家，但是女修道院長拒絕讓人們進入修道院，也不想把這位不幸的男子交給一個過於嫉妒的妻子，她準備自己用溫柔的辦法治療這位男子的病。她返身進入修道院，命令門衛關緊大門。

當天可眞是一個多事之秋，發生在這對雙胞胎身上的誤會是如此的多，眼看著老伊勤的寬限時間就要到了，天色已經接近黃昏了，黃昏的時候，老伊勤如果還不能湊足罰金就要被處死了。

執行死刑的地方就在修道院附近。就在女修道院長進入院內的時候，伊勤剛好被帶到這裡，公爵也帶著隨從來到這裡，這時，如果任何人能夠提供罰金，公爵都準備赦免他的罪。

安德里安娜擋住了公爵一行人，她哭著向公爵投訴，說這裡的修道院長拒絕歸還她精神錯亂的丈夫，不讓她醫治他。正當她訴說的時候，她眞正的丈夫和他的奴僕大德洛米奧來了。大安提福勒斯一來就向公爵投訴自己的妻子，指責她誣賴自己精神錯亂，並把自己拘禁起來，還敘述了自己如何弄斷衣服帶子並且從看守者的手裡逃出來。安德里安娜很奇怪自己的丈夫怎麼從外面過來，她以爲他還在修道院裡面。

伊勤一看到自己的兒子，也以爲這個就是出去尋找自己母親和哥哥的那一個，他覺得自己親愛的兒子一定會爲自己支付罰金的，於是他快樂地用父親的語調讓大安提福勒斯爲自己交罰金。沒想到卻空歡喜一場，他的兒子拒絕承認他是父親，說對他一無所知。事實確實如此，大安提福勒斯自從在風暴中被救起之後，就沒再見過自己的父親，對父親早已沒有印象了。可憐的老伊勤徒勞地提醒兒子自己的一切，並且堅信一定是自己的悲慘遭遇和焦慮的心理對兒子的打擊過於沉重，以至於他不願意承認這個父親，或許他不願意在這種尷尬的場合承認這個貧困交加的父親。正在這時，女修道院長和小安提福勒斯以及小德洛米奧從修道院裡出來了。安德里安娜驚訝地發現自己的面前站了兩個丈夫以及兩個德洛米奧。

這時，一切謎團都揭開了，事情一眼就能清楚。當公爵看到兩個安提福勒斯以及兩個德洛米奧如此相像的時候，他立刻推測到事情的眞相。因爲他想起了伊勤在早上講述的故事，他斷定這四個人肯定就是伊勤的兩個兒子以及兩個奴僕。

這個突如其來的喜訊讓伊勤大喜過望，當天早上他還悲傷地講述自己的故事，並且被判處了死刑，等到太陽下山的時候卻得到了這個令人快樂的結局。那位莊重的女修道院長原來就是伊勤失散多年的妻子，兩個安提福勒斯的母親。

當年從大海中救起他們的漁民把大安提福勒斯以及大德洛米奧從她身邊帶走之後，她就去了修道院，多年以來，憑藉著自己的睿智和堅貞的操守，她被任命爲修道院長，今天因爲出於對一個陌生人的仁愛又讓她保護了自己的親生兒子。

長期失散的一家人終於團聚了，人們在他們周圍不停地祝福和讚美，以至於差點忘了伊勤還被判著死刑。短暫的沈默過後，大安提福勒斯請求公爵用金錢贖回自己父親的生命。公爵宣佈伊勤已經被赦免了，不需繳納罰金了。然後公爵、女修道院長，她剛剛找到的一家人以及眾人都向修道院走去，眾人在那裡歡快地傾聽他們一家人久別重逢的喜悅。兩個德洛米奧的快樂也是讓人難以忘記的，他們兩個互相祝福問候，每一個德洛米奧都稱讚自己的兄弟長的英俊瀟灑，長相討喜，他們互相看對方就好像從鏡子裡面看自己一樣。

安德里安娜則從自己的公婆那裡得到了一大堆金玉良言，這些話都勸她不能吃醋，不能無故瞎猜、胡亂懷疑。小安提福勒斯和他嫂子的妹妹——美麗的露西安娜——結了婚。至於善良的老伊勤，他與自己的妻子和兒子們此後在以弗所生活了好多年。後來這種誤會還時有發生，每當這種誤會發生的時候，就勾起他們對於過去的回憶，一個安提福勒斯以及一個德洛米奧被當作另一對，從而產生的一齣讓人驚喜連連、感歎不斷的錯誤的喜劇。

一報還一報

很久以前，一位十分仁慈高雅的公爵治理維也納城邦。這位公爵不喜歡嚴酷的刑罰，在公爵的統治生涯中，維也納的子民即使犯了罪，也很少被送進監獄。也許正是基於這樣的原因，人們幾乎忘記了維也納還有這樣一條奇怪而特別的法律，這條法律規定：任何一個男子，如果他與自己妻子以外的女人同居，就要被處以死刑。因爲公爵一貫仁慈的統治，人們並不特別重視這條法律，直接的後果就是維也納城的婚姻制度受到了極大的挑戰。每過幾天，總有幾個年輕女子的父母來向公爵投訴自己的女兒被某某單身男子勾引而去。

公爵看到這種情況越來越多，危害也越來越大，便積極地尋求對策。他原本想改變自己一貫以來放任自由的統治辦法，但是他又擔心這樣突然的改變會讓一直以來愛戴他的子民認爲他是一個殘暴的統治者。於是他決定暫時離開維也納，將管理權全權委託給另外一個人來執行，這樣一來，這些傷風敗俗的行爲就可以受到法律的制裁，而維也納的子民也不會因此而責怪自己了。

安吉洛在維也納享有聖徒聲譽，他做事嚴謹，公爵認爲他可以適任這個重要的職責。公爵以此事徵詢自己的首席大臣——貴族愛斯卡盧斯——的意見，愛斯卡盧斯說：「如果要在維也納選一個具有高度修養與榮譽的人的話，那我認爲這個人就是安吉洛。」

於是，公爵片面說要去波蘭旅行一趟，並將維也納的管理權委託安吉洛來執行。但是實際上公爵的離開是假的，他喬裝成修士秘密地回到維也納，他想暗中觀察一下這個號稱聖徒之人，看他是否眞的稱職。

對於安吉洛來說，掌管執政權力也正是檢驗他高貴品格的時候。事情也眞湊巧，那時剛好有一個名叫克勞德的年輕人誘拐了一名年輕女士。對於這件案子，安吉洛毫不猶豫地派人逮捕了克勞德，把他關入監獄，並且按照那條早已被人疏忽的法律宣判克勞德死刑。因爲克勞德在社會上頗具影響力，所以不少人爲他求情，就連年老的愛斯卡盧斯也爲克勞德說情了。他說：「唉呀，這個年輕人的父親曾經獲得極大的榮譽，看在他的面子上，請你放過這個年輕人吧。」

但是安吉洛回答說：「如果我們輕易變動法律，那麼法律就會失去尊嚴，好比破破爛爛的稻草人連鳥都嚇不走，法律得不到執行還不如不制定法律的好。對不起，先生，克勞德必須死。」

克勞德知道情況嚴重，內心十分著急。幸好，他一個名叫路西歐的朋友來監獄探望他，他對路西歐說：「我懇求你，路西歐，發發善心幫我一個忙吧，去找我的姊姊伊莎貝爾，她今天就要去聖·克雷爾女子修道院修行了，把我的緊急情況告訴她，請她試著與那位嚴厲的代理執政官打打交道，求她親自去找安吉洛，我一直非常欣賞她的談話藝術，也許只有她能夠說服那個人，我對她充滿了信心。除了她之外，我還沒見過有她那樣雄辯口才的人。」

克勞德的姊姊伊莎貝爾確實如她弟弟所說，在當天要去聖・克雷爾修道院當實習修女。她正準備為將來成為一個修女做準備。當她正在向一名修女請教修道院規章制度的時候，她聽到了路西歐的聲音。路西歐一邊走入修道院，一邊大聲說道：「願我主賜福這裡！」

「是誰在那裡說話？」伊莎貝爾問。

「是一個男人的聲音。」與伊莎貝爾說話的修女回答說，「親愛的伊莎貝爾，妳去看看，看這個男人為什麼來此，這件事情妳來做比較合適，而我就不好出面了。當妳戴上修女面紗正式成為修女的時候，只有修道院長在場的時候，妳才可以和男人說幾句話，除此之外，妳就不能與男人交談；而且妳說話的時候必須用面紗罩著臉，否則還是不能說話。」

「作為修女還有別的自由權利嗎？」伊莎貝爾問道。

「除了這些難道還不夠嗎？」這個修女反問。

「是的，確實夠了。」伊莎貝爾回答，「我這樣說並不是想要更多的自由，恰恰相反，我是聖・克雷爾修道院的擁護者，我希望這裡的姊妹們都能夠遵守這裡的戒律。」

此時，她們又聽到路西歐的聲音，這個修女說：「他又在叫了呢，請妳去接待一下他。」

於是，伊莎貝爾就出去見路西歐，她先向他打聲招呼，然後說：「願主賜福你平安！你在找誰呢？」

路西歐彬彬有禮地走向伊莎貝爾，說：「妳好，貞潔的姑娘，妳嬌豔的雙頰好像盛開的玫瑰花，這也證明了妳的貞潔。能不能請妳帶我見見習修女伊莎貝爾小姐，她是那個不幸的克勞德先生的親愛的姊姊。」

「爲什麼她的弟弟會不幸呢？」伊莎貝爾說道，「告訴我吧，我就是伊莎貝爾，克勞德的姊姊。」

「溫柔美麗的女士，」他回答說，「妳的弟弟請我代替他衷心地問候妳，因爲他現在被關進了監獄。」

「這消息可眞讓我傷心！他爲什麼被抓進監獄呢？」

然後路西歐就跟伊莎貝爾說，克勞德被抓是因爲他誘惑了一名年輕女子。

「哦，我想那個女子一定是我的堂妹茱麗葉。」

茱麗葉和伊莎貝爾實際上並沒有血緣關係，但是她們兩個從小一起上學，關係十分要好，在學校的時候她們就以姊妹相稱。伊莎貝爾知道茱麗葉深深地喜歡克勞德，她想克勞德肯定是因爲她而被抓進監獄的。

「確實是因爲她。」路西歐回答。

「那麼爲什麼不讓我弟弟和茱麗葉結婚呢。」伊莎貝爾問道。

路西歐回答說克勞德十分願意和茱麗葉結婚。但是代理執行官已經抓住了克勞德，並且對他判處死刑。「除非，妳能用妳天賦的溫柔打動強硬的安吉洛，這也是我到這裡來找妳的原因。」

「天啊！」伊莎貝爾說道：「要靠我單薄的力量去做好這件事情嗎？我懷疑我有足夠的能力去打動安吉洛。」

「懷疑、猶豫不決就會就會壞事，」路西歐說，「當事情來臨的時候是不能退縮的，放鬆心情，相信自己一定能夠成功，去找安吉洛吧，貞潔少女的懇求、下跪以及眼淚對於男人來說，比上帝更有威力。」

「那麼我就去試一試吧。」伊莎貝爾說道：「我先進去跟修道院長報告這件事情，然後我就去求見安吉洛先生。上天保佑我的弟弟，不管成功與否，我會在晚上回話給他。」

於是伊莎貝爾就去宮廷拜見安吉洛，她在他面前跪了下來，說：「尊貴的大人，我是一個可憐的請願者，如果您能夠傾聽我的敘述，那將是我最大的榮耀。」

「好吧，妳要說什麼呢？」安吉洛說。

於是伊莎貝爾用最動人的言辭勸說安吉洛，試圖拯救她弟弟的生命。但是安吉洛說：「女士，這件事情無法通融，妳的弟弟已經被宣判了，法律不可更改，他必須接受死刑。」

「哎呀，法律是要求公正的，但是也嚴酷了些！」伊莎貝爾說，「我的弟弟呀，願上天保佑你吧！」說完她就準備放棄了。

但是勸伊莎貝爾前來的路西歐可不願意輕易放棄，他說：「不要就這樣輕易放棄，回去再次請求他，在他面前跪下來，抓住他的法袍，妳的態度、語氣太缺乏感情了，既然妳是來救人的，就得有救人的迫切樣子，妳的語氣必須更具感情才行。」

於是伊莎貝爾再一次跪下來請求安吉洛大發慈悲。

「他已經被宣判了，妳的請求太晚了。」安吉洛這樣回答。

「太晚了！」伊莎貝爾說，「爲什麼？一點也不晚！說出去的話照樣可以收回。相信我吧，我的大人，沒有什麼東西比仁慈更加尊貴，無論國王的王冠、執政官的寶劍、元帥的權杖或者是法官的判決，都是如此。」

安吉洛有一些厭煩了。他說：「請妳離開吧。」

但是伊莎貝爾還在請求，她說：「請你設身處地的想想，如果我弟弟是在您的位置上，而您正處在我弟弟現在的處境上，假若他就像您現在一樣，那麼他一定不會如此嚴厲的。如果我像您一樣擁有權力，而您是我伊莎貝爾，那麼我肯定不會拒絕您的請求的。我這樣說不爲別的，只是希望大人您不但能夠從法官的角度思考，還能替犯人想一想。」

「夠了，敬愛的女士，到此而止吧。」安吉洛回答，「是法律而不是我宣判了妳的弟弟，即使他是我的親戚、我的弟兄，或者我的兒子，也同樣會被如此判罰，他明天——必須死。」

「明天？」伊莎貝爾問道，「哦，這太突然了！寬恕他吧，寬恕他吧，他可還沒作好死亡的準備呢。即使廚師要殺死禽獸也會挑選季節啊，處罰犯人，這是代替上帝行使職權啊，怎麼能夠這樣輕率呢?行行好吧,我的大人,請您不要處死我的弟弟。在這條法律頒佈之後,有多少人觸犯了它啊,可是現在我的弟弟卻要第一個被判處死刑,大人,請您摸摸自己的胸脯,捫心自問,像他這樣的罪行是否應該被判處死刑。」

伊莎貝爾最後的話比之前所有的話都還要有說服力,打動了安吉洛。另外,伊莎貝爾的美麗點燃了他心中的犯罪火焰,他開始設想這種不名譽的愛,就像克勞德所做的事情一樣。這種內心的劇烈衝突讓他離開了伊莎貝爾,但是她叫住了他,並說:「尊貴的大人,請您轉過來聽我說,我會賄賂您的,我的好大人,請回轉過來!」

「什麼!賄賂我?」安吉洛說,他對她說的要向自己行賄的話十分震驚。

「是的,我要向您行賄。」伊莎貝爾說,「不是用金銀財寶,不是用價值連城的寶石來向您行賄,而是用能夠與天國共用的禮物來賄賂您,我用一個眞正的貞潔少女,一個準備獻身給教會的少女每日清晨和傍晚,向上帝的祈禱來賄賂您。」

「好吧,那麼明天妳來找我吧。」安吉洛不置可否地說。

就這樣,伊莎貝爾爲自己的弟弟爭取了一天的時間,當她確信確實如此的時候,就滿懷期待地離開了。她已經打開這塊著名的嚴厲的人的冰山一角,對於最後的勝利,她很有信心。當她離開的時候,她說:「願上帝保佑您平安,願上帝賜您幸福。」安吉洛一邊聽著,一邊對自己說:「阿門,但願我能夠擺脫妳美麗的誘惑。」然後,他被自己罪惡的想法嚇壞了,他說:「我是怎麼啦?

難道我已經愛上她了嗎？難道我眞的渴望再一次聽到她的聲音，再一次看到她的眼睛，並且因此而感到快樂嗎？我這是在做什麼夢呢？人類狡猾的敵人啊，用這樣的誘惑來勾引一個聖徒。絕對不能讓一個下流淫蕩的女人吸引住我的心，但是這個貞潔的女人完全征服了我。在此之前，人們談論情愛的時候，我還對他們如此沉迷這些事情感到好笑和疑惑，可是現在，我也變成這樣啦。」

在這種矛盾的充滿犯罪感的心理折磨中，安吉洛這一夜忍受著極大的煎熬，這種折磨可比他嚴厲判決的犯人難受多了。在這一夜，仁慈的公爵以牧師的身分在監獄探望了克勞德。他教導他如何才可以進入天國，並且傾聽他的懺悔以讓他冷靜下來。

然而安吉洛卻因爲內心的矛盾而痛苦的掙扎著，他一會兒盼望能夠誘拐到善良貞潔的伊莎貝爾，一會兒又爲這種罪行感到懊悔和痛苦。最後，他的罪惡感佔了上風。他決定用一種伊莎貝爾不能拒絕的誘惑來強迫她向他賄賂，這個代價就是她弟弟的生命。

第二天早上，當伊莎貝爾來到宮廷的時候，安吉洛要求她與他單獨談話，當只剩下他們兩個人的時候，他對她說，如果她能夠像茱麗葉對待克勞德一樣，爲他付出女人的貞潔的話，他就赦免她弟弟的罪行，拯救他的生命。

「這樣做的原因，」他說，「因爲我愛你，伊莎貝爾。」

「我的弟弟是如此的愛茱麗葉，但是你的話卻是告訴我，他就是因爲這樣的愛而死的。」

「爲什麼要死呢？」安吉洛說，「克勞德不必死，如果妳能夠像茱麗葉一樣在晚上偷偷來與我約會，就像茱麗葉晚上離開父母的家去找克勞德一樣。」

伊莎貝爾對他的話感到十分震驚，因爲他剛剛以相同的罪行宣判了她的弟弟，而現在卻要求她做同樣的事情。

於是，她說：「不管是爲了我還是爲了我的弟弟，我都不會做這樣的事情，這樣說吧，就算我被宣判死刑，用皮鞭在我身上抽打，我也會像佩帶紅寶石一樣看待自己身上的傷疤，我會像病人渴望上床休息一樣渴望死亡，也不會願意讓自己忍受這樣的侮辱。」然後她說，希望他剛才的話只是對她貞潔的試探。

但是他說：「相信我吧，我用我的榮譽發誓，剛才的話是我的眞心話。」

伊莎貝爾對他用自己的榮譽來說這樣下流無恥的話感到十分的惱火。她說：「嘿，你少用你如此下流骯髒的思想來玷污榮譽這些貞潔的辭彙。我明確地對你說，安吉洛，你快簽發一張我弟弟的赦免書給我，否則我就會把你現在的所作所爲告訴所有的人！」

「誰會相信妳呢？伊莎貝爾？」安吉洛回答說，「我有聖潔的名聲，我的生活一直嚴守清規，我保證我的口才不比妳遜色，不比妳缺乏邏輯性，如果明天妳的弟弟死了，不管妳怎麼說，我的謊話都比妳的眞話更具有說服力，我可以說妳爲了挽救妳弟弟而說謊。好吧，妳好好想一想，明天我等著妳的答覆。」

「我能向誰訴說我的冤屈呢？我能說什麼呢，而誰又會相信我？」伊莎貝爾自言自語。當她回到弟弟被關押的監獄去探望的時候，她看到她的弟弟正虔誠地與裝扮成牧師的公爵交談。在此之前，公爵已經探望過茱麗葉了，這兩個戀人都對自己的行爲充滿了自責。不幸的茱麗葉流著眼淚對公爵承認這件事情自己也有責任，而且自己的責任比克勞德還要大，因爲自己在這件事情上比克勞德還要主動。

當伊莎貝爾走進克勞德被囚禁的房間的時候，她說：「上帝祝福你們，願大家一切安好。」

「誰在那裡？」化裝成牧師的公爵問道，「進來吧，這樣的祝福人人都願意聽。」

「我可以與克勞德單獨說一兩句話嗎？」伊莎貝爾說。

公爵於是讓他們單獨相處，並讓監獄看守者找了一個他能夠聽到他們談話的地方。

「現在，姊姊，告訴我事情發展得怎麼樣了？」克勞德著急地問。

伊莎貝爾告訴他他明天必須做好死亡的準備。

「沒有辦法挽救了嗎？」克勞德說。

「辦法倒是有。」伊莎貝爾回答說，「辦法是有一個，但是如果你贊成用這個辦法的話，那麼你就會遠離所有的榮耀，並且你將沒有面目見人。」

「告訴我是什麼辦法。」克勞德說。

「我爲你感到擔心，克勞德！」他的姊姊這樣回答他，「我特別地擔心，擔心你爲了活命，爲了多活幾年而不去珍惜尊嚴和榮譽。告訴我你怕死嗎？我們對死亡的理解並不比被我們踩死在腳下的甲蟲要深刻。」

「爲什麼你要給我這樣的侮辱？」克勞德說，「如果我必須要死的話，我希望妳能夠用妳像花朵般絢麗的柔情來安慰我、鼓勵我，這樣的話，我會十分感謝妳。當我死了，我也會勇敢地步入那永恆的黑暗，擁抱它就像擁抱新娘。」

「這才是我弟弟說的話。」伊莎貝爾說道，「這才是能夠在父親的墳墓前說的話！是的，看來你是必須面對死亡了。但是，克勞德，你簡直想像不到這個卑鄙無恥的代理執政官有多麼骯髒。他要我把自己少女的貞潔給他，從而換取你的生命。天啊，如果他要的是我的生命，我也會毫不猶豫地拿去換取你的平安！」

「謝謝妳，親愛的伊莎貝爾。」克勞德說道。

「準備明天接受死亡吧。」伊莎貝爾說。

「死亡是一件可怕的事情。」克勞德說。

「但是羞辱地活著更加讓人難以接受。」他的姊姊隨著回答。

但是死亡的念頭一直在克勞德的心頭盤旋，漸漸地，這個年輕人變得瘋狂起來，這種死亡的壓力壓迫著他，最後他禁不住喊叫起來：「親愛的姊姊，求求妳讓我活著吧！做了那件事情就能拯救妳弟弟的生命，主知道妳爲何這麼做，祂會原諒妳的。」

「天啊，你這個背信棄義的懦夫！天啊，你這個撒謊的可憐蟲！」伊莎貝爾說道，「你怎麼能夠讓你的姊姊用她的貞潔來挽救你的生命？哦，不，不，不！我的兄弟，我曾經以爲你是一個十分注重自己榮譽的人，即使你有二十顆腦袋，爲了避免這種羞辱，你也會二十次把腦袋放到斷頭臺上去。」

「不是這樣，聽我說，伊莎貝爾！」克勞德回答。

但是，正當克勞德要解釋爲什麼自己要如此怯懦，要自己的姊姊用貞潔來挽救他的生命的時候，公爵走進來打斷了他們的談話。公爵說：「克勞德，我已經聽到了你和你姊姊的談話，安吉洛從來不會爲了這樣的目的而企圖玷污你的姊姊，他之所以這樣說，只是想試探一下她的品行是否眞正貞潔，而她也確實顯示了她的節操。她高貴地拒絕了安吉洛，讓他感到衷心的高興。看來你是沒有希望獲得赦免了，所以，在你剩下的時間裡，好好祈禱吧，爲死亡作好準備。」

聽了這些話以後，克勞德十分後悔自己一時的虛弱，他說：「姊姊，我請求妳的原諒，原諒我對生存的迷戀是這樣的強烈，以至於疏忽了自己應該有的職責。」然後，克勞德被關押到一邊，在那裡，他爲自己的錯誤而感到羞愧和悲哀。

公爵這時候單獨和伊莎貝爾在一起，他稱讚她的貞潔承受了考驗，他說：「創造萬物的上帝不但賜予妳完美的容貌，更給了妳優秀的品德。」

伊莎貝爾說：「哎呀，我們仁慈的公爵這次可被這個安吉洛給欺騙了！等公爵回來的時候，我一定要告訴他這件事情，我要揭穿他的眞面目。」伊莎貝爾那時侯可不知道她正在揭露安吉洛的眞面目呢。

公爵回答說：「能夠那樣做當然不錯，但是就現在的情形來看，安吉洛能夠輕易地推翻妳的指控；所以妳還是聽聽我的建議吧。我相信，按照我的建議做的話，妳不但能夠讓一個可憐的女士獲得幫助，同時也能夠從嚴酷的法律下拯救妳的弟弟，並且絲毫不會讓妳高貴的品質受到玷污，等公爵回來知道了這些事情，也一定會稱讚妳的。」

伊莎貝爾說既然有這麼多好處，那麼她現在對他的建議可眞是十分感興趣呢，如果這些建議眞的沒有任何不妥當的地方。

「品格高尙的人膽大並且從不知道恐懼。」公爵說，然後他問她是否聽說過那位淹死在海中的偉大士兵弗雷德里克的姊姊瑪麗蘭娜。

「我聽說過這位女士。」伊莎貝爾說道，「關於她的名字，人們好評不斷。」

「那位女士是安吉洛的未婚妻。」公爵說道，「但是她的嫁妝在她弟弟發生海難的時候一同毀壞了，這件事情對於這個可憐的女士來說可眞是一個沉重的打擊。在失去了她那高貴並且赫赫有名的弟弟之外，她也失去了他未來丈夫的關愛。安吉洛表面上假裝發現了這位可敬的女士的一些不貞潔的事情，實際上完全是基於她失去了大部分嫁妝的關係，他以此爲藉口拋棄了她，不顧她悲哀的淚水。他如此背信棄義的行爲，按理說應該會讓她平息對他的感情，但是這種行爲好像讓她對他更加依戀，瑪麗蘭娜現在比以前更愛她這位無情無義的丈夫了。

然後公爵坦白地說出自己的計畫。他讓伊莎貝爾假裝答應安吉洛的要求，同意他半夜去與她幽會。

這樣一來，她就能夠得到安吉洛的赦免書，而瑪麗蘭娜則可以代替伊莎貝爾去約會，她會一直處在黑暗中來掩飾自己不是伊莎貝爾。

「賢德的姑娘，不要害怕這樣做，安吉洛是她的丈夫，這樣撮合他們並不是錯事。」喬裝成牧師的公爵這樣說。

伊莎貝爾對這個計畫大爲贊同，於是她離開監獄去執行她這一部分的計畫，而公爵則去通知瑪麗蘭娜應該如何配合行動，不久之前他剛剛用這個假身分拜訪過這位不幸的女士，向她傳教並且給予了善意的安慰，正是在那個時候，他聽她訴說了自己的故事，她把他當作聖人一樣看待，她也完全同意他的這個計畫。

當伊莎貝爾與安吉洛見面訂下約會日期之後，她去了瑪麗蘭娜的家，公爵在那裡與她碰面。見面之後，公爵就問：「來得正好，這麼準時，我們那位善良的代理執政官有什麼新消息呢？」

伊莎貝爾詳細敘述了她與安吉洛會面的經過。她說：「安吉洛有一個以磚牆圍起來的花園，花園的西面是一個葡萄園，葡萄園有一道大門。」然後她把安吉洛給她的兩把鑰匙給公爵和瑪麗蘭娜看，並說：「大的鑰匙是開葡萄園大門的，小的這一把則是開葡萄園和花園之間的一扇小門的，然後我發誓會在夜深人靜的時候在那裡等他。用這樣的方式，他答應赦免我弟弟的罪，我已經在紙上記下了約會的地點和行走的路線，而且在他不斷向我耳語以及用那種不懷好意的眼光的注視下，他已經陪我走了兩遍路了。」

「那麼你們之間沒有約定暗號之類需要瑪麗蘭娜注意的事情嗎？」公爵問道。

「沒有，完全沒有。」伊莎貝爾回答說，只是我告訴他說我必須在晚上天黑之後才能前往，因爲我有一個僕人貼身跟隨，而這個僕人則會被我以弟弟的事情爲藉口來說服。」

公爵稱讚了她的小心謹愼，而她則轉過身對瑪麗蘭娜說：「當妳和安吉洛分手的時候，一定要溫柔而且小聲地提醒他：記得我的弟弟！」

當天夜裡，瑪麗蘭娜在伊莎貝爾的帶領下來到了約會的地點，伊莎貝爾對瑪麗蘭娜的配合十分感激，因爲她不但拯救了自己的弟弟，也保全了她的貞潔。但是公爵對於伊莎貝爾的弟弟的安全並不放心，所以當天夜裡他又返回監獄。對於克勞德來說，公爵的擔心並不是多餘的。就在公爵來到監獄之後不久，這位嚴酷的代理執政官送來了一紙公文，上面寫著克勞德必須在當天早上五點鐘之前被斬首。但是公爵說服監獄長官不要殺掉克勞德，他讓他用監獄當天被處死的一個人的腦袋頂替了克勞德。監獄長官之所以沒有對公爵喬裝的牧師產生懷疑，是因爲公爵對他展示了一個由公爵簽字的手令以及公爵的圖章，當監獄長官看到這些證明的時候，他很聰明地推斷，這個牧師一定是遠在外地的公爵派遣的親信。於是他爽快地答應了公爵的要求，用一個死刑犯的腦袋頂替克勞德的腦袋，送給了安吉洛。

然後公爵用自己的名義寫信給安吉洛，在信中他說因為某種原因他終止了旅行，並且將在第二天早上返回維也納。他要求安吉洛在城門口迎接他，並且交回管理權。另外，公爵還宣佈如果任何人有對管理不滿的地方，可以在他回城的時候當街控訴，而他會馬上辦理。

第二天一大早，伊莎貝爾就前往了監獄，公爵已經在那裡等她了，為了保密，公爵覺得不告訴她克勞德並沒有被殺頭要好一點。於是，當伊莎貝爾詢問安吉洛是否已經赦免了她的弟弟的時候，公爵回答說：「安吉洛已經把克勞德從這個世界解放了，他的腦袋已經被送給了代理執政官。」伊莎貝爾十分悲痛，忍不住哭了出來，她喊道：「哦，可憐的克勞德，悲慘的伊莎貝爾，這個沒有正義的世界，更加可惡的是安吉洛！」

喬裝成牧師的公爵勸慰伊莎貝爾不要太傷心，當她冷靜一點的時候，他告訴她說公爵早上就要返回，並且要從附近經過的消息。用這種方式，他讓她把悲痛都放到對安吉洛的仇恨上，並讓她去控告安吉洛，並且跟她說，即使不能告倒安吉洛，也沒什麼關係。然後他離開伊莎貝爾去找瑪麗蘭娜，教導她應該如何配合行動。

然後公爵脫去牧師的偽裝，穿起公爵的衣袍，然後在他忠實的群眾以及迎接官員的一片歡呼聲中進入維也納。當他遇見安吉洛的時候，按照禮儀收回了他的管理權。接著，伊莎貝爾就來請願了，她說：「公正仁慈的公爵，我是一個名叫克勞德的男子的姊姊，我的弟弟因為誘拐了一名年輕的少女而被判處死刑，我去找安吉洛為我弟弟求情，我不想再訴說我如何乞求，如何下跪，以及他如何拒絕我，這些我不再一一細說，但是現在我還要強忍悲痛陳述的是，安吉洛竟然要求我用自己的貞潔來挽救我弟弟的性命。經過一番內心搏鬥，我的姊弟之情戰勝了保持貞潔的念頭，最後我答應了他。但是第二天早上，安吉洛違反了自己的承諾，砍掉了我可憐的弟弟的頭。」

公爵表示他不相信會發生這樣悲慘的事情，而安吉洛也說她是因爲弟弟的悲慘遭遇而頭腦錯亂。

然後，另一個請願者出現了，她就是瑪麗蘭娜。她說：「尊貴的公爵殿下，猶如光從天上來一樣眞實，我是這個人的妻子。我尊貴的大人，伊莎貝爾的話都是謊言，因爲她說的那天晚上我一直與我的丈夫在一起，我們一直在花園裡。我發誓這都是眞的，如果不是的話，就讓我永遠變成一個大理石紀念碑。」

然後伊莎貝爾就開始尋找公爵裝扮的牧師來爲自己做證了，實際上，無論伊莎貝爾還是瑪麗蘭娜，她們說的話都是公爵教導的。公爵這樣做的目的就是要伊莎貝爾在全城人的面前證明自己的清白。

安吉洛一點都不清楚爲什麼這兩個女人會這樣說，相反地，他還想利用這兩個女人互相矛盾的指控來證明自己在伊莎貝爾指控中的清白。於是，他用遭受委屈的神情說道：「這件事情太離奇了，我只能苦笑，我仁慈的大人，我的忍耐已經到了極限，我覺得這兩個可憐的、言語錯亂的女人不過是一個工具，操縱這個工具的一定是一個大人物，我們要好好查一查，以便查出這個人物來。」

「是的，你的話我完全同意。」公爵說道，「如你所願，那麼就讓我們好好查一查吧。你，親愛的愛斯卡盧斯，你和安吉洛一起來查這個案件吧，我已經派人去找那個牧師了，一定要查出眞正的兇手，查出之後，一定要用最嚴厲的刑罰來處罰。我要暫時離開一會兒，但是安吉洛，你不要離開，直到找到眞凶讓你出了氣之後你再走吧。」於是，公爵走了，留下興高采烈的安吉洛，他很高興能在自己的案件中扮演法官的角色。而公爵這時候已經脫下公爵的服裝，又打扮成了牧師。裝扮好之後，他又出現在安吉洛和愛斯卡盧斯的面前。年老而仁慈的愛斯卡盧斯還以爲安吉洛眞的是被人誹謗呢，於是他不客氣地對公爵裝扮的牧師說：「過來吧，先生，請老實說是不是你教唆這兩位女士誹謗安吉洛先生的？」

牧師說：「公爵在哪裡呢？他應該在這裡審理這件案件的。」

愛斯卡盧斯說道：「公爵把審理的權力交給我們了，我們會聽你申訴的，請公正地說。」

「這也太不對了吧。」牧師回答說，然後他開始譴責公爵的離開，並且把案件交給他得罪了的人來審理，然後又肆無忌憚地說了很多他秘密回到維也納所經歷的事情。愛斯卡盧斯聽了之後就威脅他，要他爲說了公爵的壞話而付出代價，說要把他送進監獄。正在這時，在眾人的驚愕聲中，尤其是在安吉洛的驚愕中，公爵脫去了牧師的僞裝，露出了公爵的眞面貌。公爵首先對伊莎貝爾說話，他對她說：「到我這裡來，伊莎貝爾，妳的牧師現在是妳的殿下了，我的外表雖然變了，但是我的心依然是正直公正的，始終爲妳服務。」

「哦，眞是對不起。」伊莎貝爾說，「我是您的子民，請原諒我的無知，從而爲您帶來這麼多的麻煩。」

他回答說他更需要她的原諒，因爲他沒有預防她弟弟的死亡。現在他還不想告訴伊莎貝爾她的弟弟克勞德還活著，以進一步證實她的卓越品德。

安吉洛知道公爵已經完全掌握了自己的罪行，於是他說：「哦，我敬畏的殿下，我對自己的罪感到深深的恥辱，我對你的深不可測感到異常的敬畏，就好像神靈高高在上地注視我，那麼，我仁慈的殿下，不要讓我再蒙羞了，讓我獲得我自己曾經宣判過別人的罪行吧，我請求立即宣判我的死刑吧。」

公爵回答說：「安吉洛，你的罪行是顯而易見的。我們將判罰你與克勞德一樣的刑罰，並且與他一樣立即執行。至於你的財產，瑪麗蘭娜，他的財產將送給妳，妳用這些財產找一個更好的丈夫吧。」

「哦，我親愛的殿下，」瑪麗蘭娜說，「我什麼都不想要，也不要更好的男人，我只想要我的丈夫！」然後她跪了下來，就像伊莎貝爾爲克勞德求情一樣，這個好心的女人爲自己那薄情寡義的丈夫求情，她說：「我仁慈的殿下，好心的殿下。親愛的伊莎貝爾，求求妳幫幫我，我願意用我的一切來請求妳和我一起跪下，求妳幫我這個忙吧。」

公爵說：「不要求伊莎貝爾了，伊莎貝爾應該下跪企求的是她弟弟的鬼魂，企求他的靈魂安息，不要因爲憤怒而做出讓人害怕的事情，她要是爲妳企求，她弟弟會把她抓到地獄的。」

然而瑪麗蘭娜仍然說：「伊莎貝爾，可愛的伊莎貝爾，就當是爲了我，請妳跪一下吧，妳什麼也不用說，一切都由我來說。人們都說最完美的人是不犯錯誤的人，但是實際上絕大部分人都有一些缺點，我的丈夫也是這樣，我相信他會變好的。哦，伊莎貝爾，妳能幫我乞求一下嗎？」

公爵說：「他的死刑是爲了償還克勞德。」可是，伊莎貝爾還是在公爵面前跪了下來，並且爲安吉洛求情，她說：「仁慈的殿下，您就當作克勞德仍然活著吧，如果寬恕確實能夠讓人感到快樂的話，您就把安吉洛當作克勞德吧。這個代理執政官在我開始見他的時候還是秉公執法的，既然如此，他也不是毫無可取之處，請不要判他死刑吧！至於我可憐的弟弟，他雖然送了命，可他確實是犯了罪，而且他的死也是受到了法律的審判。」

公爵爲了伊莎貝爾能夠爲自己的敵人求情而感到十分高興，於是也把克勞德從監獄中釋放出來，將她可憐的弟弟活蹦亂跳地送還回來。然後他對伊莎貝爾說：「把妳的手給我，伊莎貝爾，因爲妳的好心，我赦免了克勞德，而且，我宣佈我要妳做我的妻子，那麼克勞德也將變成我的弟弟了。」

此時，安吉洛也看出自己的小命是保住了。公爵透過他的眼睛覺察了安吉洛的心理，於是他說：「好了，安吉洛，好好對待你善良的妻子吧。她的美德和貞潔不容質疑。」

公爵命令克勞德與茱麗葉結婚，而他自己也再一次當眾向伊莎貝爾求婚。當時伊莎貝爾只是見習修女，還沒有成爲正式的修女，可以自由結婚。她回想起公爵喬裝成牧師，以及如何好心地幫助自己，就感到一陣陣的幸福，於是她決定嫁給公爵。當伊莎貝爾成爲維也納的公爵夫人的時候，她高貴的品格影響了整個維也納的婦女。從此以後，維也納再也沒有人觸犯克勞德所犯的錯誤。克勞德自從經歷了那件事情之後，也完全變了一個樣子。而仁愛的公爵在與伊莎貝爾結婚以後，無論作爲丈夫還是公爵，都是一個十分快樂的人。

第十二夜

梅薩山林地區的西巴斯辛先生與他的妹妹維奧拉小姐是雙胞胎，他們兩個生下來的時候就十分相像，如果他們不是穿著不同的衣服，很難分清楚誰是哥哥或妹妹。他們兩個是同一個時辰出生的，後來又在同一個時辰中面臨生命的危險。一次，他們一起航海旅行，當他們的船順著伊里西亞海岸前進的時候，突然遇到了一場罕見的大風暴，不幸地，他們的船在風暴中撞到了礁石，同船的人大部分都在這次事件中失蹤了，只有船長以及一小部分運氣很好的水手死裡逃生，他們靠著一艘小艇划上了岸，正是靠著這艘小船，他們也把維奧拉安全地救上岸。這個可憐的女子還沒從得救的喜悅中回復過來，就開始爲自己哥哥的失蹤擔憂了。不過船長斬釘截鐵的話多少安慰了維奧拉，船長說他看見她的哥哥在船體斷裂的時候，早就把自己緊緊捆綁在一根結實的桅杆上，後來他還看到他隨著桅杆在海面上漂浮，應該有很大的生還希望。這些話給了維奧拉很大的希望，她牽掛哥哥的一顆心才稍微安靜下來，開始盤算自己如何在這個遙遠而陌生的國家生存了。她對伊里西亞這個距離自己家鄉過於遙遠的地方一無所知，於是就向船長打聽消息。

船長說：「妳可眞問對人了，小姐，我出生的地方距離這裡不過三個小時的路程。」

「那麼這裡是誰在掌管呢？」維奧拉問。船長告訴她，伊里西亞的總督是一位性情優雅、舉止高貴的公爵，名叫奧塞諾。

維奧拉說她曾經聽自己的父親談論過這位奧塞諾，聽說他未婚。

船長說：「在我一個月前離開這裡的時候，他確實還未結婚，然而很多人都在談論奧塞諾愛上了善良美麗的少女奧利維亞。奧利維亞的父親是伯爵，一年前就已經撒手人寰了，整個家族只剩下奧利維亞與她的兄長兩個人，然而不久之前，奧利維亞的哥哥也去世了。奧利維亞十分愛自己的哥哥，聽說因爲她哥哥的突然去世，她發誓再也不與男人交往，也不見任何一個男人了。」

維奧拉心裡也在爲自己哥哥的失蹤而苦惱，所以她更能理解這位柔情似水的姑娘因兄長死亡而展現的憂傷，她很希望能和她在一起。她問船長能否把自己介紹給奧利維亞小姐，她說自己想爲這位小姐服務，但是船長說這件事恐怕不容易。自從奧利維亞小姐的兄長死亡之後，她不讓任何人接近她的房子，甚至連奧塞諾公爵都無法見到她。知道事情如此難辦，年輕的維奧拉心中突然有了一個奇怪而有趣的想法，那就是她女扮男裝去做奧塞諾伯爵的僕人。這個想法確實比較怪異而反常，然而如果想到維奧拉孤單地遠離家鄉，而她又是如此年輕美麗，那麼對她來說，在這個陌生的土地上，無論做出什麼事情，都是可以被原諒的。

維奧拉看得出船長是一個公正又正直的人，對於她的關心和愛護也是充滿善意的，她覺得他值得信賴，就把自己的想法告訴了船長，他也願意幫助她。於是維奧拉給了船長一些錢來打理裝扮的衣服。不知道出於什麼心理，她讓船長按照自己哥哥以往的穿著式樣和顏色來購買，結果等她穿上這些衣服之後，維奧拉和她的哥哥簡直一模一樣，活脫脫就是另一個西巴斯辛。因此也導致了一系列的誤會，不過也因爲如此，西巴斯辛逃脫了一劫。

船長把美麗的維奧拉介紹給一位頗具影響力的紳士，當這位紳士介紹維奧拉給奧塞諾公爵的時候，維奧拉改名叫凱撒瑞歐。女扮男裝的維奧拉不但英俊瀟灑，而且舉止優美、動作自然大方，說話又得體，公爵十分欣賞，就讓他做自己的一名侍衛。維奧拉的目的就這樣實現了。

維奧拉在這個職位上做得十分得心應手，因爲辦事體貼得力，另外又十分忠誠，不久之後，她就成了公爵最信任和賞識的心腹侍衛。因此，公爵把自己對奧塞維亞的愛慕向維奧拉盡情傾訴，他還向維奧拉吐露自己追求這位美人的一連串失敗，她謝絕他的服務，輕視他本人，甚至不願意在外交場合碰見他。因爲對這位女士的愛遭到了無情殘酷的對待，奧塞諾伯爵拒絕所有的郊外運動，杜絕了以往喜歡的所有活動，整天無精打采，悶悶不樂，也不像以往與那些睿智而又聰明的貴族一起談天，只是聽一些柔情蜜意的情歌。不過他整天都和年輕英俊的凱撒瑞歐在一起談天，這讓伯爵舊日的大臣認爲偉大而睿智的公爵之所以頹廢不振都是凱撒瑞歐搞的鬼。

一個年輕漂亮的少女做英俊的年輕伯爵的僕人是一件非常危險的事情，對此，維奧拉在這些日子裡早已感同身受。尤其讓她感到難過的是，她發現自己已經愛上了年輕的伯爵，因此，當奧塞諾將自己對奧利維亞欲愛不能的感受向她訴說的時候，她同樣在愛中煎熬。另外，她覺得奧塞諾伯爵是如此高貴而出類拔萃，沒有哪個少女能夠無視他的深沉的愛。她大膽溫柔地暗示著伯爵說，他愛上了一位不理解他的高貴的人，這是令人遺憾的事情。她說：

「我的主人，如果一位女士深愛著你，就好像你深愛著奧利維亞一樣，也許確實就有這樣一個人，如果你不能接受她的愛，而且根本不可能愛上她的話，你會告訴她嗎？你知道，你的回答會讓她感到滿足的。」

但是奧塞諾認為這種假設沒有道理，因為他認為天底下沒有一個女人會像他愛奧利維亞那樣深刻地愛一個人，他說女人的心胸狹小，不能容納太多的愛。所以把一個女人的愛與自己對奧利維亞的愛來做比較，是十分不公平的。儘管維奧拉對公爵一直十分恭順，但她還是不能認同公爵的這番表白，因為她覺得自己對公爵的愛也充滿了心胸，也同樣的深沉。於是，她對公爵說：

「啊，但是我還是知道一些道理的，我的殿下。」

「你知道一些什麼呢，凱撒瑞歐？」

維奧拉回答：「我確切地知道一個女人對一個男人的愛能有多深，它充滿了整個心胸。我父親的一個女兒，她愛上了一個男人，她愛得很深，就好比我如果是一個女人，將會深深地愛上殿下你一樣。」

奧塞諾問：「那麼她接下來的故事是怎麼發展的呢？」

「毫無結果。」維奧拉說，「因爲他從未說出自己對他的愛，只是把愛深深地埋藏在心靈深處，她的情形就好像讓一隻蟲子鑽進蓓蕾裡面撕咬，她光彩奪人的面頰爲之失色，她整日茶飯不思，容顏憔悴，然而她還必須用微笑來面對這巨大的痛苦，她已經痛苦得像一尊雕像了。」

公爵詢問這位女士是否因爲極度的相思而去世，對於這個問題，維奧拉回答說不是很清楚。因爲這個故事是維奧拉順手編來的，編這個故事一半原因爲是想暗示公爵自己的愛，另外也是對這種無法表達的愛情找到一個宣洩口。

當他們談論的時候，公爵派遣去拜訪奧利維亞的人回來了。他說：「您好，我尊貴的殿下，我沒能見到那位姑娘，但是她派她的女僕帶話給您，說七年之內，她將不會公開露面，如果她外出，那她會像修女那樣穿戴起來，她要基於對她死去的哥哥的回憶而終日流淚，並且用這淚水來洗刷她的房子。」

公爵聽到這個消息，情不自禁地驚歎道：「哦，天啊，她有一副多麼感人的心腸啊，對他死去的哥哥都會如此，如果有一天，有一個人能夠觸動她的心，那麼她的愛會有多深呢？」

然後，公爵對維奧拉說：「凱撒瑞歐，你瞭解我心中的所有秘密，那麼，好心人，你就去一次奧利維亞的家吧，這次你一定要見到她，如果她們不讓你進門的話，你就站在她的家門口，並且告訴她們，如果你得不到接見，就會一直站下去。」

「假如見到她，我應該說些什麼好呢，我的殿下？」維奧拉問道。

「那麼你就向她表達我對她狂熱的愛。」奧塞諾公爵回答道，「你要把我對她忠貞的思念娓娓道來，你是一個聰明人，你去向她表達我壓抑的愛最爲恰當，要讓她理解我深深的悲哀，沒有一個人比你更加合適。」

於是維奧拉就奉命前往奧利維亞的家。但是她實際上並不想成爲公爵的求愛使者，也不想承擔這樣的責任，因爲她自己已經愛上了公爵，想要和他結婚，成爲他的妻子，她之所以出發，不過是因爲自己已經答應了這個差事，就忠誠地履行自己的承諾而已。

不久，奧利維亞聽僕人通報說，一個年輕人站在她家門口，堅持說如果她不接見他，就要一直站下去。

「我已經告訴他妳生病了，」僕人向奧利維亞報告說，「他說他知道妳身體不舒服，但正是因爲這樣，他才想和妳談話。我告訴他妳已經休息了，他好像早就知道我會這樣說，他回答說正因爲這樣，他更需要和妳談話。他好像知道我們要如何拒絕他，他一直堅持著，不管妳願意或者不願意，他都要和妳見面，並和妳談幾句話。」

奧利維亞很好奇一位使者居然會如此專橫，似乎十分渴望被接見。她決定見見這個使者，她用面紗把自己的臉全部籠罩了起來，以便接見使者，因爲奧塞諾公爵已經派使者來過一次，所以她不難猜測出他是公爵的使者。

於是，維奧拉在堅持了一番之後，終於邁進了奧利維亞的家門，她用自己所能表現出的男子氣概，用社交場合那些高貴的男人說出的最華麗的語調對面紗下的奧利維亞說：「這位光彩照人、優美典雅、無與倫比的美麗小姐，我祈求妳告訴我妳是不是這間房屋的主人，因爲我不想把我的話講給另一個女人聽，我這篇講演優美動人，我花費了很大的精力才背誦完成，我不想枉費精力。」

「能告訴我你從那裡來嗎，先生？」奧利維亞沒有回答，只是這樣問。

「今天除了我要背誦的話之外，我什麼都不會說，」維奧拉回答道，「因爲這個問題超出了我的計畫。」

「你是一個喜劇演員嗎？」奧利維亞問。

「不，絕對不是，我可從來不扮演這種角色。」維奧拉回答，她的回答其實包含了這樣的意思，因爲她本身是女孩子，現在卻在扮演一個男子，這也是演戲。然後她又問奧利維亞是不是這間房屋的主人。

奧利維亞說她就是這裡的主人。聽到這個回答之後，維奧拉似乎對奧利維亞的長相更感興趣了，以至於把自己的主要工作——傳話使者——拋在腦後。她對奧利維亞說：「善良的女士，能不能讓我看看妳的臉。」對於這個粗野無禮的要求，奧利維亞並沒有反對的意思。一直以來，高貴美麗的奧利維亞對公爵奧塞諾的苦苦追求無動於衷，現在她卻對地位卑微、女扮男裝的凱撒瑞歐一見鍾情。

當維奧拉要求看看她的臉的時候，奧利維亞說：「難道你只學會貴主人如何與我的臉討價還價嗎？」但是她似乎忘記了自己曾經說過七年不對人展示眞面目的誓言，她把面紗拉了下來，對維奧拉說：「但是我會取下面紗，並向你展示美好圖畫的本來面貌。」

維奧拉回答說：「眞是美麗絕倫，明眸皓齒、唇紅齒白，大自然所能描畫的美麗就是如此。如果妳把這樣的美貌帶進墳墓而沒有留下任何的摹畫，那妳就是這個世界上最狠心的女人。」

「哦，先生，」奧利維亞回答說，「我可沒有如此的殘酷，大自然賦予我的美可以這樣概括：第一，兩片嘴唇，也無非就是紅潤的色彩；第二，一雙眼睛，被睫毛覆蓋著；第三，一個脖子、一個下巴，如此而已。我的美麗也不過如此，你來這裡難道就是爲了讚美我的容顏嗎？」

維奧拉回答說：「我已經看到了妳的樣子，妳太過於驕傲了，但是妳確實美得讓人窒息。我尊貴的主人十分愛妳，儘管妳美麗得無比絕倫，也不過勉強回報我主人這樣的愛。奧塞諾因爲對妳的愛而流下的淚水，所發出的呻吟，就像狂風暴雨、電閃雷鳴那樣激昂，而他所發出的陣陣歎息，又像是跳動的火焰。」

「你的主人，」奧利維亞說道，「我很清楚他的心意，但是我不愛他；儘管我毫不懷疑他是一位品德高尚的君子，我還知道他是一位出身顯赫的貴族、品格高貴的年輕人。所有的人都稱讚他的好學、謙恭以及勇敢，但我就是不愛他，這是他很久以前就知道的了。」

「如果我像我的主人那樣愛妳，」維奧拉說，「我就會在妳的家門口建造一座柳木小屋，在那裡整天喊著妳的名字，我會把妳寫進悲傷的十四行詩，在夜晚寂靜無人的時候歌唱，妳的名字將會在群山之間迴響，我要讓四處迴響著這樣的呼喊：『奧利維亞，哦，我的奧利維亞。』無論妳在地上或者躲在空中，都會聽到這樣的聲音，也許這樣妳就會接受我的愛。」

「如果你這樣做，也許我會的。」奧利維亞說，「能告訴我你的出身嗎？」

維奧拉回答說：「起碼比我現在的身分要高，儘管我現在的身分也不低，我是一個貴族。」

奧利維亞現在十分不願意地打發維奧拉離開，她說：「回去告訴你的主人我不愛他，請他不要再派人來了，除非他派你來告訴我他回應的話。」

於是維奧拉向這個被稱呼爲「冷酷美人」的女士告別並離開了。她離開之後，奧利維亞不斷地重複她剛才的回答：「起碼比我現在的身分要高，儘管我現在的身分也不低，我是一個貴族。」她情不自禁地大喊道：「我發誓他確實是一個貴族，他說話的語調，他的臉龐、胳膊，他得體的動作以及他所展現的精神，無不表示他是一個貴族。」

奧利維亞希望凱撒瑞歐是一個公爵，突然地，她發覺到凱撒瑞歐已經牢牢地佔據了她的整個心扉。她強烈地責罵自己爲什麼突然墜入情網，但是，人們譴責自己過失的時候總是敷衍了事，奧利維亞也不例外。很快地，奧利維亞就已經忘記了自己與凱撒瑞歐之間巨大的地位差異，同時也把一個少女應該擁有的嬌羞拋到腦後，她甚至下定決心要向凱撒瑞歐求愛了。於是她派遣一位僕人帶著鑽戒去追維奧拉，藉口說這是凱薩瑞歐替公爵奧塞諾帶來的禮物，她企圖用這種暗示的手法讓凱撒瑞歐明白自己的心思。事實上維奧拉確實也猜到了，因爲她清楚記得自己並沒帶鑽戒過來。她回想起奧利維亞美麗的面龐，想起她因爲愛慕而激動蕩漾的笑容，她很快就猜測到她愛上了自己。

「哎呀……」她說，「這個可憐的女人要做一場沒有結果的春夢了，我女扮男裝已經受到應有的懲罰，讓自己白白忍受對奧塞諾公爵的愛的煎熬，而現在奧利維亞也要面臨一個沒有結果的愛戀了。」

維奧拉回到了奧塞諾公爵的宮殿，向公爵回覆了這次會面沒能成功的情形，並且重複了奧利維亞的回話，她勸公爵不要再對奧利維亞抱有希望，不要自尋煩惱。但是公爵仍然不死心，他文雅而執著地讓凱撒瑞歐再跑一趟，看能不能取得一些進展，於是決定讓維奧拉第二天在約定的時間再去拜訪奧利維亞。爲了打發時間，奧塞諾公爵讓人唱一首歌來聽，他說道：「我好心的凱撒瑞歐，昨夜我聽了一晚這首歌曲，我覺得它讓我的痛苦減輕不少，凱撒瑞歐，這是一首流傳廣泛的古老民謠，當紡織女工們在太陽下勞動的時候，那些年輕的婦女一邊用骨針細絲編製東西，一邊輕輕地哼唱這首歌，也許你覺得這首歌很無聊，但是我很喜歡，因爲它是古老年代對愛情的誦唱。

過來吧，過來吧，死亡，
用柏樹枝來哀悼我的墓葬。
飛去吧，飛去吧，呼吸，
我因為這位美麗而殘酷的姑娘而死亡。

人。

維奧拉剛剛離開奧利維亞，就遇到了一件麻煩的事情。一位被奧利維亞拒絕過的求婚者聽說奧利維亞喜歡上了奧塞諾公爵的使者，於是他就向維奧拉挑戰，要求決鬥。可憐的維奧拉不知該如何是好，因爲她雖然外表上打扮得像一個男子，但她實際上還是一個女人，擁有女人的心腸和身體，她甚至害怕自己佩帶的寶劍呢。

當她看到她的「情敵」拿著劍憤怒地朝她走過來的時候，她害怕得差一點想坦白自己是一個女人。就在這個千鈞一髮的時刻，一位陌生的青年挺身而出，爲她擋住了災難，不但驅散了她心中的恐懼，也讓她擺脫了當眾承認自己是女人的尷尬。這個人好像對她很熟悉一樣，他像她的親密朋友一樣走過來對她的挑戰者說道：「如果我這位年輕的朋友有什麼地方冒犯了你，那麼我願意承擔他的責任；如果是你無禮冒犯了他，那麼我就接受你的挑戰。」

在維奧拉還沒有來得及開口感謝這個人的好意，或者詢問爲什麼他對自己如此友善的時候，她的新朋友就遇到了一個非武力所能解決的大麻煩。一群官兵拿著武器擁了過來，聲稱他們以公爵的名義逮捕這個年輕人，因爲他幾年前犯過罪。這時，這個年輕人對維奧拉說：「這都是爲了找你才惹出的麻煩。」然後他跟她索取一個錢包，並且說：「我現在必須要拿回我的錢包了，我對此感到十分難過，我的事情並沒什麼大不了，只是在你有困難的時候，我居然沒能幫到你，你看起來十分驚訝，不過放心吧，這沒什麼大不了。」

她甚至害怕自己佩帶的寶劍呢

他的話讓維奧拉更加驚訝。她斷言以前沒見過他，所以也不能還給他錢包。但是出於好意，她可以給他一點錢作為回報，雖然金額不多，可這已經是她身上的全部金額了。但是這個陌生人聽了她的話後十分憤怒，他譴責她不近人情、忘恩負義。他說：「大家看到的這個年輕人，我將他從死亡邊緣救出，又為了他的緣故來到了伊利里亞，現在我陷入了危險，可大家看看他的態度！」

但是官兵們可沒有興趣聽這個犯人的抱怨，他們要他快點上路，並且說：「這些話是對我們說的嗎？」當他被官兵急匆匆帶走的時候，他稱呼維奧拉為西巴斯辛。譴責西巴斯辛在關鍵時候拋棄朋友，就這樣嚷嚷著一直到不見蹤影。

當維奧拉聽到自己被稱呼為西巴斯辛的時候，儘管這個陌生人被匆忙帶走，以至於她很難進一步詢問具體的情況，但是她也猜測到這件奇怪的誤會很可能是因為她的哥哥而發生的。她希望她的哥哥確實如年輕人所說，他被從海中救了上來。實際情況也確實是這樣。

這個年輕人名字叫安東尼奧，是一個船長。當西巴斯辛綁在桅杆上面，於大海中漂泊的精疲力竭的時候，安東尼奧救了他。他們兩人很快地成為好朋友，安東尼奧十分看重西巴斯辛的友誼，他們幾乎形影不離，西巴斯辛去哪裡，安東尼奧也會跟著去。當西巴斯辛想去參觀奧塞諾公爵的宮殿的時候，西巴斯辛毫不猶豫就答應陪同前往，雖然他知道一旦那裡的人發現他，他就會有大麻煩。因為在一次海戰當中，他重傷了奧塞諾公爵的侄子，這也是那些官兵要抓他的理由。

就在安東尼奧遇到維奧拉的幾個小時之前，安東尼奧才與西巴斯辛一起在伊利里亞上岸。他把錢包給了西巴斯辛，告訴他想買什麼就隨便花，當西巴斯辛想要上街遊覽的時候，他們約定在旅館見面，但是西巴斯辛並沒有按照約定的時間回來。於是安東尼奧就冒險走出旅館來找他，恰好碰到維奧拉受到決鬥的挑戰，這時候的維奧拉與她的哥哥簡直一模一樣，於是他挺身幫助自己的朋友。可是當官兵抓住他的時候，維奧拉卻聲稱不認識他，這讓安東尼奧十分失望，於是大罵西巴斯辛是一個忘恩負義的傢伙。

維奧拉在安東尼奧被抓走以後，儘管心中還有很多疑惑，但爲了不引起不必要的麻煩，而且奧利維亞的崇拜者還在一邊虎視眈眈，又因爲趕著向公爵覆命，就迅速離開了這個是非之地。在她離開後不久，她的兄長西巴斯辛碰巧也來到這裡，奧利維亞的崇拜者錯把西巴斯辛當作維奧拉了，因爲他又來找奧利維亞，就向他挑釁說：「我們又碰面了，先生，這一次你可沒有藉口逃脫了吧，我絕不會放過你的！」說話之間，他就向西巴斯辛撲了過來，西巴斯辛可不是嬌弱的維奧拉，他身體強壯，很容易就把對方擊倒在地，甚至已經拔出了寶劍，準備給對方一個教訓。

就在他們打鬥的時候，奧利維亞因爲放心不下維奧拉，從家裡趕了出來。她制止了雙方的打鬥，她爲西巴斯辛遇到這樣野蠻的事情感到抱歉，便邀請他去她家裡聊天。奧利維亞崇拜者的無故挑釁已經讓西巴斯辛摸不著頭腦，奧利維亞的熱情更讓他感到莫名其妙。不過他很願意到這位舉止大方、說話得體、又長得美麗動人的姑娘家中拜訪。奧利維亞還以爲西巴斯辛是維奧拉，看到他接受自己的邀請，而且對她沒有以前那種嘲諷輕蔑的神情，這可讓奧利維亞樂開懷了。

西巴斯辛儘管感到事情有些蹊蹺，但是他也不想拒絕這位美麗的姑娘，這位姑娘不但十分美麗，而且做事也很聰明得體，這讓他十分喜歡。本來他以爲這位姑娘是個花癡——對一位陌生人突然這麼熱情——然而，他看到她的家裡豪奢無比，住宅宏偉華麗，而且能夠完全掌握家裡的事務，大小事宜也安排得井然有序，沒有絲毫精神病人的模樣。所以當奧利維亞向他求愛的時候，他爽快地答應了。奧利維亞見西巴斯辛突然轉變了態度，心中十分高興，爲了防止夜長夢多，她決定打鐵趁熱，於是她告訴西巴斯辛，自己家裡剛好有一位牧師，她懇求他馬上舉行婚禮。西巴斯辛快樂地答應了，於是他們馬上舉行了婚禮。婚禮之後，他想一定要讓自己的好朋友安東尼奧分享結婚的好消息，於是他告訴妻子奧利維亞，他要暫時離開一下。

西巴斯辛剛和妻子告別，還沒有離開妻子的家，奧塞諾公爵就親自來拜訪奧利維亞了。在奧利維亞家門口，奧塞諾公爵、維奧拉與被官差押解的安東尼奧碰了個正著。安東尼奧還以爲維奧拉就是西巴斯辛，他對好朋友的背叛耿耿於懷，於是，一見面他就向奧塞諾公爵訴說這件事情，他告訴公爵自己如何在狂暴的海上救了他，又如何友善地對待他，最後他還說：「讓人難以置信的是，在最近這三個月，我還同這位忘恩負義的、像親兄弟一樣的人生活在一起。」

當安東尼奧正在嘮叨這些話的時候，奧利維亞剛好從家裡出來了。奧塞諾公爵立刻把安東尼奧拋在腦後，他向奧利維亞大獻殷勤，他說：「老天啊，像神話中的仙女一樣漂亮的伯爵小姐出來了！旁邊這個傢伙，你不要胡言亂語嚼舌根了，你說的這個少年，在這三個月裡可一直與我形影不離的。」公爵絲毫沒有理會安東尼奧的話，就讓人把他押到一邊去了。

但是他很快地就發現，奧利維亞小姐不停地對維奧拉問長問短，神態溫柔至極，很顯然奧利維亞對自己這個僕人的感情非同一般。這讓奧塞諾公爵不由自主的開始嫉妒起來，他開始覺得安東尼奧說維奧拉是個忘恩負義之徒很有道理，他甚至還威脅維奧拉，他對維奧拉說：「好小子，回去以後，看我怎麼收拾你！」

公爵以爲維奧拉橫刀奪愛，對維奧拉恨之入骨，甚至有殺死她的念頭，而維奧拉因爲深愛著公爵，所以不再膽小，她變得勇敢起來，她說：「如果我的死亡能夠讓你感到舒服一些，那麼我十分願意死去。」這句話可讓奧利維亞著急了起來，雖然她一直分不清哥哥和妹妹，但是這並不妨礙她爲自己剛剛得到的愛的維護，她對維奧拉大聲地喊道：「我親愛的凱撒瑞歐，你到底要到哪裡去啊？」

奧利維亞怕維奧拉跟隨公爵回去之後會遭到不測，她無何如何都不放她走，而且還大聲宣佈凱撒瑞歐是自己的合法丈夫，而且有牧師能夠證明。牧師也出來作證說不到兩個小時之前，他剛剛爲奧利維亞小姐和凱撒瑞歐先生舉行了婚禮。維奧拉極力否認自己做過這樣的事情，但是無人相信。就連奧塞諾公爵都相信了奧利維亞小姐和牧師的證詞，認爲正是自己的貼身侍衛奪走了這個比自己性命還要重要的漂亮女人。然而事情已經發生，除了讓這些變成記憶以外，誰也沒有辦法改變。於是他用命令的口吻對維奧拉說，現在維奧拉在他心裡已經變成了一個背叛者、年輕的僞君子以及奧利維亞的丈夫，他警告維奧拉不要再出現在他的面前。

正在這時，又出現了奇蹟，眾人的面前又出現了一個凱撒瑞歐，他稱呼奧利維亞為愛妻。這個新的凱撒瑞歐當然就是西巴斯辛，奧利維亞眞正的丈夫。眾人都對突然出現的兩個相貌完全相同，聲音也絲毫不差的人感到困惑的時候，這一對兄妹也開始問候了。維奧拉對自己的哥哥能夠生還感到難以置信，西巴斯辛也絕對想像不到，本來以爲在海難中喪生的妹妹竟然會站在自己的面前，而且還以男人的面貌出現。然後，維奧拉很快就說明了自己女扮男裝的事情，並說出了自己眞正的名字——維奧拉。

於是，因爲這對兄妹容貌相似而產生的誤會很快就水落石出了。大家都對奧利維亞情不自禁地愛上一個女人而感到好笑。奧利維亞本來想嫁給妹妹，沒想到最後做了自己丈夫的卻是哥哥，不過她並不對此感到討厭。後來公爵也赦免了安東尼奧，他獲得了自由，又和他的好朋友西巴斯辛在一起了。

奧塞諾公爵想娶奧利維亞的美夢是永遠的破滅了，他一直以來的夢想以及本來就毫無結果的愛情也隨之煙消雲散。他所有的注意力都放到了曾經是他最寵愛的侍衛凱撒瑞歐，現在卻變成一個美麗女子的維奧拉身上去了。他想起他曾經覺得凱撒瑞歐十分英俊，他還說過如果他穿上女裝將會更加美麗的話，他又想起了她經常說愛他，當初他以爲這不過是一個侍從對主人的忠誠以及愛戴，現在，他完全理解了這些話的含義，過去她對他說了那麼多含情脈脈的甜言蜜語，當時他還有一些不理解，現在他完全明白了。明白了維奧拉對自己的情感，他馬上有一種要維奧拉做自己妻子的衝動，他對維奧拉說（他仍然習慣叫她凱撒瑞歐或者小子）：

「小子，妳對我說過一千遍妳絕對不會像我一樣愛上一個女人，另外，因爲妳能夠用妳嬌柔的身體、嫻雅的修養，忠心地爲我服務，也因爲妳在這麼長時間裡稱呼我爲主人，現在，妳完全有資格成爲妳主人的妻子，也就是奧塞諾公爵夫人。」

奧利維亞看到奧塞諾公爵將整個心都放到了維奧拉身上，她就邀請他們到她家裡來，一大早爲她和西巴斯辛主持婚禮的好心牧師還在，她邀請奧塞諾和維奧拉也舉行婚禮。就這樣，這對雙胞胎兄妹就在同一天舉行了婚禮。誰也想不到，一場讓他們兄妹分離的風暴和海難，實際上也成全了他們美好的姻緣。現在維奧拉是伊利里亞公爵奧塞諾的妻子，西巴斯辛也成了富裕貴族奧利維亞伯爵夫人的丈夫。

雅典的泰門

泰門是雅典的貴族，他擁有富比王侯的財富，素來是個慷慨大方的人，甚至大方得毫無節制。他大部分的財富並不能快速地爲他帶來更多的財產，但是他仍然把錢財大筆大筆地送給形形色色、不同社會地位的人們。不僅窮人可以得到他的施捨，就連高貴的貴族們也願意跟隨在他的身旁。他的餐桌旁邊總是圍滿了客人，他們都在享受泰門豪華的宴席，而他家的大門也對著雅典所有來來往往的人敞開著。

泰門巨大的錢財和無拘無束、豪邁奢侈的性格，使得所有的心靈都被他的愛征服。各種人都爭著爲他服務，有的是八面玲瓏的諂媚者，他們的臉就像一面鏡子，得到不同的贈品就發出不同的感慨；有的是粗魯、固執的憤世嫉俗者，喜歡輕視別人，並對世間的一切都漠不關心，但卻無法反抗泰門的彬彬有禮和慷慨心靈，而願意參加他的盛大的款待，如果能和泰門點頭打個招呼，或者只得到泰門的一聲招呼，他就會覺得不虛此行，充滿驕傲地回去。

如果一位詩人完成了一部作品，需要被推薦介紹給眾人，毫無疑問，他一定會把它獻給泰門，這首詩肯定會因此賣得很好，此外，資助人泰門還會爲他提供一筆捐助，並讓他能夠天天在泰門家享受到款待。如果一位畫家想要處置他的一幅畫，他也會找泰門，就這幅畫的優點假裝詢問他的感受，不過是想要說服這位慷慨的貴族買下它。如果一位珠寶商擁有一塊昂貴的寶石，或是一位綢緞商擁有一些值錢的綢緞，他們都會將這些東西進獻給泰門。泰門的家就是一個永遠敞著大門的市場，在這裡，他們可以以任何價格將貨物或是珠寶賣給他，而這位生性淳厚的貴族還會爲這些物美價廉的商品感謝他們。就好像讓他優先購買這些昂貴的物品是對他的一種恩惠。

因爲這些財物的存在，泰門的家堆滿了許多的物品，沒有任何用處，這種炫耀和鋪張讓人感到很不舒服；他的家人對此很看不慣，因爲他們周圍充斥著成群的懶漢、騙人的詩人、畫家、貪婪的商人、貴族、貴婦人和貧窮的奉承者，大廳裡整日都充滿了這種別有用心的人，黑壓壓一片。那些人在泰門耳邊小聲說著讓人無恥的恭維話，像對待神明一樣奉承著泰門，泰門的一點點小事他們也能誇耀得神聖無比，好像連他們能夠呼吸自由的空氣，也是因爲泰門的慷慨賜予。

一些每天依賴泰門混飯吃的傢伙還是年輕人（這意味著他們自己還沒有資本鋪張浪費），其中有人曾經被債權人送進監牢，後來被泰門贖回；從那以後，這些年輕的浪子們緊緊攀附在泰門的周圍，似乎因爲某種眾所周知的原因，泰門必須寵愛這些揮霍者和放蕩之徒，他們在財富上難以與泰門比肩，但是用泰門的錢來模仿泰門大筆花銷，過奢侈的生活卻是容易得多。其中有一個這樣的食肉蠅，他就是文提狄斯，他因爲非法的契約而欠下債務，不久之前，泰門還爲他付清了五泰倫的債務。

泰門的府第每天都是這些拜訪者，吵鬧得猶如鬧市，這些人當中，沒有誰能比那些製作、進獻禮物的人更引人注目的了。如果泰門喜歡他們其中某個人的一條狗、一匹馬，或是任何一件便宜的家具，那就是他們的幸運了。無論是什麼，只要這件東西得到了讚揚，隔天早上，送禮者就會得到比自己奉獻的禮物更加値錢的回贈；這些回贈不管是狗、馬或是其他任何東西，都會被泰門慷慨地送出來，而且肯定在品質上超過自己得到的禮物，如果得到一隻狗或者馬，回贈的價值也許是二十隻狗或馬。似乎這些虛僞的捐贈人知道回贈的禮物更值錢，他們就用這種虛情假意的禮物迅速讓自己獲得收益。透過這種方式，路歇斯——一個狡猾的貴族——抓住機會向泰門推薦，並送給他四匹帶著銀飾的乳白色的馬；另一個貴族，路庫勒斯用同樣虛僞的方式將一份免費的禮物——一對灰狗——獻給了泰門，因爲泰門曾經聽說並且十分欣賞這種狗的性情和敏捷；這位善良的貴族在接受這些禮物時，並未對送禮者的不誠實產生任何的懷疑；而送禮者卻因此得到了豐富的回報，比如一個鑽石或是一些珠寶，這些回報比他們虛假又唯利是圖的貢獻品要値錢二十倍。

有時，這些依賴泰門生存的人會用一種簡潔明瞭的技巧，直截了當地直奔主題，他們喜歡恭維讚揚泰門所擁有的財物，他買的便宜貨，或是其他一些最近購買的東西，他們這麼做無非是想要從這位容易受人影響而又心地善良的貴族那裡得到禮物，因爲在這個世界上，沒有一種服務不需要一點廉價而又明顯的恭維作爲交換代價的，而太容易輕信別人的泰門卻看不出來。就是因爲這樣，有一天，泰門送給了一位吝嗇的貴族一匹他乘過的棗紅色的駿馬，因爲別人誇讚他的馬十分英俊而又跑得很快，他感到很高興。泰門知道沒有人會讚揚那些他不想要擁有的東西，對他來說，在比較朋友和自己的喜好的時候，如果愛好相同，他更喜歡贈與，以此來滿足朋友，他甚至能把自己的領地與這些所謂的朋友分享也不會感到厭倦。

泰門的財富並不只送給這些敗壞的奉承者，使他們變得富有；他也做了一些高尚而且值得稱讚的事；有一次，他的一個僕人愛上了一個富有的雅典人的女兒，但是因爲她的財富和高貴的地位，他永遠都不可能得到她。泰門慷慨地贈與了他的僕人三個雅典泰倫，使得他擁有豐厚的財富，只有這樣，女孩的父親才會允許這門親事。但是大多數情況下，他的財富卻讓無賴和食客們給浪費了，他看不清那些虛僞的朋友，但是因爲那些人總是聚集在他身邊，他就認爲他們一定很愛他；因爲他們滿臉笑容地極力奉承他，他就確信他的行爲一定受到智者和好人所認同。當他和一群諂媚者和虛僞的朋友在一起享樂，當他們享用著佳餚、品味著美酒，猶如傾水一般消耗泰門的財富，壓榨泰門的興盛之時，泰門仍然不能明辨朋友與奉承者之間的不同。但用他迷惑的雙眼來看（儘管他可以爲他的視力而感到驕傲），擁有這麼多兄弟一般的人支配彼此的財富是一種珍貴的安慰。而且在他看來，他們也是很愉快地享受這歡樂而又友愛的盛宴。

但是在泰門揮灑自己的善心與慷慨之時，就彷彿財神普洛托斯不過是他的管家一般；他對他所花費的代價沒有絲毫知覺，既沒問過自己如何能維持這種情況，也不想辦法停止這種瘋狂的揮霍——他的財富並非無窮無盡，這樣毫無節制的花費，即使擁有幾座金山也會很快地揮霍光的。但是又有誰會告訴他這些呢？那些奉承者絕對不會的，他們只對蒙蔽他的視線有興趣。儘管泰門忠心的管家弗萊維斯一度把帳目攤在他的面前，警告他、哀求他，甚至是用一種十分粗魯無禮的方式強烈要求他，試圖讓他明瞭自己所處的狀況，含淚請求他過問一下日常事務，但這些都是徒勞。泰門只是一直在搪塞他，然後轉移話題，談論其他事。告訴泰門他即將由富變窮，猶如向聾子大聲喊叫抗議一樣充滿困難，人們總是不願意相信自己不願意承認的事實。這種眞實總是更容易讓人懷疑，更難讓人接受。當泰門豪華的房子擠滿了前來狂歡、享用他的錢財的食客時，當地板上到處都灑滿了美酒的時候，當每個房間都燈火通明，房間內迴響著音樂與酒酣時刻的歡呼之時，這位忠誠的管家，誠實的好人總是獨自站在一個孤獨的角落放聲大哭，他的悲痛比酒從酒桶中瀉出的還快、還多。看著他那位瘋狂揮霍無度的主人，他想到那些財富只換來了各種人的恭維，並因此而耗費殆盡之時，他就更加難受。諂媚來的快消失得也快，酒席換來的讚美很快就會散去，一場冬雨過後，這些蒼蠅就會馬上消失。

但現在泰門不能夠再對他忠實的管家的請求充耳不聞了。他必須要有錢，因此當他命令弗萊維斯去賣掉一些土地換錢時，弗萊維斯提醒主人大部分土地已經賣掉或是被沒收了，而現在他的錢連一些小債務都還不清了，儘管在此之前他已經三番兩次地想讓泰門聽從他的建議，但一切都是白費力氣。泰門顯然因爲這番陳述而大吃一驚，他馬上回答道：「我的土地從雅典延伸到了斯巴達呀！」

「噢，我的主人，」弗萊維斯答道，「世界只有一個，它也是有邊緣的。如果您一口氣把他們都贈予別人，那它們也會很快地消失的！」

泰門安慰自己說他從未給過一次罪惡的施捨，即使他愚蠢地揮霍掉他的錢財，他也並沒有把錢用於滋長自己的罪惡上面，而是用來珍惜他的朋友們的友誼之上；他吩咐這位善良的管家（他正在哭泣）放心，他的主人從未缺過錢，因爲他有這麼多高貴的朋友；這位昏頭昏腦的貴族使自己相信，除了送還和借用外，他沒有別的可做，他可以隨心所欲地用別人的財富（那些人都曾接受過他的慷慨）。然後泰門面帶笑容——看起來他對自己的計畫十分有把握——分別傳達訊息給路歇斯、路庫勒斯、辛普洛涅斯這幾位貴族，他曾經在過去的日子裡毫無節制、慷慨地給了這些人許多禮物；他剛剛幫文提狄斯付清了債務，使他得以從監獄裡被釋放出來，而他又因爲父親的去世而繼承了一大筆遺產，這足以報答泰門的慷慨；他想向文提狄斯要回他爲他償還債務所付的五泰倫，並要其他貴族歸還每人所欠的五十泰倫；他相信，即使是五十泰倫的五百倍（如果他需要的話），他們的感激之情也能夠滿足他的要求。

路庫勒斯是他第一個求助的人。這個吝嗇的貴族一整夜都在夢想要得到銀盆和銀盃，當有人通知他泰門的僕人來拜訪時，他骯髒的思想立刻想到這是一個幫他圓夢的好機會，因爲泰門曾經送給他這樣的禮物。但是當他明白了事情的眞相，知道泰門需要錢時，他那怯儒而又單薄的友情的本性就呈現出來了，他說了很多保證的話，並向這位僕人發誓他很早就預見其主人的情況，他以前赴宴時就多次想要告訴他這一切，而且在和他共進晚餐時也試圖勸告他花錢要有節制，但是他並不因爲自己的到來而聽取任何建議或是警告。的確，他是泰門盛宴上始終如一的參與者（正如他自己所說的），而在很多大事上，他都感受到了他們的慷慨；但是他說他一直都是抱著上述目的，或是想要給泰門提些好的忠告或是譴責他。這是一個低級而又卑鄙的謊言，因爲他緊接著就給了這位僕人一點點吝嗇的賄賂，並囑咐他回家後和他的主人說他沒有找到路庫勒斯。

被派去找路歇斯的報信者也同樣空手而歸。這個享受了泰倫的美食，而又幾乎在一夜之間因爲他昂貴的禮物而暴富的貴族滿口謊言，當他發現苗頭不對，就像噴泉一樣噴湧的施捨突然停止了時，他一開始是不相信的；但這件事很快地就得到了確認，他馬上表示很遺憾，他眞不應該失去這個爲泰門效勞的機會，然而很不幸的，他剛剛在前天花了一大筆錢買了一件東西，而這件東西目前也沒有什麼用處。「眞不是東西！」他這樣稱呼自己，竟然就這樣失去了爲好朋友服務的機會，而能夠爲這樣一位偉大的紳士效勞是一件多麼快樂的事情啊，失去這個機會眞讓他感到巨大的痛苦！

誰能把和他分享同一碟食物的人叫做朋友呢？這只是每個奉承者的特性。在每個人的回憶中，泰門簡直就是路歇斯的父親，他用自己的錢來替路歇斯還債，用自己的錢替他付工資給僕人，並且爲路歇斯支付建造房屋的工錢，路歇斯曾經自豪地誇耀過這一切。然而，路歇斯自己證明了自己是個忘恩負義的禽獸，現在他拒絕借給泰門一小筆錢，這筆錢與泰門曾經贈與他的財富相比，還不如一個仁慈的人施捨給乞丐的多。

辛普洛涅斯，還有其他每一位曾經享受過泰門恩惠的唯利是圖的貴族，都選擇了逃避或者直截了當的拒絕；即使是文提狄斯，這個泰門由監獄贖回而現在十分富有的文提狄斯，都拒絕用泰門曾經在他窮困潦倒之時，慷慨贈予的五泰倫來幫助他。

現在，人們躲著貧窮的泰門，就像在他有錢時，人們圍在他身邊大獻殷勤尋求幫助一樣。從前曾經高聲地讚美他，歌頌他慷慨、無私、大方的人，現在卻毫不知恥地譴責他的慷慨很愚蠢，大方只是一種揮霍。

現在，泰門高貴的大廈被遺棄了，成了一個人們不願前往而又討厭的地方，人們只是從它旁邊經過，而不像從前，每個過路者都會停下來，感受它的美酒和愉悅；現在，這裡不再聚集著狂歡喧鬧的客人，而是被不耐煩的、吵鬧的討債人，放高利貸的人和敲詐者所包圍，他們的要求暴躁且難以忍受，逼著要債券、利息、抵押品；鐵石心腸的人既不會接受拒絕，也不會接受拖延，泰門的房子現在成了他的監獄，他不能越界，既不能進也不能出；一個人說泰門應該付他五十泰倫，另一個拿出一張五百克朗的帳單，他就算能把血液一滴一滴抽出來還債，現在他體內也沒有足夠的血給他們。

當事情處在這種令人絕望，又不可挽回的境地之下（看起來是這樣的），所有人的眼睛都因爲看到了一絲新的、令人難以置信的曙光而突然大吃一驚，就像西沉的太陽又升起一樣。泰門再一次舉行了一場盛宴，他宴請了一些常客，貴族、貴婦人，所有在雅典名聲顯赫，十分時尚的人都來了。路歇斯、路庫勒斯、辛普洛涅斯、文提狄斯還有其他人都來了。

當他們發現（至少他們是這樣想的），泰門的貧窮只是一個藉口，不過是為了試驗他們對他的愛，內心頓時感到相當懊惱，後悔自己當初若是花了一點小錢，豈不是可以輕易買到泰門的歡心，又可以確保以後財富的源源不絕嗎？不過，在原本以為這位慷慨之人的財富已經枯竭的情況下，現在卻又發現他的財富之泉仍然奔流不息，他們可開心了。他們來參加宴會時都掩飾著、抗議著，並表現出最深沉的悲痛和羞愧，當泰門的權威傳達給他們時，他們感到很難堪，並且恨不得有現成的財富去幫助這位尊貴的朋友。

但是泰門請求他們不要再提起，因為他已經完全忘記那些事了。儘管這些卑賤、奉承的貴族們在泰門身處困境時拒絕給與他金錢上的援助，而當泰門重新變得富有時，他們卻沒有人拒絕出席這次的宴會。比起那些欣然追隨著春天的燕子來，這些傢伙更願意追隨有錢人。

這些人就像是會觀察風向的夏天的鳥兒。伴隨著音樂和儀式，冒著煙的美食被端了上來；客人們羨慕著破產的泰門是從哪裡弄到錢來支付這次昂貴的晚宴，有些人懷疑他們所看到的景象是否是真實的。當遮蓋食物的蓋子被揭開，盤子裏盛的不是他們所期望看到的種類繁多而又少見的美食——過去泰門總是慷慨地提供豐盛的宴席——而是一種更適合於他目前貧窮的食物。什麼都沒有，只是一點幻影和微溫的水，很適合這群食客，而他們的表白也的確是幻影，他們的心不冷不熱而又光滑，就像水一樣，泰門就是用這個來迎接他那些吃驚的朋友，吩咐他們：「狗，掀開蓋子，跪下！」然後，他們還未從臉上充斥的吃驚中恢復過來時，他又把所有的碟子仍向他們，貴族、貴婦人們拿起帽子擠成一團，匆忙奪門而出，眞是一場壯觀的混亂。泰門在後面追著，朝著他們大叫：「圓滑而又微笑的寄生蟲，隱藏在謙恭面具下的破壞者，和藹的惡狼，好運的蠢人，酒肉朋友，蒼蠅！」大家相互推擠躲避泰門，比起剛才要進入這個房間時候的急切心情，他們更迫切地想要馬上離開。有些人丟掉了禮服和帽子，有人在擁擠中丟失了珠寶，所有人都急著逃離這個瘋狂的貴族，離開這個荒唐虛假的宴會。

這是泰門最後一次舉辦宴會，在這次宴會上，他告別了雅典的所有人；因爲至此之後，他來到叢林中，不再理會那個讓人憎恨的城市以及所有的人們，並且希望那座令人憎惡的城市的城牆統統下沉，房子都倒塌在他們的主人身上，期待瘟疫在人類中滋生——戰爭、憤怒、貧窮、疾病可以緊緊抓住那裡的居民，祈禱公正的神明讓所有的雅典人變得混亂，不論老幼高矮；他就是這樣一邊想著，一邊走向叢林，他說在這裡他能找到最無情但也比人類善良的野獸。他脫去衣服，赤身裸體，不再保留人類的一切裝飾，然後造了一個岩洞住進去，用一種野獸的方式過著孤獨的生活，吃野果、喝雨水，離開他的同類，寧願選擇和野獸一起生活，他們比起人更不會造成傷害，也更友善。

是什麼把富有慷慨的泰門變成了一個赤身裸體、憤世嫉俗的人！那些奉承他的人都在哪裡？那些服務他的人，還有侍從又到哪裡去了呢？這裡寒冷的空氣是他喧鬧的跟班，這些能夠成爲他的傭人嗎？能幫助他把他的襯衫暖和嗎？那些僵硬的樹木，在樹上盤旋飛舞、繁衍後代的老鷹，當他有事情吩咐牠們的時候，牠們能完成他的差使嗎？那些冰冷的山泉，在冬天就會凝結成冰，當他夜裡感到身體不適的時候，它們會幫助他溫熱肉湯和粥嗎？或是那些生活在叢林中的生靈會走過來，舔他的手，向他大獻殷勤嗎？

有一天，他正在掘土尋找一點點賴以生存的食物的時候，他的鐵板碰到了一些堅硬的東西，是一大堆黃金，也許是某個吝嗇鬼在某時因爲緊急情況而埋在這裡的，準備以後再回來取走，但是還沒等到這個機會就已經撒手人寰，也沒有讓別人知道這個藏匿處；所以它一直在那裡，既沒做好事也沒危害到其他人，就好像從那以後它不再出現一樣，直到偶然的一次，泰門碰到了它，使它再一次重見光明。

如果泰門還保有他原來的思想，那這裡就有很多財寶，足夠他再一次買來朋友和奉承者；但是泰門已經對這個虛僞的世界感到厭煩了，金子的光芒在他看來也是有毒的；他寧願把金子再埋到土裡，但是，他想到了因爲金子所帶給人類的無窮災難，錢財又是如何在人們手中引起搶掠、苦惱、不公平、賄賂、暴力和謀殺，那麼這些在他挖掘時找到的財寶就會引起許多危害，使人們因此變得痛苦，想到這些他覺得很快樂（他對他的同類深藏著這種根深蒂固的恨）。

恰好在那時侯，有一些士兵正從他居住的岩洞不遠處的樹林經過，他們屬於雅典將領艾西巴第斯的軍隊。艾西巴第斯因爲一些令人生氣的原因與雅典元老院發生爭執（雅典人是出了名的忘恩負義和不知好歹，尤其是對自己的將領和最好的朋友），因此率領自己以前統帥的勝利之師，準備去討伐不知好歹的雅典人。

泰門很讚賞艾西巴第斯的行爲，他把金子給了他用以犒賞士兵。他不要求別的，只要求艾西巴第斯能率領這支軍隊攻陷雅典城，放火屠城，殺死所有的百姓；並不因爲老人們的白鬍子就放過他們，因爲他們都是放高利貸者，也不因爲小孩子看似無辜的笑容而饒恕他們，因爲他們會活下去，如果他們長大了，就會成爲叛國者。他鼓勵艾西巴第斯心腸要硬，眼睛和耳朵也不能軟，不去理會任何可能引起同情與憐憫的情境或聲音，也不讓任何一個少女、嬰兒，或是母親的哭泣阻止他屠殺整座城市，在戰鬥中打敗所有的雅典人；然後在征戰的過程中，他祈禱神明也能夠征服他這個征服者。所有的一切都顯示了泰門十分痛恨雅典、雅典人和所有人類。

泰門居住在這個荒涼的地方，過著與人類相比野蠻的多的生活。有一天，有一個人以一種敬佩的態度來到他居住的岩洞前時，他大吃了一驚。是他那位忠誠的管家弗萊維斯，是他對主人的愛與熱情帶領他在泰門破敗的住處找到了他，想要爲他服務；當他第一眼看到泰門時，這位當年的貴族處於一種可憐的境地，像他剛出生時一樣赤身裸體，在野獸中過著野獸般的生活，看起來像是他自己的可憐的毀滅和衰落的紀念碑。所有的一切都影響著這位善良的僕人，他站在那裡說不出話來，被驚駭和困惑所包圍著。當他最終開口說話時，兩個人都因爲淚水而哽咽，以至於泰門一陣慌亂，想要先重新了解這個到訪的人是誰。根據這個人的穿著打扮和外形，他猜測此人是個叛國者，而他的眼淚也是虛僞的；但是這位善良的僕人用很多證據證明了自己的忠誠，並告訴他是因爲對過去的主人的愛和責任讓他來到這裡。泰門不得不承認世界上還剩下一個好人；然而即使如此，因爲他是一個人，擁有人的形體和打扮，泰門不能不憎恨地看著他作爲人的臉龐，也不能不帶厭惡地聽他從人的口中說出的話。於是這個忠誠的人不得不離開，因爲他是一個人，雖然他比一般人更溫柔、更富有同情心，但是泰門還是難以忍受他身爲人類的形體和外在特徵。

如果說這個可憐的管家只是稍微打擾了一下泰門的清淨，那麼一些貴族的造訪就嚴重地騷擾了泰門平靜的生活。事情還要從艾西巴第斯說起，正是他讓雅典元老院爲自己忘恩負義地對待泰門的行爲感到深深的懊悔。艾西巴第斯率領狂熱的士兵包圍了美麗的雅典城，像一隻發狂的野豬一樣圍繞著城牆轉著圈，威脅著要把美麗的雅典輾得粉碎。在這種威壓之下，健忘的人們才開始懷念起泰門，泰門掌管軍隊的秩序和操守讓人們記憶猶新。泰門曾經是雅典的將軍，大部分勇敢的士兵都認爲在當時的情況下，只有泰門能帶領雅典人對抗威脅著自己的圍城軍隊，或者能把咄咄逼人的艾西巴第斯趕退。

在這種緊急情況下，雅典元老院派遣了一個代表團來拜訪泰門，他們表達了自己處於絕境的狀況，而且也坦白在泰門處於絕境的時候，他們沒有給予一點尊重和幫助，對於雅典人曾經的無禮和無恥的做法，泰門有權利提出補償。

現在他們眞誠地哀求他，哭得淚流滿面，希望泰門能回到雅典來保衛這個曾經如此不知好歹驅逐了他的城市；現在他們答應給他財富、權力、榮譽，把他過去受到的傷害統統予以補償，還給予他公眾的尊敬、眾人的愛戴；雅典所有的人們、所有事務都由他掌控，給予這一切，只希望泰門能夠返回雅典、保衛雅典。但是泰門赤裸著身體，說現在的泰門是一個憤世嫉俗的人，不再是過去那個貴族泰門，不再是慷慨大方的貴族，不再是戰爭中哪個抵禦侵略的勇敢之花，也不再是和平的裝飾了。如果艾西巴第斯殺了他的同胞，他也不介意；如果艾西巴第斯洗劫了美麗的雅典，屠戮老人和小孩，他將會歡呼，於是他告訴使者們，他把狂亂軍隊手中揮舞的一把屠刀看得比雅典人的喉嚨還要重要。

這是他對淚流滿面的使者的全部回答，使者們失望之極。在分手之際，他祝願他的同胞們幸福，並且告訴他們，想要遠離傷心和焦慮，預防怒火沖天的艾西巴第斯的軍隊是十分容易的事情，他可以指引他們一條出路，在他臨死之前願意留下一點關愛給他親愛的雅典同胞。這些話讓使者心中產生了一絲希望，以爲泰門善心大發，願意重回雅典了。然而泰門告訴他們，在他居住的洞穴附近有一棵大樹，不久之後他將會去砍倒它，他邀請他在雅典的所有的朋友，不論高矮胖瘦，不論階級高低，如果他們希望結束煩惱，在他把樹砍倒之前，他們可以前來與這棵樹親近一番。意思是說他們可以來吊死在這棵大樹上，用這種方法來逃避痛苦。

這是泰門展現給世人的最後的形象，也是他最後的貴族式的禮貌。幾天之後，一個貧窮的士兵經過泰門經常出現的森林不遠處的海灘的時候，他發現海邊有一座墳墓，墓碑上的墓誌銘顯示這是憤世嫉俗的泰門的墳。墓誌銘這樣寫道：「當他活著，他痛恨一切活著的人，當他死了，希望瘟疫摧毀所有卑鄙的傢伙！」

也許他用了一種激烈的方式結束生命，或者他只是厭倦了生命，而讓他走向死亡的也僅僅是這種對人世間的厭煩，這些都難以說個明白。然而所有人都欽佩他的墓誌銘與他的死亡這兩者之間的契合。在他死後，他仍然以一個憤世嫉俗者的身分活在人們心裡。他選擇海邊作爲他的墳場也留給了人們巨大的想像空間：在他的墳墓旁邊，遼闊無邊的海洋在永恆地流淚，好像在藐視，在嘲笑人類眼淚的短暫、淺薄、虛僞以及欺詐。

✿ 羅密歐與茱麗葉

凱普萊特家族和蒙太古家族是維洛那城裡最富有的兩個家族。這兩個家族宿仇頗深，隨著時間的推移，他們之間的矛盾越來越尖銳，影響也越來越廣泛，以至於這兩個家族的遠親和侍從都被捲入其中，如果一個蒙太古家裡的僕人和凱普萊特家的僕人在街上偶然遇見了，那麼兩方必定開口互相謾罵，甚至發生流血衝突；這種爭吵和衝突經常發生，以至於影響到了維洛那城普通百姓的平靜快樂的生活。

有一次，凱普萊特老爺舉辦了一個盛大的晚宴，他邀請了全城所有的美麗姑娘和地位尊貴的客人來參加。維洛那城裡所有的美麗姑娘都會在晚宴上出現，當然，只要不是蒙太古家族的人，所有的來賓都會受到熱情的招待。蒙太古老爺有個兒子，名叫羅密歐，他一直對一個名叫羅莎琳的姑娘頗爲傾心，在凱普萊特老爺這次舉辦的晚宴上，羅莎琳也受邀到場；儘管羅密歐很清楚身爲一個蒙太古家族的人，出現在這樣的晚宴上是十分危險的事，但是他的朋友班伏里奧卻勸他戴上面具去參加這次的晚宴，因爲在晚宴上，他就可以見到他深愛的羅莎琳，而如果羅密歐把她和維洛那城其他的美女作個比較，就不難發現羅莎琳不過是天鵝群中的一隻烏鴉罷了。

羅密歐被班伏里奧的話說服了，決定去試試看，因爲他確實很愛羅莎琳。羅密歐是一個眞誠又熱情的人，爲了他深愛的羅莎琳，他常常陷於失眠也不願和其他人交往，而羅莎琳卻不喜歡羅密歐，對他的殷勤和深情無動於衷；班伏里奧希望借由這次晚宴，能讓羅密歐找到其他足以讓他喜愛的女子作爲伴侶，趕快從對羅莎琳的愛中恢復過來。

於是，年輕的羅密歐和他的朋友班伏里奧，以及另一個朋友麥卡提奧一起戴著面具參加了在凱普萊特老爺家的盛宴。凱普萊特老爺熱情地接待了他們，並對他們說，只要是腳上沒長雞眼的姑娘都會願意和他們跳舞的。老人家當晚心情相當愉快，他還對這群年輕的小夥子們說，他年輕的時候也曾戴著面具參加過舞會，還在年輕貌美的姑娘耳邊輕聲低語。

當他們走進舞池開始跳舞時，羅密歐突然被一位有著稀世姿容的姑娘所吸引，他感到十分震驚，因爲在他看來，燃燒著的燈火因爲她的美麗而更加明亮了，她的美麗就像是黑人頸上一塊璀璨的寶石，在夜裡分外耀眼；這種美只能供人們珍藏，實在是太珍貴了！羅密歐說，她就像是混在烏鴉群中的雪白天鵝，她的美貌使其他姑娘相形見絀。

當羅密歐說出這些讚美之言時，碰巧被凱普萊特老爺的侄子泰波萊特聽到了，他聽聲音認出了是羅密歐。泰波萊特的脾氣十分暴躁，是個易怒之人，他不能允許一個蒙太古家族的人戴著面具混入宴會，來取笑他們凱普萊特家族的尊嚴。他怒不可遏，恨不得一腳踢死羅密歐。但是他的叔叔——凱普萊特老爺——不允許他在這個時候有任何舉動，一方面是出自他對待客人的尊敬，另一方面是他聽說羅密歐很有紳士風度，維洛那城裡所有的人都稱讚他是一個善良的好青年。泰波萊特不得不服從凱普萊特老爺的命令，強壓怒火，但是他發狠誓說這個蒙太古家的壞小子遲早有一天要爲他此時的冒犯付出代價。

一曲終了，羅密歐癡癡地看著那位姑娘站著的地方；在面具的遮掩下，他冒冒失失地用最紳士的姿勢握住她的手，將她的手比作是一座神殿，彷彿他握她的手，就是對神殿的一種褻瀆，他是一個羞愧的朝聖者，只能吻一下她的手，以此贖罪。

「好一個朝聖者，」姑娘回答道，「你的朝拜實在是太有禮貌，太虔誠了。聖人也有手，但只是讓朝聖者觸摸而不是用來吻的。」

「聖人有嘴唇，朝聖者也有，不是嗎？」羅密歐說道。

「是呀，」姑娘說道，「嘴唇是用來祈禱的。」

「哦，我親愛的聖人，」羅密歐說，「請傾聽我的祈禱，並成全它，否則我會絕望的。」

他們就這樣用暗含愛意的話語彼此交談著，直到姑娘被她母親叫走。羅密歐向旁人詢問她的母親是誰。當他得知他深深迷戀的這位美豔絕倫的姑娘竟然就是蒙太古家族的宿敵，凱普萊特老爺的女兒茱麗葉時，他感到痛苦至極，因爲在不知不覺中，他已經把自己的心交給了他的敵人。但是這並不能阻止他對茱麗葉的愛。同樣，當茱麗葉發現剛才那位交談過的翩翩少年就是羅密歐，蒙太古家族的人時，她也陷入了惶恐與不安之中，這種突如其來的感情讓她很難理解，她爲什麼會愛上他？愛上自己的敵人，還把心都交給了他？

夜深了，羅密歐的朋友們離開了凱普萊特家，他們發現羅密歐突然消失了，他實在無法離開那座留下了他的心的房子。他跳過果園的圍牆，後面就是茱麗葉的房間。在那裡，他反反覆覆地沉思，懷念他的愛人。這時，茱麗葉果然出現在窗邊，她的美貌像一道霞光照耀在東方的天際；而果園上方的月亮此時也顯得黯淡無色，對於羅密歐來說，就連天上的月亮也在嫉妒茱麗葉的美貌。茱麗葉用手托著香腮，羅密歐多希望自己就是她手中的一隻手套，這樣，他就可以觸摸她的臉頰。此時此刻，茱麗葉也陷入深思，她深深地歎了一口氣，然後說了聲：「唉！」

聽到茱麗葉在說話，羅密歐心中一陣狂喜，用一種她聽不到的輕聲說：「哦，明亮的天使，再說點什麼吧，因爲妳出現在我的上方，就像是來自天堂的使者，凡人看到妳都應該後退。」

茱麗葉並沒有注意到她的聲音已經被羅密歐聽見，她因爲當晚的偶遇而激動不已，呼喚著她的愛人的名字（她不知道羅密歐就在自己身邊）。

「哦，羅密歐，羅密歐！」她說道，「你究竟在那裡？爲了我，離開你的家族，拒絕承認你的姓氏吧，如果你做不到，爲了我們宣過誓的愛情，我不會再承認自己姓凱普萊特。」

受到這番鼓舞，羅密歐本想說些什麼，但是他渴望聽到更多東西；茱麗葉仍然一個人充滿激情地自言自語著，她在責備羅密歐爲什麼會是蒙太古家族的羅密歐，她多希望羅密歐姓別的姓，或是去掉那個可惡的姓氏，因爲只要他不姓那個姓，他就可以和茱麗葉在一起。聽到這番愛的告白後，羅密歐再也控制不住自己的情緒了，他和茱麗葉交談了起來，就好像他們眞的面對面談話一樣。這不再是一種幻覺，他讓茱麗葉稱他爲愛人，或者是任何她喜歡的名字，因爲如果茱麗葉不喜歡他的名字的話，他就已經不再是羅密歐。

突然聽到花園裡有男人的聲音，茱麗葉感到十分驚訝。因爲夜色深沉，她一開始並沒能辨認出說話的人是誰；但是當羅密歐再開口說話時，儘管並未聽過很多羅密歐說的話，但是情人的耳朵是很靈敏的，她一下子就認出了那是羅密歐的聲音。她警告他說這樣翻果園的牆對他來說是很危險的事，因爲一旦凱普萊特家族的任何人發現了他，都會將他置於死地，因爲他姓蒙太古。

「唉！」羅密歐說道，「妳的眼神比他們二十把利劍的威力都強。小姐，只要妳肯看我一眼，我就有勇氣對抗他們的敵意。我寧願用他們的恨來終結自己的生命，也不願沒有妳的愛而白白延長自己的生命。」

「你是怎麼來到這裡的，」茱麗葉問，「是誰爲你指的路？」

「是愛爲我指路，」羅密歐回答，「雖然我不是舵手，但就算妳在天涯海角，我也要去冒險尋找妳的愛。」

聽到這番愛的表白，茱麗葉不由得羞紅了臉，因爲是在夜裡，所以羅密歐並沒有看到。她想收回剛才自己所說的話，但是覆水難收；她想故作姿態，與心愛的人保持距離，就像一些謹愼的女士常有的習慣那樣，緊皺眉頭，喜怒無常，尖酸地拒絕她們的追求者；對於那些她們中意的人，不是刻意地保持距離，就是裝作害羞或是漠不關心，這樣一來，男士們就不會認爲自己可以輕輕鬆鬆地贏得她們的愛；因爲人們總是對於不容易得到手的東西格外珍惜。

但是對於茱麗葉來說，已經沒有任何餘地讓她假意拒絕，故意拖延，或用傳統方式來拖延羅密歐對她的求愛。因爲羅密歐已經親耳聽到從她嘴裡說出的愛的表白，當然，當時她做夢也沒想到他會聽見自己的話。於是茱麗葉大大方方地承認了自己的眞心話，聯想到她當時所處的境地，這種坦誠是可想而知的。她把羅密歐稱爲親愛的蒙太古——愛情可以將一個令人討厭的姓氏變得如此甜蜜，她請求他不要把自己愛的告白當成是輕浮或是頭腦簡單，只是因爲今晚這個偶然的機會讓她發現了自己的所思所想。她還補充說，儘管在羅密歐看來，也許從女性的習慣做法來看，自己的行爲不夠矜持，但是她會證明自己比那些僞裝的女士更眞誠，因爲她們看似謙虛的行爲其實只是一種狡猾的做作。

聽到這些，羅密歐馬上對天發誓說自己絕無半點看輕茱麗葉今夜的舉動的意思，但是他的話被她打斷了，她祈求羅密歐不要發誓；因爲儘管她很喜歡他，但並不想當晚就立下婚約——這太倉促、太意外了，對於他們哪一個來說都欠考慮。

但是羅密歐卻很心急，希望馬上就和這位姑娘交換誓言，她說早在他要求之前，她就已經給了他想要的東西，這其實就暗指他偷聽到的那番表白；但是她想要收回自己剛才說的海誓山盟，因爲當她以後再次說出這番話時，他們將能再次體會到這種快樂，她對他的情誼和愛像大海一樣廣袤無垠而又深邃。

正當他們情意綿綿時，茱麗葉被一直照顧她起居的奶媽叫走了，此時天快要破曉，到了她上床睡覺的時間了；茱麗葉十分不情願地離開，匆匆忙忙地補充了幾句，說如果羅密歐對她的愛是眞誠的，並想要娶她爲妻，她明天會派一個信差去找他，並且商定一個結婚的日期，到那時，她會把自己的命運交給羅密歐，把他當作自己的主人，隨同他走遍海角天涯。

當他們互相約定的時候，茱麗葉的奶媽不時地出來催促她趕快上床，於是她一會兒跑進去，一會兒又跑出來，她生怕就此失去羅密歐，就像一個小姑娘害怕失去手中的小鳥一般，她想讓小鳥在地上跳一跳，但又怕牠飛走，於是趕忙拉住手中的絲線，把牠拉回來；羅密歐也和她一樣捨不得離開，對於沐浴愛河的兩人來說，在夜晚最動聽的音樂就是彼此口中說出的甜言蜜語。但是最終他們還是不得不分開，並祝彼此睡個好覺。

當他們分別時，天已經亮了。羅密歐心中仍然回盪著他的戀人臨別祝福時的音容笑貌，讓他難以入眠。實際上，羅密歐並沒有回家，而是去了附近的修道院尋找勞倫斯神父。這位善良的神父早已經起床開始做早禱，他看到羅密歐來得如此之早，就準確地推測到他可能一夜沒睡，而且沒有休息的原因不外乎是年輕人熱烈的情感。

他準確地猜測到羅密歐失眠是因爲陷入愛河，但是他卻猜錯了誰是這場感情的女主角，他原本以爲羅密歐是爲了羅莎琳而神魂顚倒、徹夜不眠，但是羅密歐告訴他說他現在愛的是茱麗葉，並且請求神父爲他們證婚。這種突兀的話讓這位聖潔的人驚訝地抬起了頭，甚至連手都舉了起來。在此之前，他一直以爲羅密歐喜歡的是羅莎琳，並且經常聽羅密歐抱怨說這位美人對自己一直無動於衷。他也告訴過羅密歐年輕人的感情常常口不對心，很多事情只是看表面，並不是發自眞心的感情，並且勸導羅密歐不要在羅莎琳的感情中陷入太深，因爲她並不喜歡他。現在羅密歐說茱麗葉和他是發自內心深處的互相愛慕。就某種程度而言，神父也贊同這種觀點，另外，他覺得羅密歐與茱麗葉這對年輕人的結合，也許能夠打破凱普萊特與蒙太古這兩大家族由來已久的宿怨。這個善良的神父與這兩大家族的關係都不錯，也曾經試圖調解他們之間的紛爭，但是都沒有取得任何效果。於是，一半爲了調解兩大家族的關係，一半爲了他對羅密歐的關愛，這個善良的老神父答應爲羅密歐的婚事盡一份力。

現在的羅密歐可說是眞的幸福無比。茱麗葉也根據之前的計畫派遣傳信的人，很快地，她獲知了他的計畫，她沒有耽擱，及時趕到了勞倫斯神父的密室。在那裡，他們手挽著手舉行了自己的婚禮，這個善良的神父祈求上天祝福這對小夫妻，並且祈求蒙太古和凱普萊特兩個家族會因爲這件婚事而化解冤仇，將舊日的積怨抛到腦後。

婚禮儀式剛剛結束，茱麗葉就急忙趕回家。她在家裡待著，急切地盼望夜晚的來臨，因爲羅密歐與她約定了晚上在果園裡相會，那裡也是他們第一天晚上相見並且訂情的地方。夜晚前的這段時間對茱麗葉來說可真是難熬，就好像孩子在重大節日前夕爲了歡心等待隔天漂亮華麗的衣服一樣難熬。

就在那一天的中午，羅密歐的兩個朋友——班伏里奧和麥卡提奧——在維洛那的大街上散步的時候，與凱普萊特家的泰波萊特不期而遇。泰波萊特就是那個在凱普萊特的宴會上想與羅密歐打上一架的傢伙，他脾氣衝動而暴躁。他一看到麥卡提奧就怒火萬丈，毫無顧忌地大聲責罵他與羅密歐狼狽爲奸。麥卡提奧與泰波萊特一樣都是急性子，而且都正値血氣方剛的年紀，於是儘管班伏里奧努力地勸阻，他們兩個還是激烈地對罵起來。

恰巧羅密歐從這裡經過，泰波萊特的怒火一下子就轉到羅密歐身上來了，他用種種惡毒的話來咒罵羅密歐，說他是一個可恥的惡棍。但是羅密歐並沒有生氣，因爲泰波萊特是茱麗葉的親戚，與茱麗葉的關係很不錯。羅密歐本來就不喜歡吵架，更不願意與他吵架。另外，羅密歐雖然是蒙太古家族的一員，但是他很明智而且天性溫和，一直以來都沒有參與家族間的紛爭。而現在，因爲茱麗葉的原因，凱普萊特這個姓氏對於羅密歐來說是一個讓人感到特別親切的字眼，足以平息內心的怒火。所以羅密歐在泰波萊特怒火萬丈的時候，仍然能夠保持心平氣和。他甚至親切地稱呼泰波萊特爲好兄弟。給人的感覺就是儘管他是蒙太古家族的一分子，但是卻對凱普萊特這個家族有一種天生的好感。可是泰波萊特可不這麼想，他對蒙太古家的人有一種沒理由的討厭，他對羅密歐的話根本聽不進去，反而拔出寶劍要給對方一個教訓。

麥卡提奧可不知道羅密歐內心想與泰波萊特搞好關係的想法，他早就被泰波萊特的行爲激怒了，並且大罵對方是個無恥的混蛋，最後，兩個人都拿出武器打了起來。儘管羅密歐與班伏里奧盡力想阻止這場爭鬥，但在他們拉開雙方之前，麥卡提奧已經被刺倒在地，並且受到了致命傷。看到自己的朋友麥卡提奧就這樣死去，羅密歐終於耐不住了，他用泰波萊特辱罵自己的稱呼回敬泰波萊特，稱他才是可恥的惡棍。他們兩個也拔劍相鬥，羅密歐在爭鬥中刺死了泰波萊特。

這場劇烈的爭鬥發生在中午，又是在維洛那的城中心，很快就吸引了大批的圍觀市民。在圍觀的人中間，也有凱普萊特先生與蒙太古先生，還有他們各自的妻子。隨後，維洛那城的親王殿下也來了。親王殿下管轄的維洛那城早就飽受這兩個家族互相爭鬥的煩擾，這次爲了殺一儆百，決定要從嚴處罰。

班伏里奧作爲事件的目擊證人，在親王殿下的要求下講述事情的來龍去脈。班伏里奧在力求保護羅密歐，減輕自己朋友的罪責的情況下，基本如實講述了事情的經過。而凱普萊特夫人則因爲失去自己的親戚泰波萊特而悲痛欲絕，她強烈要求爲死者復仇，要求親王殿下嚴懲兇手，不要過於在意班伏里奧的證詞，因爲他是羅密歐以及麥卡提奧的朋友。老實說，她這樣做其實是在與自己的女婿作對，不過當時她可不知道羅密歐與茱麗葉已經結婚了。而另一方面，蒙太古夫人則盡力爲自己的兒子說情，她認爲從正義角度來說，羅密歐並沒有什麼錯，因爲他雖然殺死了泰波萊特，但是泰波萊特殺死了麥卡提奧，已經犯了罪。親王殿下並不太在意激動的女士們的言論，他仔細核對班伏里奧講述的事實，最後，他作出了把羅密歐流放出維洛那的判決。

這個消息對年輕的茱麗葉小姐來說可是一件重大的事情，她剛剛做了幾個小時的新娘，還沒有享受新婚的快樂，而這個事件看起來是要讓他們夫妻長期分離了！當她聽到消息的時候，首先她極力譴責羅密歐，責罵他殺死了她親愛的堂兄。她稱呼他為外表英俊的暴君、魔鬼般的天使、貪婪的鴿子、披著狼皮的羔羊以及面帶笑容而心腸狠毒的人。猶如這些互相矛盾的稱呼一樣，茱麗葉內心也充滿著對羅密歐愛恨交加的矛盾。最後，她對他的愛佔據了上風。她一邊為自己堂兄的死亡而淚流滿面，另外則為羅密歐沒有被自己的堂兄殺死而感到慶幸，然後，她又為羅密歐被放逐而再一次流淚，這個消息對她來說實際上比堂兄的死亡更讓她感到難以接受。

這次事件之後，羅密歐藏身在勞倫斯神父的密室裡，他在那裡知曉了親王殿下對自己的判罰，而這個消息對他來說似乎比死亡更加可怕，對他來說，離開了維洛那，代表著再也見不到茱麗葉，那是一件多麼可怕的事情啊，對羅密歐來說，天堂是因為有了茱麗葉才存在的，遠離茱麗葉的地方就是地獄，就是煉獄，就是折磨。

好心的神父試圖勸他冷靜一點，不要太悲傷，但是這個已經有點狂亂的年輕人一點都聽不進去，他像女人一樣扯著自己的頭髮撲倒在地上，並且說要親自測量一下自己墳墓的尺寸。最後還是他親愛的妻子的口信讓他從這種瘋狂的、不體面的行為中清醒過來。然後神父把握時機勸告他不應該作出這種怯懦而脆弱的事情，他已經殺死了泰波萊特，但是不能因此而害死自己，更不能夠害死他心愛的姑娘，他如果這樣，那就是不珍惜自己，萬一有個閃失，茱麗葉難道還能獨活不成？他還說，一個高尚的貴族，他的身體也不過像蠟燭一樣脆弱，但是勇氣能讓他堅強起來。對於他犯下的罪行，法律已經寬大地處理了，這已經由親王殿下親口宣佈了，他不過是被放逐而已。他是在爭鬥中殺死了泰波萊特，但是泰波萊特也同樣有可能殺死他，沒被殺死已經是一件值得慶幸的事，而且他終於和茱麗葉結爲夫妻，這一連串的好運氣，就好像是神父祈禱而受到上天的祝福一樣，羅密歐應該感到莫大的幸福，而不是像一個沒教養的村姑一樣使性子。

神父勸告他要注意這些，因爲悲痛之下的絕望會讓人喪命。當羅密歐終於清醒一點，神父勸他應該在晚上偷偷去探望茱麗葉，然後直接出發去曼圖亞，他應該在那裡耐心的等待，等待神父找到一個合適的時機宣佈他與茱麗葉已經結婚的事情，這件事情無疑地會讓他們兩個家族和解，而這也會促使親王殿下赦免他的罪行，然後他就能帶著比離開時的悲傷還要多二十倍的快樂再次返回維洛那。羅密歐同意了神父聰明的建議，然後離開修道院去找他的妻子，準備當晚按計劃而行，第二天黎明時分則獨自前往曼圖亞。神父保證會時常寫信給他，以便他能夠瞭解自己家鄉的事情。

當天晚上，羅密歐去見了他的妻子，他還是從他們當初訂情約會的果園悄悄地潛入茱麗葉的閨房。這是一個混雜著快樂與驚喜的夜晚，但是這些快樂卻被白天發生的悲劇籠罩上一層陰影。歡樂太短促，黎明不知不覺就來了，當茱麗葉早上聽見百靈鳥在窗前鳴叫，她多麼希望這是夜鶯在歌唱啊，然而東方的太陽卻提醒她天確實亮了，這對戀人分手的時候到了。羅密歐心情沉重地告別了妻

羅密歐去見了他的妻子

子，向她保證自己到了曼圖亞每天每個時辰都會寫信給她。當他從她的閨房窗口爬下來，抬頭仰望著她的時候，這個悲傷的場景對她來說似乎是一個不祥的預兆，因爲從她的眼中看來，他似乎是站在墳墓中似的，而他悲傷的神情也與這個場景相一致。但是他們必須分開了，羅密歐如果在黎明之前還沒有離開維洛那的話，將會被處死的。

然而對這對命運多舛的情侶來說，這一切只是厄運的開始。在羅密歐走後不多久，老凱普萊特就爲茱麗葉張羅了一門親事，他爲她選擇的丈夫叫帕里斯。帕里斯做夢也想不到茱麗葉已經結婚了，他是一個英俊的年輕貴族，而且是個伯爵，如果茱麗葉沒有先遇見羅密歐的話，他也許是她的良配。

父親張羅的婚事把茱麗葉搞得驚慌失措，她的心情本來就不好，現在更加心亂如麻。她找了種種藉口拒絕這門婚事，她說自己太年輕還不應該出嫁，她說泰波萊特剛剛死亡，如果這時候辦婚事她可能沒辦法接受這種悲歡的更替，而且她堂兄的葬禮剛剛結束就舉行她的婚禮，也會讓人以爲凱普萊特家族不注重禮儀。她的種種理由中惟獨沒有說到她已經結婚了。

對於茱麗葉的反對，老凱普萊特以爲這只是年輕女孩子的嬌羞，於是他斷然地命令她作好出嫁的準備，老凱普萊特覺得，等到她下禮拜四嫁給帕里斯以後，就會發現她的丈夫是一個年輕、富有的貴族，在維洛那，即使是最高傲的女孩子也會欣然接受這樣的丈夫，他可不會讓她的害羞影響了這樣的好姻緣，他可不能讓她錯失這樣的好機會。

在這種緊急的時候，茱麗葉想起了友善的勞倫斯神父，每當她遇到煩惱的時候，總是會向他求助。他問她是否下定決心要和羅密歐在一起。茱麗葉說與其讓她嫁給帕里斯，那她寧願去死，因爲羅密歐是她的丈夫，而且羅密歐還好好的活著。神父讓茱麗葉先裝作快樂地回到家裡，然後願意依照她父親的願望嫁給帕里斯，等到第二天晚上，也就是茱麗葉婚期的前一天，喝下他給她的瓶子裡的藥，這種藥可以在人喝了之後的四十二小時內，呈現一種假死狀態。於是，當第二天新郎來迎娶她的時候，就會發現她已經死在床上了，然後按照鄉間的習俗，她會被裝在沒有蓋子的棺材中，埋葬在家族的墓園。如果她能夠克服女人的膽怯，在經過這樣一番遭遇，四十二小時之後，她將會在棺材中甦醒過來，而神父自己則會在夜裡來把她接走，這一切遭遇也會像一場夢一樣。在她甦醒之前，他會寫信告訴她的丈夫事情的經過，而羅密歐也會在夜裡趕過來，把她帶到曼圖亞。基於對羅密歐的愛，也因爲對與帕里斯結婚的恐懼，讓茱麗葉同意了神父的建議，採取了這樣一個冒險的辦法。她接過神父給她的藥瓶，決定採納他的建議。

從修道院出來以後，她遇到了年輕的帕里斯伯爵，她小心翼翼地掩飾自己的憎惡，假裝願意做他的新娘。這個消息讓凱普萊特先生和他的妻子都很高興，茱麗葉一開始反對老人提出的這門親事，一度讓老人很生氣，現在看到茱麗葉回心轉意，老人自然喜出望外，茱麗葉又變成了老人心目中聽話的可愛女兒啦。於是，整個凱普萊特家族都忙碌地準備即將到來的婚禮，爲了操辦好維洛那城前所未有的盛大婚禮，凱普萊特家族不惜花費巨大的人力財力。

星期三晚上，茱麗葉喝下了神父給她的藥水。在喝藥之前，她多少也對神父的藥有些擔心，她怕神父為了掩蓋他為自己和羅密歐證婚的事，而給她毒藥。不過她又覺得神父的人品高尚，絕對不會做出這種事，然而她又擔心她會在羅密歐來看她之前醒過來，那裡是一個多麼可怕的地方啊，堆滿了凱普萊特家族往生者的骨頭，那裡還躺著死去的泰波萊特，他渾身是血，裹屍布中的身軀已經開始腐爛。然後她又想到了過去常常聽到的關於鬼魂的故事，他們都是出沒在屍體埋葬的地點，但是這些都抵擋不住她對羅密歐的愛和對帕里斯的厭惡，最後，她盡力吞下了藥，然後就失去了知覺。

第二天一大早，帕里斯帶著樂隊來迎接他的新娘，然而展現在他面前的不是活生生的茱麗葉，而是一個失去了生命的屍體。多麼可怕的死亡啊！整個凱普萊特家族也亂成了一團。可憐的帕里斯為他的新娘感到悲痛，在他們還沒有攜手結為夫婦之前，死亡就奪走了她年輕的生命。而老凱普萊特夫婦聽到這個噩耗更是悲痛欲絕，他們只有茱麗葉這麼一個孩子，這個可憐又可愛的孩子曾經讓他們感到快樂和欣慰，然而正當他們眼看著她即將嫁給一個金龜婿，從此擁有大好前程的時候，殘酷的死神從他們手中奪走了她。現在為婚禮準備的事情都用在葬禮上，婚禮的喜宴變成了葬禮的宴席，歡快的婚禮樂曲被深沉的哀樂所取代，原本應該鋪展在新娘腳下的鮮花現在則放到了死者的身上，只有一點沒有變，那就是她還是要去教堂，只不過原本要由神父來證婚，現在則要他來送葬。茱麗葉確實被送到了教堂，只不過不是為了增加人們的快樂，而是增加死者的數目。

俗話說好事不出門，壞事傳千里，壞消息總是比好消息傳的快。確實是這樣，在勞倫斯神父把茱麗葉並非眞正死亡，只是在墳墓裡小躺一會兒，並且還在等待羅密歐前去迎接她的消息通知給羅密歐之前，羅密歐在曼圖亞已經聽到了他的妻子茱麗葉死亡的消息。在此之前，羅密歐在曼圖亞過的還算不錯，他還做了一個夢，夢見自己死了，而他的妻子茱麗葉趕來發現他已經死亡，於是就拚命親吻他的嘴唇，最後他甦醒過來，而且還成了皇帝！當剛剛知道維洛那有消息傳來的時候，他還以爲會是好消息呢，因爲他覺得這個夢是一個好的預兆，然而事實卻與他的預料完全相反，而且他的妻子確確實實已經死亡，即使他如何親吻她也不會活過來。羅密歐讓人準備好馬匹，他決定當夜就回到維洛那，他無論如何都要到她的墳墓見見她。

瘋狂的念頭最容易在人們絕望的情況下鑽入人的大腦。羅密歐想起不久前他在曼圖亞買東西的時候遇見了一個藥劑師，他是一副窮困潦倒的模樣，衣服襤褸，像是餓了很久的樣子，空空的藥箱放在佈滿灰塵的架子上。藥劑師當時曾經說（也許他是擔心羅密歐會步入這種絕望的境地）：「按照曼圖亞的法律，賣毒藥是要被處死的，但是誰要是需要毒藥，這兒有個可憐蟲一定肯賣他。」

那時，羅密歐突然想起了藥劑師說過的話，他找到了藥劑師。最初，這個藥劑師假意躊躇了一會，但是當羅密歐給他金幣的時候，貧窮讓他再也不能抗拒誘惑，他賣給他一包毒藥，還說，一個人即使有二十個人那麼旺盛的精力，吃了這個藥也會很快地死去。

於是，羅密歐帶著這些藥返回維洛那，爲了在他心愛的姑娘的墳墓裡見她一面。他的如意盤算是，吃下這些毒藥，與她肩並肩埋葬在一起。他到達維洛那的時候已經是半夜了，他發現茱麗葉的墓就在凱普萊特家族墓地的中央，他帶了燈、鐵鍬和撬棒去挖墳。當他正在賣力挖掘的時候，突然有人大聲呵斥這種非法的行爲，並且罵他是無恥的蒙太古家的小子。喊話的人正是年輕的帕里斯伯爵，他這麼晚來到茱麗葉的墓前，是爲了能夠安靜地哀悼他的新娘，爲她的墳墓插上一些鮮花。他不知道羅密歐與「死者」的關係，但是他知道蒙太古家族的人和凱普萊特家的人勢不兩立，他推測羅密歐這麼晚前來挖墓，肯定是想褻瀆羞辱死者的遺體。於是他憤怒地斥責他，要求他停止這種行爲，並且警告他，不要忘了他現在還是一個犯人，按照維洛那的法律，如果他繼續留在這裡則要被處死，而且他也可以逮捕他。羅密歐要帕里斯滾開，並且警告他不要惹自己生氣，否則就殺了他，而躺在這個墳墓裡的泰波萊特就是榜樣。但是伯爵輕蔑地嘲笑他的警告，並且想動手抓住他這個犯人，於是他們兩個打了起來，帕里斯被打死了。

當羅密歐提起燈來看是誰阻止了自己的時候，才發現死者是帕里斯，他在曼圖亞也聽說過他將要與茱麗葉結婚。他抓起年輕死者的手，一種同病相憐的感覺讓他對死者產生了同情，他說要把他埋葬在勝利者的墳墓中，也就是埋葬在他正在挖掘的茱麗葉的墳墓裡。

羅密歐挖開墳墓，茱麗葉躺在裡面，他發現死者的面貌和膚色沒有絲毫的改變，好像死神也在眷戀她那無與倫比的美麗，所以讓她躺在那裡，就像花朵一樣盛開，美麗動人，和活著的時候沒有什麼區別。她旁邊躺著的是她的堂兄泰波萊特，羅密歐看到他早已經在裹屍布裡面腐化，他對他的死請求原諒，並且因爲茱麗葉的緣故而稱呼他堂兄，並且說爲了讓他歡喜，他要殺死他的敵人。接著，羅密歐向他的妻子告別，親吻她的嘴唇，然後他喝了藥劑師給他的毒藥，以此放下了背在他疲憊身軀上的十字架。羅密歐吃的藥是眞正的、致命的毒藥，與茱麗葉吃的不一樣，他很快就停止了呼吸。不久，茱麗葉喝的藥將失去效力，茱麗葉將會甦醒過來，屆時，她會抱怨羅密歐不守時，他來得太早了。

這時勞倫斯神父也按照與茱麗葉約定的時間來了，他知道了他送到曼圖亞的信，因爲種種不幸的原因並未交到羅密歐的手中，於是他自己帶著鐵鍬和燈籠來到墓地，要把被關在墳墓中的茱麗葉救出來，但是他奇怪地發現凱普萊特家族的墓碑上有一盞燈正在嘶嘶地燃燒著，墓碑下有兩把寶劍，附近還有大量的血跡，而斷了氣的羅密歐與帕里斯則躺在墓碑下。

在勞倫斯神父還未清楚發生了什麼事時，茱麗葉已經甦醒過來，她看到神父就在她的身邊，她想起了這是什麼地方以及自己爲什麼會在這裡。她問神父羅密歐在哪裡，正在這時，神父聽到外面有喧嘩聲，就叫她先離開這個充滿死亡的不祥之地，因爲一種不可預料的力量使他們的計畫失敗了。正說著，人們從外面衝了進來，神父害怕的躲藏起來。而茱麗葉也看到了她的愛人羅密歐的屍體，她推測他的死因和他手中的空杯子有關，如果當時杯子裡面還有殘留的毒藥，傷心欲絕的她也會毫不猶豫地吞下去，她親吻著他仍然溫暖的嘴唇，試圖分沾一些毒藥。她聽到人們的嘈雜聲越來越近，於是她拔出自己藏在身邊的匕首，刺在自己的胸口，就這樣死在羅密歐的身旁。

不一會兒，守墓人就趕到了現場，而帕里斯伯爵的一個隨從當時看到了他的主人與羅密歐在決鬥，在驚慌之下大聲喊叫，於是消息就這樣傳了出去，他還在維洛那大街上喊著讓人困惑不解的話語：「帕里斯！羅密歐！茱麗葉！」於是流言到處傳播，很快地，蒙太古老先生和凱普萊特老先生被驚動了，親王殿下也被驚動了，他們走出來詢問到底發生了什麼事情。勞倫斯神父則被幾個看墓人抓住了，因爲他神態可疑地從墓地出來，一邊顫抖，一邊歎氣還一邊流著淚。這時，凱普萊特家的墓地前面已經聚集了很多人，親王要求神父把他知道的事全部講出來。

接下來，神父當著老蒙太古以及老凱普萊特先生的面把這兩家兒女的悲慘故事一五一十地講了出來。他講了他如何爲他們的婚事盡力，如何爲了消除兩家多年來的仇恨而促成這段感情。他說死者羅密歐是茱麗葉的丈夫，而死者茱麗葉則是羅密歐忠貞的妻子，又講了如何在他找到一個合適的時機宣佈他們的婚事之前，茱麗葉又被捲進另一件婚事之中，爲了避免重婚罪，茱麗葉在他的建議之下，服用了詐死的藥丸讓大家以爲她已經死亡，而在這期間，他寫信給羅密歐讓他在藥效過去的時候來帶走茱麗葉，但是因爲種種原因，信並未送到羅密歐手中。在此之外的事情，他就不清楚了。後來他親自來墓地接茱麗葉，卻發現帕里斯伯爵和羅密歐都死了。

後來的情況則被跟隨帕里斯伯爵前來，而且看到他與羅密歐爭鬥的僕人加以說明，而跟隨羅密歐從曼圖亞前來的僕人也做了補充。對愛情堅貞不渝的羅密歐臨死前還讓僕人帶一封信給自己的父親。這封信證實了神父所說的話，他說他已經與茱麗葉結婚，並且請求自己父母的寬恕，寬恕自己從那位可憐的藥劑師那裡購買了毒藥，爲了能夠與茱麗葉死在一起。所有的話都與神父所說的情況吻合，也消除了神父殺人的嫌疑，只是他雖然是好心，但是卻無意中促成了這件悲痛的事件。

聽完這些故事，親王轉過身來，面對著蒙太古與凱普萊特這兩個老貴族，譴責他們之間毫無道理而又殘酷的敵對關係，並說這是上天透過他們子女之間的愛來懲罰他們。最終，這兩個老對手不再敵對，並且決定把他們長久的敵對都埋葬在他們子女的墳墓中。老凱普萊特把手伸向老蒙太古，稱呼對方爲兄弟，好像用這種方式承認他們子女的婚事一樣。老凱普萊特握著老蒙太古的手，說這是她的女兒獲得的聘禮。而老蒙太古則說他還要給更多，他要爲茱麗葉用純金打造一尊雕像，只要維洛那這個城市的名字還在，就不會有其他雕像比這座雕像更出色、更寶貴。

老凱普萊特也說要爲羅密歐鑄造一尊雕像，兩個可憐的老人就這樣化解了彼此的仇恨，時間雖然晚了點，他們爭搶著表現出比對方更多的謙恭。但是在此之前，他們的孩子卻因爲彼此之間可怕的敵對關係而付出了寶貴的生命，而他們的犧牲也消除了兩個家族之間長久以來的憎恨。

哈姆雷特

年輕的丹麥王子哈姆雷特本是一個活潑開朗的人，喜歡狩獵和其他各種娛樂活動，可是最近，他的生活卻蒙上了一層陰霾。先是他的父親突然去世，然後不到兩個月，他的母親葛楚德又結婚了，而且嫁的對象竟是國王的弟弟克勞狄斯，也就是哈姆雷特的叔叔。當時，此事令所有的人都大吃一驚，因爲這個克勞狄斯和已故的老國王實在有著天壤之別：此人猥瑣、卑鄙，而老國王正直可敬，這不能不讓人起疑。所以很多人猜測，克勞狄斯先害死了國王，然後再娶自己的嫂子，目的就是爲了篡奪丹麥的王位。如此一來，原本的合法繼承者哈姆雷特就無法順利繼承王位了。

不能繼承本該屬於自己的王位，這對心高氣傲的王子來說，應該是一份沉重的打擊、一份慘痛的屈辱，他當然會鬱悶。不過，眞正讓他提不起精神的，是他母親的可恥行徑。要知道，哈姆雷特幾乎是把父親當作偶像來崇拜，在他的心目中，父親和母親是一對恩愛夫妻，因爲平時，父親溫存體貼，母親柔順多情，兩人總是纏纏綿綿。可如今，父親死去還不到兩個月，母親就忘記了以前的情義，嫁給了自己丈夫的弟弟。況且，從血統上來說，這個婚姻既不正當，也不合法，可母親還是不顧一切結了婚。對正直的哈姆雷特來說，這個事實比丟掉十個王國更讓他難過。所以，他一面哀悼父親的去世，一面不齒於母親的婚姻，慢慢地失去了原有的快樂，本來俊秀的容顏也憔悴下來，他不再讀書、不再參加任何活動，渾身籠罩著一種沉重的陰霾。他說，這個世界就是一個野草叢生的花園，所有新鮮的花草都枯死了，只剩下密密麻麻的雜草在茁壯成長，讓他感到厭倦。

哈姆雷特的母親和新國王想盡辦法要讓他快樂起來，可他依然愁眉苦臉。在宮中，他時刻穿著黑色的喪服來哀悼他死去的父王，任誰都無法說服他脫去。甚至在他母親結婚的當天，他也不肯換一套衣服。那天，他拒絕參加所有的宴會，他認爲所有的歡慶都是可恥的。

還有一件事一直困擾著哈姆雷特，那就是父親的死因。雖然克勞狄斯宣佈說，國王是被一條蛇咬死的。可是哈姆雷特的心中總有一個疑團，他懷疑克勞狄斯就是那條蛇，他爲了謀奪王位而害死了自己的父親。

可是這樣的猜測有沒有道理？還有她的母親對此知不知情？如果知道，是不是也同意了？這些疑問日夜地困擾著他，使他不得安寧。

接著，哈姆雷特聽到了一個謠傳。在城堡前値夜崗的士兵，接連三個晚上都看到了一個鬼魂。哈姆雷特的摯友霍拉旭也看到了，就告訴哈姆雷特。更令人驚詫的是，所有見過鬼魂的人描述起當時的情況，都如出一轍：鬼魂出現於半夜時分，從頭到腳穿著一套盔甲，跟國王生前的盔甲一模一樣，長相也酷似已故的國王。蒼白的臉上愁容滿面，再加上斑白的鬍子，簡直就是一個活生生的國王。士兵向他喝問，他卻從不回答。不過，有一次他抬起了頭，好像準備要說話，恰巧天亮了，他也就隱逸不見了。

聽到這樣的傳言，哈姆雷特當然非常驚訝。不過，那有頭有尾、毫無紕漏的描述使他不得不相信，那就是父親的鬼魂。他想，鬼魂的出現一定不是無緣無故的，他一定想說些什麼事情，雖然到現在還沒有開口，但他遲早會說的，這樣他也就能解開心中的某些疑團和憂慮了。所以，他決定當晚親自去守城。

天終於黑了，哈姆雷特、霍拉旭跟一個叫馬西勒斯的士兵登上了鬼魂出現的高臺。那天晚上寒風刺骨，不過皇宮裡面依稀能聽到飲酒作樂的聲音。哈姆雷特他們正在佇立聆聽，忽然霍拉旭碰了碰哈姆雷特的肩膀，示意他鬼魂來了。

哈姆雷特眞的看到了人們傳言中的鬼魂，忽然感到又驚又怕。剛開始，他還祈禱上帝保佑他們，因爲他實在不知這是吉是凶。不過，一會兒他就有了膽量，因爲那個鬼魂越看越像他的父親，他看起來很可憐，好像要跟自己說些什麼。終於，哈姆雷特忍不住說話了：「啊，國王，我的父親！您從何而來？大家明明看見您躺在墳墓裡，可此刻您爲何會出現在這兒呢？請告訴我，我應該怎麼做才能讓您安息呢？」那鬼魂招手回答，示意哈姆雷特離開兩個同伴，單獨跟他走。霍拉旭和那個士兵擔心王子會上當，遇到危險，就勸他千萬不要去。可是哈姆雷特心意已定，任他們怎麼勸說和懇求都無濟於事。此時的哈姆雷特已把生死看得很淡了，他認爲自己的靈魂是生生不息的，鬼魂也加害不了自己。於是就掙脫了同伴，追逐鬼魂去了。

當只剩下哈姆雷特和鬼魂的時候，鬼魂終於打破了沉寂，說他正是哈姆雷特父親的鬼魂，是被人謀害致死的。正如哈姆雷特所猜測的那樣，克勞狄斯爲了霸佔王位和自己的嫂子，親手害死了自己的哥哥。事情的經過是這樣的：老哈姆雷特每天午後都習慣在花園裡睡覺，就在那個時候，歹毒的克勞狄斯偷偷把毒液滴進了他的耳朵。那種毒液像水銀一樣，很快就流遍了他渾身的血管，燒乾了他的血液，損害了他的皮膚。就這樣，他的同胞兄弟奪去了他的生命、王后和王位。鬼魂請求哈姆雷特一定要殺死傷天害理的新國王，爲自己報仇，不然他死不瞑目。但是，他卻吩咐哈姆雷特在報仇的時候不得傷害自己的母親。雖然她背棄了自己的丈夫，嫁給了謀害丈夫的仇人，但老國王還是不忍心要她的命，說就讓她去受良心的懲罰吧。哈姆雷特同意之後，鬼魂就消失了。

哈姆雷特回到兩個同伴身邊，囑咐他們對當晚發生的事要絕對保密。不過，他還是把一切都告訴了好友霍拉旭。不過，當哈姆雷特獨處的時候，他決定要把過去的一切事情都忘得乾乾淨淨，甚至包括書本上的知識。從今以後，腦子裡只剩下報仇的事。

哈姆雷特本來身體就很虛弱，精神也很頽廢，如今鬼魂的出現使得他神經緊張，他都快發瘋了。哈姆雷特擔心這樣下去會引起叔叔的懷疑，一旦叔叔知道自己現在所瞭解的情況，那報仇就更不容易了。於是，他做了一個很奇怪的決定：從今以後，他要僞裝成一個瘋子。他認爲，這樣一來就不至於引起叔叔的懷疑了，同時也可以把自己眞正的不安隱藏起來。

從這時候起，哈姆雷特的言談舉止和以前相比，變得有些狂妄和荒誕。由於他裝的特別像，國王和王后也被他矇騙了。他們感到奇怪，老國王已經去世好幾個星期了，為什麼王子沒有任何好轉的跡象，反而更加惡化了。再加上他們不知道鬼魂的事情，所以就猜測王子一定還有別的心事。最後，他們認為，他是為了愛情才發瘋的，而且他們還查到了王子究竟愛上了誰。

原來，哈姆雷特確實愛上了一個美麗的姑娘，她是御前大臣波洛涅斯的女兒奧菲利婭。哈姆雷特一直傾慕她，曾經不斷地寫信、送戒指給她，正大光明地追求過她；而這位姑娘也同樣喜歡哈姆雷特。不過，由於哈姆雷特近來遭遇的煩惱，便對姑娘冷淡起來。尤其是他裝瘋以後，就故意顯得很無情、粗暴。但善良的奧菲利婭並沒有因此責怪他，她依然相信哈姆雷特深愛著她，現在的冷酷並非出於他的本性，只不過是暫時精神失常而已。她說，哈姆雷特高貴的心靈和卓越的智慧原本能奏出美妙的音樂，但如今卻被深深的憂鬱壓抑著。

自從哈姆雷特把報仇當成首要任務後，對他而言，愛情已經成為一種奢侈品，而且他也不允許自己有這種感情。但儘管如此，他偶爾還是不免會想到溫柔的奧菲利婭。有一次，他覺得自己的殘酷實在太沒道理了，就寫了一封信給她，裡面充滿了狂熱與激動，措辭也十分誇張，倒是很符合他裝瘋的神態。當然，誇張的同時，字裡行間也流露著柔情，這多少給了奧菲利婭一絲安慰，使她相信哈姆雷特的內心深處依然沒有忘記她。哈姆雷特的信是這樣寫的：「妳可以懷疑星星不是一團火，妳可以懷疑太陽不會動，妳可以懷疑真理能變成謊言，但請永遠不要懷疑我對妳的愛……。」

奧菲利婭把這封信給父親看，而這位老人又覺得應該盡一個臣子的本分，就把這件事原原本本地告訴了國王和王后。從那以後，國王和王后就認定，眞正使哈姆雷特發瘋的是愛情。王后很高興哈姆雷特是因爲奧菲利婭才發瘋的，因爲這樣一來，哈姆雷特可以很容易就康復，她和國王也能稍微減輕一下心理負擔了。

可是他們想得太簡單了，僅靠愛情根本無法讓哈姆雷特恢復到從前的樣子。因爲父親的鬼魂依然縈繞在他的腦海，時刻提醒他不要忘了報仇的使命，這讓哈姆雷特覺得，新國王一天不死，他就一天不得安寧。可是，天性善良的他一向把殺人看得很可怕，所以他就在遲疑中反問自己，他如何確定自己看到的鬼魂就是父親的靈魂？萬一那是一個魔鬼呢？聽說魔鬼是可以隨意變化的，他完全可以趁自己身體虛弱、心情苦悶的時候，變成父親的樣子來驅使自己殺人啊！就算這一切都是眞的，殺死一個國王又談何容易？先不說他從不離身的士兵，就算只是形影相隨的母后，他也難以下手啊。畢竟，自己要殺的人是母親現在的丈夫，殺了他，自己也會傷心的。這兩種對立思想的折磨和原本的憂鬱、頹廢，讓哈姆雷特搖擺不定，躊躇不決。最後，他決定找到更可靠的根據再做定奪。

就在哈姆雷特猶豫不決的時候，一批流浪藝人來到宮裡，要在宮廷演出。巧合的是，哈姆雷特以前就看過他們的演出，而且他還記得自己最喜歡的一齣戲，說的是特洛伊的國王普里阿摩遇害和王后赫卡柏的悲痛。哈姆雷特對這些老朋友的到來表示了熱烈歡迎，並且請他們再表演一次那齣戲。於是，舞臺上就出現了一幕幕的場景：年老體弱的國王被人殘忍地殺害，整個城市和全體市民葬身火海，傷心的王后抑鬱而瘋，王冠變成了破布，王袍變成了毯子，赤腳在宮中奔跑。這些人演的十分投入，不但自己流出了眞實的眼淚，而且深深地打動了周圍的觀眾。哈姆雷特也不例外，那一段虛擬的臺詞彷彿把他帶到了千百年前，他也爲從未謀面的赫卡柏流下了同情的淚水。同時，他也產生了一種強烈的愧疚：自己親愛的父親眞正被謀殺了，可自己卻一直無動於衷，整天在醉生夢死中度日，任兇手逍遙法外！不過，有件事卻給了他一個提示，讓他想到了一個檢驗國王和王后是否有罪的方法。他還記得，有些兇手看到舞臺上的謀殺案時，居然因爲感動而當場招認了自己的罪行。由此可見，一齣惟妙惟肖的好戲對觀眾的影響有多大！所以，如果讓父親被謀殺的場景出現在叔叔的眼前，只要仔細觀察叔叔的神情，就可以斷定他是不是兇手了。於是，他決定親自安排一齣戲，邀請國王和王后觀看。

哈姆雷特安排的戲是維也納的一件公爵謀殺案。公爵叫貢紮古，他的妻子叫白普蒂絲妲；結果，公爵的一個近親琉西安納斯在花園裡毒死了他，霸佔了他的財產和妻子。不過，哈姆雷特在戲中做了若干變動，使之更接近於父親被謀殺的眞正情景。

國王不知道這是一個圈套，還以爲王子終於從瘋癲中恢復過來了，就欣然答應前往。看戲的時候，哈姆雷特特意坐在國王的附近，以便仔細觀察他。戲的開頭是貢紮古和他妻子的對話，妻子宣稱，如果丈夫先她而去，她將永世不嫁，因爲只有那種謀殺親夫的女人才會再嫁，所以如果她有一天再嫁，那她情願受到詛咒。哈姆雷特注意到，聽完這段話，他母親和國王的臉色都變了，戲開始對這一對罪惡的男女奏效。接下來的一幕是貢紮古在花園裡睡著了，琉西安納斯躡足走到他跟前，將毒藥倒進了他的耳朵。這情景跟國王的罪惡行爲實在太像了，顯然國王無法承受這樣的刺激而繼續看戲，就大喊一聲：「點燈，走！」然後就在一片混亂中倉皇離開。國王的離去使演出也被迫停止了，但哈姆雷特足以確信，鬼魂所說是確有其事了。他很高興，自己的猶豫不決終於得到了解脫，也明白了自己現在的責任就是報仇。不過就在這時，王后傳話說想單獨跟哈姆雷特談談。

其實，召見哈姆雷特是國王的意旨。他想，剛才的戲像極了他的行爲，應該不只是個巧合。他想弄清楚王子對此事究竟知曉多少，就督促王后打聽一下。可是，奸詐的國王又擔心王后會偏袒兒子，所以就吩咐波洛涅斯躲在王后內宮的帷幕後面，這樣他就能知道他們談話的一切內容了。要知道，波洛涅斯一生都在朝廷裡的勾心鬥角中生存，他最擅長用不正當的手段刺探內幕，這也是國王爲什麼讓他去偷聽的原因。

哈姆雷特一走進房間，王后就開始責備起他剛才的行爲，說他大大得罪了他的父親，當然王后所說的「父親」是指當今的國王，哈姆雷特的親叔叔。不過，對哈姆雷特而言，這是一個尊敬的稱呼，他只會想到自己的親生父親。所以聽到母親把「父親」一詞用在一個不折不扣的壞蛋身上，再加上那是殺害自己父親的兇手，便憤怒地回答：「不，母親，是妳冒犯了我的父親。」

王后說他是在毫無根據地瞎扯。

哈姆雷特反駁說：「不，這才是我應有的回答。」

王后問他知不知道這是在跟誰講話。

「唉，」哈姆雷特痛苦地回答說，「我但願自己不知道。可是，我偏偏很清楚地知道，妳是王后，妳丈夫的弟弟的妻子。同時，妳又是我的母親。我眞希望妳不是。」

「放肆，」王后生氣地說，「你實在太無禮了，既然這樣，我只好去找其他人來跟你爭辯了。」王后的意思是去找國王或波洛涅斯來勸說哈姆雷特。

可是哈姆雷特不打算讓母親走。他想，好不容易才有機會單獨跟母親在一起，他要想辦法讓母親認識到她自己的墮落，坦白自己的罪惡。所以就抓住母親的手腕，硬叫她坐下來。可是哈姆雷特的緊張神情卻讓她大驚失色，大喊救命。這時候，躲在帷幕後的波洛涅斯也以爲王后有生命危險，不過他沒有跑出來相助，只是不停地喊救命。哈姆雷特聽到以後，以爲那就是國王，便想再不動手，更待何時？便一箭刺了過去。

「你看，」王后大喊，「你太魯莽、太殘忍了。」

「不錯，母親，我的確很殘忍，」哈姆雷特痛楚地說，「可是，妳比我更殘忍，妳殺死了自己的丈夫，然後又嫁給了他的弟弟。」

其實，對父母的過錯，做兒女的是應當儘量包涵的，所以哈姆雷特本想把話說得委婉一些。可情急之下，還是嚴厲地斥責了母親。他想，反正自己這麼做也只是讓母親改邪歸正，沒什麼惡意，索性打開天窗說亮話吧。於是，激憤的王子就用感人的話訴說著王后所犯下的過錯。他說，王后實在無情無義，這麼快就忘了自己已故的丈夫，還嫁給了謀害丈夫的兇手，這是天理難容的。還有，她這麼做足以讓人懷疑女人一切的誓言、世間一切的美德都是虛僞的。既然如此，結婚的誓約還有什麼意義呢？也許它還比不上賭徒的詛咒發誓呢，宗教也不過是開玩笑的一句空話罷了。接著，他又拿出了兩個國王的肖像，提醒王后注意他們之間的天壤之別。他說，她過去的丈夫是多麼的氣宇軒昂！他的捲髮就像太陽神，前額像天神，眼睛像戰神，姿勢就像在山峰上擁抱蒼天的幸運之神。可如今她又嫁給了什麼人？他就像得了枯萎病或渾身沾滿了細菌那麼卑鄙，竟然摧殘了自己的親哥哥！他不明白，王后怎麼會鬼迷心竅地嫁給這麼一個人？

哈姆雷特話還沒說完，老國王的靈魂又出現了，跟他上次看到的一模一樣。哈姆雷特緊張地問他爲什麼出現在這兒，鬼魂說，他不過是來提醒哈姆雷特不要忘了報仇的事，至於他母親，既然已經知錯，就放過她吧。說完鬼魂就消失了。哈姆雷特的一番話已讓王后認識到自己的錯誤，幡然悔悟。可哈姆雷特和鬼魂交談的時候，由於她無法看到國王的鬼魂，就以爲哈姆雷特憑空對話，很害怕兒子又發了瘋。哈姆雷特安慰她說，自己的脈搏跳得很正常，剛才自己眞的是在和父親的鬼魂交談。他又流著淚懇求王后不要再跟國王在一起、做他的妻子。只要王后答應以一顆誠懇、虔誠的心紀念他死去的父親，做一個眞正的母親，那麼他就會以一個兒子的身分爲她祝福、祈禱。王后答應一定會照他的吩咐去做。

現在哈姆雷特終於有時間鎮靜下來，看看不幸被自己誤殺的是誰了。可是，等他發現死者竟然是波洛涅斯——他心愛的奧菲利婭的父親，他哭了。

這時候，國王已經意識到哈姆雷特對他的威脅，一心想除掉他。不過他知道這位王子深受百姓愛戴，所以不敢輕舉妄動；而且他也怕王后，他知道，雖然王后也有過錯，但對自己的兒子還是十分疼愛的。就這樣，哈姆雷特殺死波洛涅斯一事，恰好給了國王一個藉口，可以讓他光明正大地把哈姆雷特驅逐出去。於是，狡詐的克勞狄斯假裝是爲了哈姆雷特的安全著想，要派兩個人把他送往英國，因爲那時英國還是丹麥的屬國。但實際上，他寫了一封密函給英國國王，內容是等哈姆雷特一踏上英國國土，就把他處死。哈姆雷特很瞭解他叔叔的個性，就疑心其中有詐。於是一天晚上，他趁著兩個同行的人睡熟之際，偷偷拿到了那封信。打開之後，哈姆雷特立刻就想到了一個辦法來挫敗國王的殺人陰謀。他巧妙地擦去自己的名字，換上了那兩個隨行人員的名字然後又把信封起，放回原處。不久，船遭遇了海盜的襲擊。在與海盜的鬥爭中，哈姆雷特異常勇猛，隻身跳上了敵人的船與敵人搏鬥，而他自己的船就趁機懦弱地逃跑了。那兩個同行的人很自私，他們毫不顧念哈姆雷特會遭遇什麼樣的危險，帶著信趕往英國。幸好，信的內容已被哈姆雷特更動，這兩個人也得到了應有的懲罰。

就這樣，哈姆雷特留在海盜之中。不過，當海盜得知他是個王子，便善意相待，對他敬愛有加。他們希望王子能在朝廷中幫他們的忙，以報答他們的好意，所以就把哈姆雷特帶到最近的一個丹麥港口，讓他上了岸。哈姆雷特一上岸就寫信給他叔叔，告訴他自己因為一場奇怪的遭遇又回到了丹麥，具體詳情第二天見面時再說。可是，他怎麼也沒想到，回去之後，等待他的是一片多麼淒慘的情景。

奧菲利婭死了！原來，得知父親死於非命，而且是死於她心愛的人之手，奧菲利婭深受打擊，傷心欲絕，很快就神經錯亂了。她經常拿著花在宮中亂跑，唱著愛情和死亡的輓歌，好像忘記了過去所有的事情。有一天，她一個人來到小河邊，看到河邊有一棵柳樹，葉子倒映在水面上。於是，她就用各種花草編了一個花圈，想掛在柳枝上。可是就在她爬樹的時候，柳枝折斷了，她和花圈一起掉進了水中。可是，她好像一點也不知道自己的災難，或者她以為自己本來就是水中的動物，就靠著衣服在水上漂浮了一陣，還斷斷續續地唱了幾句古老的歌謠。不一會兒，她的衣服變得沉重起來，而她，就連同那還沒有唱完的歌，一起被水吞沒了。哈姆雷特到的時候，奧菲利婭的哥哥雷歐提斯正在為這個美麗的姑娘舉行葬禮，國王、王后和所有的大臣都在場。不過，哈姆雷特並不知道這是誰的葬禮，就躲在一旁偷偷看著。他看到王后按照處女葬禮的規矩，在墳上灑滿了花，她還一邊灑一邊說道：

「鮮花應該配美人！可愛的姑娘，妳本來應該成為我的哈姆雷特的新娘子的，我還一直希望用鮮花來裝飾你們的婚禮呢。可如今，卻只能把它灑在妳的墳墓上！」

聽到這裡，哈姆雷特才驚愕地知道，死者是她心愛的奧菲利婭，悲傷和悔恨沉重地壓在他心

她一個人來到小河邊

頭。接著，他看到雷歐提斯發瘋般地跳進墳墓，命令侍從把他和奧菲利婭埋在一起。哈姆雷特不能容忍一個作哥哥的如此悲傷，在他的心目中，沒有人能和他對奧菲利婭的愛相提並論。於是，哈姆雷特衝了出來，也跳進墳墓中，甚至比雷歐提斯還要瘋狂。哈姆雷特的出現又讓雷歐提斯想起了父親和妹妹的死，於是他抓住了哈姆雷特的脖子，大喊報仇，幸好侍從把他們拉開了。葬禮結束之後，哈姆雷特爲他的魯莽表示了歉意，他解釋說自己跳進墳墓並不是要和雷歐提斯打架，只是不能容忍有人比他更傷心。就這樣，兩人暫時停止了戰爭。

奸詐的國王仍然沒有放棄除掉自己的侄子。這一次，他決定利用雷歐提斯的悲憤來謀害哈姆雷特。於是，在國王的慫恿下，兩人商定了一場友好的比劍。大家都知道，哈姆雷特和雷歐提斯都很精通劍術，所以比賽那天，宮裡的人都去了，還下了很大的賭注。按照規矩，哈姆雷特挑了一把圓頭劍，但他沒有去檢查雷歐提斯的劍，所以他不知道，在國王的授意下，雷歐提斯使用了一把塗了毒藥的尖頭劍。比賽剛開始的時候，雷歐提斯並不認眞，所以王子佔了上風，國王還裝模作樣地喝彩。不過幾回合之後，雷歐提斯越打越凶，並趁機給了哈姆雷特致命的一擊。哈姆雷特很氣憤，但他不知道這都是事先定下的陰謀，於是就換過了雷歐提斯的毒劍，回刺了他一下。就在兩人都成了這個陰謀的犧牲品時，王后忽然大喊自己中毒了。原來，國王爲了保證萬無一失，還特意預備了一杯有毒的飲料，讓哈姆雷特口渴的時候喝。如此一來，即使雷歐提斯比劍失敗，他還有機會毒死哈姆雷特，不料飲料卻被王后無意中喝了下去。王后用她生命的最後一口氣喊出了她是被毒死的。

目擊了這一切之後，哈姆雷特懷疑這是一個陰謀，就吩咐關閉所有的大門，查出指使者。這時，雷歐提斯也倒在地上了，他感覺出自己也中毒了，就說不必查了，是他出賣了朋友。接著，他就把國王是怎麼一手佈置了這個陰謀原原本本地說了一遍，並請求哈姆雷特能夠寬恕他，之後就斷氣了。此時的哈姆雷特只有半個小時的生命了，他想起了自己對父親的鬼魂許下的承諾，就拿起那把有毒的劍，刺進了國王的胸膛。奸詐的國王罪有應得，哈姆雷特總算爲父親報仇雪恨了。不過，他轉身看到霍拉旭要自殺的樣子，就用最後一口氣懇求好友，一定要好好活著，把這件事公諸於世，看到霍拉旭點頭，他終於滿足地閉上了眼睛。哈姆雷特結束了他悲劇性的命運，霍拉旭和所有在場的人都流著淚爲他祝福，希望天使能保佑王子的靈魂。哈姆雷特寬厚仁慈，高貴勇敢，深受人民的愛戴，他本來應該成爲一個眾望所歸的賢明君主。

奧賽羅

溫柔、美麗的苔絲狄蒙娜是勃拉班修的女兒。由於勃拉班修是威尼斯一位有錢的元老，將來會留給苔絲狄蒙娜一筆很大的遺產，再加上她本人優秀的品德，吸引了許多人的求婚。不過這位高貴的姑娘認爲，人的心靈遠比相貌還要重要。於是，她以自己非凡的眼光（也許只可羨慕而不可效仿），捨棄了本國所有同膚色的人，選擇了一個摩爾人——奧賽羅。這是個黑人，父親時常請他到家裡來，看得出父親很欣賞他。

不過，苔絲狄蒙娜選擇這個情人還是有她自己的理由。奧賽羅是個軍人，驍勇善戰，由於在歷次跟土耳其的浴血奮戰中，屢建戰功，他被提升到威尼斯軍隊裡的將軍一級，受到國家的尊敬和信任。可以說，除了皮膚是黑色的，這個高尚的摩爾人具備了一切優秀品質，值得所有高貴的小姐去青睞。

奧賽羅曾經是個旅行家，而正像所有的姑娘一樣，苔絲狄蒙娜喜歡聽他的冒險故事。於是，他開始從早年的事情回憶說起，談到他經歷的戰役、圍攻和會戰，他在水上和陸地所遇到的種種兇險，談到他衝入突破口，或者朝炮眼挺進，最終在千鈞一髮時又脫險的英勇；他還說到被傲慢的敵人俘虜，當作奴隸賣掉，他又怎樣忍氣吞聲，才得以逃脫的苦難。在談這些經歷的時候，他還講述他在外國看到的一些新奇事物：一眼望不盡的荒野；瑰麗動人的洞穴、石坑、岩石和插入雲霄的山峰；一些野蠻的國家和吃人的部落；一個腦袋長在胳膊底下的非洲民族。這些故事和現象深深地吸引著苔絲狄蒙娜，如果在聽故事的時候被叫走去做家務，她總是很快地處理完就回來，好像永遠也不會聽膩似的。有一次，苔絲狄蒙娜終於忍不住向奧賽羅提出一個請求：要求他把一生的經歷完整地講一遍。因爲她以前所聽的都是零零碎碎的，奧賽羅答應了。當他講到自己少年時代遭受的一些艱難困苦時，還引出她不少同情的眼淚。

經歷講完了，苔絲狄蒙娜的心也是千迴百轉，連她自己也不知道爲奧賽羅的遭遇歎了多少氣。她趁乘巧妙地發了一個誓：那些事都是離奇而悲慘的，如果自己沒有聽說也就罷了，可現在聽完以後，眞希望上天爲她創造一個這樣的男子。然後，她又在道謝的時候暗示奧賽羅，如果他有朋友愛上了她，只需讓那個人講他過去的經歷，就能得到她的愛情。看到苔絲狄蒙娜嫵媚羞澀的微笑，奧賽羅當然明白她的意思，於是他也乘此機會表明了自己的心意，兩人商定私下結婚。

前面已經說過，勃拉班修很欣賞奧賽羅，不過從膚色和財產來看，他是不會同意女兒嫁給這個人的。他雖然一直沒有干預女兒和他聊天，但這並不意味著他打算讓奧賽羅成爲自己的女婿。在他的計畫中，苔絲狄蒙娜也會像威尼斯的高貴小姐們一樣，嫁給一個元老身分的人（或者遲早成爲元老的人）。可是，他失算了。他沒想到，苔絲狄蒙娜愛上了這個黑人，把心和財產都給了他；她不但不嫌棄他的膚色，反而把這種別人都看不上眼的膚色看得那麼高貴。

他們的婚禮雖然是秘密舉行的，不過勃拉班修還是很快就知道了。勃拉班修在氣急敗壞之下，跑到莊嚴的元老院會議上去控告奧賽羅，說奧賽羅用咒語和巫術欺騙了苔絲狄蒙娜，讓她沒經過父親的同意就嫁給了他，他這麼做實在有違道義。

事也湊巧，此時威尼斯政府剛好需要奧賽羅去執行一項任務。原來，土耳其人齊集了強大的艦隊，正向塞普勒斯島進發，企圖把這個軍事據點奪回去。在如此緊急的關頭，奧賽羅被寄予厚望，威尼斯政府認定只有他才能夠抵禦土耳其人的進攻。結果，奧賽羅就以雙重身分站在元老院：一方面肩負著國家的重任，另一方面又是個犯人——如果罪名成立，依據威尼斯法律，他將會被判處死刑。

在這種莊嚴的場合，面對勃拉班修的囉嗦，元老們顯得很不耐煩。可是這位氣呼呼的父親仍然激動地陳述著那毫無說服力的證據，藉以控訴奧賽羅。結果，奧賽羅爲自己辯護的時候，只要把自己和苔絲狄蒙娜的戀愛經過講一遍就足以推翻他的控訴了。果然，當奧賽羅講述完他求婚的經過，連審判席上的公爵也不得不承認，如果是自己的女兒遇到這種情況，也會愛上奧賽羅的。所以，勃拉班修所謂的咒語和魔法，都是男人在戀愛時光明正大的方法；至於巫術，那不過是一些讓姑娘感興趣的故事罷了。

苔絲狄蒙娜證實了奧賽羅的話。在法庭裡，她首先承認了父親的養育之恩，說自己應盡做女兒的責任；然後她又懇求父親允許她對丈夫盡妻子的本分，就像母親對他一樣。

年邁的勃拉班修無話可說了，只好把奧賽羅叫到跟前，無可奈何地將女兒交給他，說如果自己能留住苔絲狄蒙娜，就絕不會讓他把女兒帶走。他還說，幸虧自己只有這麼一個女兒，不然他會因此變得專制起來，替別的兒女戴上枷鎖的。

對奧賽羅而言，艱苦的軍隊生活就像家常便飯那麼自然，所以糾紛結束之後，他就去指揮作戰了。苔絲狄蒙娜是個深明大義的妻子，和荒廢時光相比，她更願意丈夫去建功立業，所以欣然同意丈夫奔赴前線。

奧賽羅帶著新婚妻子剛到塞普勒斯，就接到報告說，土耳其的艦隊被一場暴風吹散了。這樣一來，戰爭的威脅就暫時消除了。可奧賽羅沒想到的是，他即將面臨另外一場戰爭：在別人惡毒的挑撥下，他對清白的妻子起了猜忌，要知道，這種猜忌遠比外敵的入侵更危險。

這事要從邁克爾·凱西奧說起。凱西奧是佛羅倫斯的一個年輕軍官，平時很受將軍信任。由於他爲人活潑，嘴巴又甜，很討女人的歡心，所以年紀稍大一些、尤其是娶了美貌妻子的人常常會忌妒他。不過，高貴的奧賽羅光明磊落，性格單純，正如他相信自己不會做卑鄙的事一樣，他也從不懷疑別人會那麼做。所以當初他和苔絲狄蒙娜戀愛的時候，還曾找凱西奧幫過忙：奧賽羅知道自己不善言談，而凱西奧卻善於和女人交談，就請他幫自己向苔絲狄蒙娜求婚。這也難怪，溫柔的苔絲狄蒙娜除了奧賽羅以外，最信任的就是凱西奧了；不過，從另一方面講，她也像其他的賢慧妻子那樣，和凱西奧保持著距離。苔絲狄蒙娜和奧賽羅結婚以後，凱西奧仍然像以前那樣，經常去他們家拜訪，並且和以前一樣，和苔絲狄蒙娜說說笑笑。奧賽羅的性格比較嚴肅，不過對凱西奧的東拉西扯，還是覺得很新鮮——可能嚴肅的人聽那些健談的人說話時，就不覺得沉悶了吧。

最近，奧賽羅把凱西奧升爲副官——一個接近於將軍的職位，沒想到這次的提升卻惹惱了伊阿古。伊阿古資格很老，他常常譏笑凱西奧，說他只懂得討女人歡心，對於作戰簡直一無所知，所以他認爲受到提升的人應該是自己。除了仇視凱西奧，他還恨奧賽羅，至於原因，一半是因爲奧賽羅偏愛凱西奧，另一半就莫名其妙了——他竟然毫無根據地猜忌奧賽羅看上了他妻子愛米利婭。這種種仇怨堆積起來，就促使陰險的伊阿古想出一個可怕的計畫來報復，他要凱西奧、奧賽羅和苔絲狄蒙娜同歸於盡。

伊阿古詭計多端，他很仔細地研究過人的天性，他清楚地知道，人心靈的痛苦遠甚於肉體的折磨；而要刺激人的心靈，恐怕沒有什麼比忌妒更難以忍受了。所以，他想到了一個惡毒的報仇辦法——讓奧賽羅吃凱西奧的醋，如此一來，他們之中至少會死一個，或者兩個都死掉，那樣他會更高興。

再說奧賽羅將軍，他帶著夫人到了塞普勒斯以後，由於敵人的艦隊已被暴風刮散，島上的人就像過節一樣，飲酒祝賀，並相互乾杯，祝福著奧賽羅和美麗的苔絲狄蒙娜。

當天晚上，伊阿古就開始了他處心積慮的陰謀。那天晚上，奧賽羅有令，士兵們要少喝酒，免得打架鬥毆，嚇壞了當地的居民。可是伊阿古卻藉口向將軍表示忠誠和愛戴，拚命慫恿凱西奧喝酒。要知道，對於擔任軍官的凱西奧來說，縱酒可是一個嚴重的錯誤，所以他在一開始拒絕了。可後來，經不住伊阿古表面上的誠懇與坦率，就一杯接一杯地喝了下去，口中還不斷地稱讚著苔絲狄蒙娜夫人，誇她是一位了不起的女人。後來，一個受伊阿古唆使的人故意跑來惹他生氣，此時的凱西奧已經失去了理智，兩人就拔出了劍。好心的蒙太諾軍官跑來排解，卻在扭打時受了傷。事情越鬧越大了，存心不良的伊阿古帶頭大喊出事了，還讓人敲響了城堡上的警鐘。這樣一來，就不是一場小小的酒後鬧事了，而是意味著發生了嚴重的兵變，因爲警鐘是不能隨便敲響的。奧賽羅也被驚動了，他很快就趕到了出事的地方，問凱西奧到底發生了什麼事。

這時，凱西奧的酒勁過去了，人也清醒了大半，可是他卻慚愧地說不出話來。伊阿古假裝很爲難，不想告狀，只是奧賽羅一定要問個水落石出，才在迫於無奈之下，不得不說。只是他省略了自己參與的部分，而凱西奧因爲喝酒的緣故，也都不記得了。就這樣，伊阿古看似是爲凱西奧開脫的陳述，反倒大大地加重了他的罪過，嚴於紀律的奧賽羅不得不撤銷凱西奧的副官職位。

暗中陷害了自己的對頭，讓凱西奧失去了副官的職位，伊阿古的第一步陰謀就這樣得逞了。不過，更大的災難還在後面等著。

凱西奧完全清醒後，對自己的行爲非常後悔。他對口是心非的伊阿古說，他現在一切都完了，他怎麼好意思開口請求將軍恢復他的職位呢？將軍一定會看不起他，說他是個醉鬼。伊阿古假裝安慰他說，事情沒那麼嚴重，誰都難免會喝醉，現在只有想辦法去挽救這個局面。正好，現在奧賽羅什麼都聽夫人的，所以只要凱西奧請求苔絲狄蒙娜出面爲他說情，以她樂於助人的個性，一定會答應的。如此一來，凱西奧就可以重新得到將軍的重用，他跟將軍的友情也會比以前更親密了。其實仔細想想，這個主意也不錯，但用心險惡的伊阿古是有他的邪惡目的的。

苔絲狄蒙娜一向樂於幫助別人，只要別人讓她辦的是正事，她沒有不答應的。所以，凱西奧開口之後，她立刻就答應在丈夫面前爲他求情。面對她誠懇又靈活的言辭，奧賽羅雖然還在生凱西奧的氣，卻無法拒絕妻子。於是他答應晚些時日再恢復凱西奧的職位，因爲馬上赦免一個違反軍紀的人太不合常理了。苔絲狄蒙娜仍不甘心，請丈夫一定要儘快赦免凱西奧，因爲她覺得現在的凱西奧已經很懊悔、很慚愧了，不應該繼續受到這麼嚴厲的懲罰。看到奧賽羅仍然沒有鬆口，她說：

「怎麼，替凱西奧求情這麼困難嗎？當初他替你求婚的時候，我每次對你表示不滿的時候，他都會爲你辯護。我現在讓你做的只是一件小事，你都這麼爲難；如果我想試探你的愛情，一定會讓你辦件大事，看你會怎麼辦。」

對於苔絲狄蒙娜的要求，奧賽羅無論如何是拒絕不了的。最後，他請妻子給他一些時間，他一定會重新重用凱西奧的。

在這之前，當奧賽羅帶著伊阿古來苔絲狄蒙娜的房間時，凱西奧恰好從對面的門走出去。工於心計的伊阿古故意小聲地說：「怎麼有點不對勁啊。」起初，奧賽羅並沒有留心這句話，而且隨後和他的夫人商量起事情就全忘了。然而苔絲狄蒙娜離開後，伊阿古卻問道，奧賽羅向苔絲狄蒙娜求婚的時候，凱西奧知不知道這件事。奧賽羅當然說知道，而且還撮合過他們呢。誰知，伊阿古卻皺起了眉頭，好像發現了一件可怕的事，嚷了一句：「眞的嗎？」這使他又想起了伊阿古脫口而出的那句話，他開始覺得這些話別有含意，因爲在他的眼裡，只有奸詐惡棍的吞吞吐吐才說明有詐，而伊阿古是一個正直的人，對他充滿了忠誠與愛戴，他有這麼不自然的表情，就表示心中藏有一件說不出口的嚴重事情。於是，奧賽羅懇切地請求伊阿古把知道的事情都告訴他，不管有多麼糟糕。

伊阿古說：「哪裡能避免髒東西的侵入呢？如果我看到了什麼污穢的東西，我應該怎麼做呢？」他接著說，不想讓自己細枝末節的觀察爲奧賽羅憑添煩惱，因爲他如果說出了心裡的事情，既會讓奧賽羅心神不寧，也會因爲一點猜疑而破壞別人的名聲。當這些旁敲側擊的言語弄得奧賽羅疑神疑鬼、幾乎要發瘋的時候，伊阿古又裝出一付關心的神情，勸他不要因爲猜疑而吃醋。就這樣，這個惡毒的壞人用欲擒故縱的手段，在奧賽羅毫無戒備的心裡灑滿了猜忌的種子。

「我知道我的妻子很漂亮，」奧賽羅說，「她還喜歡交際和宴會，她能言善辯，能歌善舞，但這些都是美德，除非她不貞。但除非有眞憑實據，我才能懷疑她。」

伊阿古假裝很高興奧賽羅不輕易懷疑他的夫人，並誠實地說他也沒什麼證據，所以要奧賽羅先不要忌妒，也不要認爲相安無事，只要以後仔細留意苔絲狄蒙娜的舉止就行了，尤其是凱西奧在場的時候。然後他又故弄玄虛地說，他非常瞭解義大利婦女的性格，尤其是那些背著丈夫在外面胡搞的妻子，更是瞞不過他。最後，他又非常狡猾地給了奧賽羅一個暗示：當初苔絲狄蒙娜跟他結婚的時候，就曾巧妙地欺騙過她的父親，以致於那位可憐的老人家還以爲奧賽羅用了巫術。這個暗示大大刺激了奧賽羅，他想苔絲狄蒙娜連父親都可以欺騙，爲什麼不可以欺騙丈夫呢？

此時的奧賽羅已經無法自抑了，但他故意裝出滿不在乎的樣子，讓伊阿古繼續講下去。假仁假義的伊阿古先說了許多抱歉的話，口口聲聲說不想傷害朋友，接著就說到了要害。他提醒奧賽羅說，苔絲狄蒙娜拒絕了那麼多同國家、同膚色並且門當戶對的男子，單單嫁給了他這個摩爾人，這對一個任性的小姐來說是很不自然的。可是等她清醒以後，她就會拿奧賽羅跟她本國那些身材好看、皮膚白淨的青年相比了。所以，伊阿古就勸奧賽羅把赦免凱西奧的事先拖延一下，看看苔絲狄蒙娜爲他求情的殷切程度，就能知道事實的眞相了。就這樣，這個奸詐的壞蛋佈置下這一連串的陰謀，他利用苔絲狄蒙娜的溫柔善良設置了一個圈套，藉以毀滅他所仇視的人。

兩人談話結束的時候，伊阿古假仁假義地懇求奧賽羅，在沒取得確實的證據以前，千萬不要懷疑妻子的清白，奧賽羅也答應一定不會衝動。然而，已被灌了迷藥的奧賽羅又怎麼能平靜下來呢？他開始失眠，即使用盡世上所有的安眠藥，他也無法再次享受昨日的酣睡。他開始厭倦工作，以前一看到隊伍和旗幟、一聽到號角和戰馬的嘶鳴聲就興奮的他，如今已失去了所有的興趣，軍人所特有的雄心壯志和榮譽感也都消失殆盡了。他不知道應該相信誰，因爲有時他覺得妻子是忠實的，有時又覺得她不忠實；有時覺得伊阿古是眞誠的，有時又覺得他是在栽贓。他有時甚至會希望自己根本不知道這件事，如果他不知道，即使妻子眞的愛上了凱西奧，他也不必受這樣的折磨了。就這樣，這些混亂不堪的念頭幾乎要把他逼瘋了。有一次，他竟然掐住了伊阿古的喉嚨，要他拿出苔絲狄蒙娜出軌的證據，不然就會把他處死。伊阿古假裝十分生氣，說自己的好心反倒被誤解，接著又問奧賽羅可曾知道一條草莓花樣的手絹。奧賽羅當然知道，因爲那是他第一次送給妻子的禮物。

「可是今天我看到凱西奧在用一塊那樣的手絹擦臉。」伊阿古說。

「如果一切都如你所說，」奧賽羅憤怒地說，「我不報仇，誓不罷休。現在，爲了表示你對我的忠心，我命令你三天之內把凱西奧殺死。至於那個美麗的魔鬼，我會讓她死得痛快些。」

如果被忌妒纏身，即使是漂浮的空氣，也可以成爲確鑿的證據。現在的奧賽羅就是這樣，僅僅憑伊阿古所說的一條手絹，就足以蒙蔽他，讓他不問清楚事情的來龍去脈，宣判兩個人的死罪。忠實的苔絲狄蒙娜怎麼可能把丈夫送給自己的禮物轉送給其他男人呢？一切都是伊阿古搞的鬼，手絹是伊阿古讓他那個雖然善良、卻很軟弱的妻子從苔絲狄蒙娜那裡偷來的。他說是爲了把手絹上的花樣繡下來，實際上卻丟在凱西奧的附近。如此一來，他就可以陷害凱西奧，說手絹是苔絲狄蒙娜送給他的了。

於是，奧賽羅在遇見他妻子後沒多久，就說頭疼，要借她的手絹來揉揉太陽穴。苔絲狄蒙娜給了他一條。

「不要這條，」奧賽羅說，「要我送妳的那條。」

既然被偷走了，苔絲狄蒙娜當然拿不出來了。

「怎麼了？」奧賽羅接著說，「那條手絹可是一個埃及女人送給我母親的。那個女人是個巫婆，能看穿人的心思。當初她曾對我母親說，手絹在她手上一天，我父親就會愛她一天。可是如果她把手絹弄丟，或者送給了別人，我父親曾經對她的愛有多深，以後對她的恨就會有多深。母親臨死的時候把手絹給了我，要我送給我的妻子。所以，妳要好好保存，把它看得跟妳的生命一樣寶貴。」

「眞的這麼靈嗎？」苔絲狄蒙娜害怕了。

「那是當然，」奧賽羅繼續說，「那是一塊有魔法的手絹，是一個活了兩百歲的巫婆用神蠶吐的絲織的，那蠶絲還曾在處女木乃伊的心血裡浸泡過。」

聽到那條手絹具有如此神奇的功效，苔絲狄蒙娜有點驚慌，因爲她擔心隨著手絹的遺失，她眞的會失去丈夫的愛。面對丈夫一再的追問和逼迫，苔絲狄蒙娜就想先轉移一下丈夫的注意力再說。於是，她假裝輕鬆地對奧賽羅說，她並不相信關於手絹的那番話，那是奧賽羅編造出來的，目的只是爲了阻止她爲凱西奧求情罷了，接著她又趁機誇獎起凱西奧。可憐的苔絲狄蒙娜實在不該說這番話啊！要知道，在她拿不出手絹的時候，奧賽羅已經快抓狂了，剛才的話無異於雪上加霜，使奧賽羅發瘋一樣地跑了出去。直到此時，苔絲狄蒙娜才開始懷疑丈夫吃醋了，儘管她非常不願意這樣想。

左思右想，苔絲狄蒙娜還是不明白丈夫爲什麼會變成這樣。想起奧賽羅最近的反常，她很傷心，不過她又想辦法爲奧賽羅開脫，心想一定是威尼斯傳來了什麼不好的消息，或者國家大事有了什麼困難，才使奧賽羅脾氣大變，煩躁不安。想到這裡，她就自言自語地說：「男人也不是神仙，怎麼能指望他們在結婚後還能像結婚時那麼體貼呢？」

沒想到，再次見到奧賽羅的時候，她面臨的是更嚴厲的指責和奧賽羅痛苦的眼淚。苔絲狄蒙娜很納悶，歎了口氣說：「唉，你到底遇到了什麼不幸，竟讓你如此傷心？」奧賽羅悲痛地說，他可以忍受貧窮、疾病、恥辱等各種疾病，卻惟獨無法忍受她的不忠。接著，他說苔絲狄蒙娜就像毒草，遠看很美，氣味也香，可是走近時卻不能看、不能聞，不然會害死人的。聽著這些莫須有的罪名，清白的苔絲狄蒙娜簡直目瞪口呆，一句話也說不出來。丈夫走後，她昏昏沉沉地只想睡覺，就讓丫環鋪上了結婚那天的被單。這位善良的夫人並沒有再抱怨些什麼，只是說，大人教導孩子的時候，總是用最溫和的方法，從最容易的事做起，而她現在就是一個孩子，奧賽羅當然可以溫和地責備她。

苔絲狄蒙娜躺在床上的時候，還在想丈夫馬上就會來的。不過，由於接連而來的痛苦，她不久就睡著了。奧賽羅就是在這個時候進來的，同時還帶來了一個惡毒的念頭——害死他的夫人。可是看到她睡得那麼香，奧賽羅實在不願意看到她流血，也實在不忍刺傷她潔白的皮膚。但是，害死苔絲狄蒙娜的決心卻沒有動搖，因爲在他的意識裡，如果繼續讓她活著，她一定會欺騙更多的男人，就像欺騙自己一樣。於是，奧賽羅最後一次戀戀不捨地吻了她，然後留下了讓人心碎的眼淚。

苔絲狄蒙娜被吻醒了，可是她睜開眼卻看到奧賽羅咬著下嘴唇、翻轉著眼珠。苔絲狄蒙娜一陣心慌，因爲她很清楚，奧賽羅的這種表情總是意味著會有可怕的事情發生。果然，丈夫馬上就很殘忍地說，讓她祈禱，準備受死吧。此刻，無辜的苔絲狄蒙娜才意識到事情的嚴重性，但她根本無法反抗，只能苦苦哀求奧賽羅不要那麼殘忍，因爲她眞的不知自己犯了什麼錯。奧賽羅總算說出了凱西奧的名字和那條手絹，然而沒容他的夫人分辨，他就用被子把她活活悶死了。

就在這時，凱西奧被抬進來了，他受了傷，渾身是血。原來，伊阿古派了一個人去暗殺凱西奧，不過那個人沒有得逞，他只是把凱西奧刺傷了。伊阿古爲了不讓別人知道他才是眞正的主使者，就乘機把刺客殺了。不過，人算不如天算，刺客口袋裡的一封信清清楚楚地證實了伊阿古的奸計，當然也證明了凱西奧的清白。所以，凱西奧現在來找奧賽羅，質問他自己究竟有什麼罪，奧賽羅爲什麼要派伊阿古來刺殺他。

事情總算眞相大白，但對奧賽羅來說，無異於一個晴天霹靂。因爲他殺了自己最愛的妻子，而他的妻子一直都是忠實而無辜的。還有什麼事情比這更痛苦的呢？他實在沒有活著的勇氣了，就一劍刺向自己，倒在他親手殺死的愛妻旁邊。

奧賽羅的行爲使在場的人都大吃一驚，因爲他的名聲一向很好。而且，在沒受到欺騙以前，他也的確是一個溫柔多情的丈夫。他剛毅的眼睛不會輕易流淚，但只要意識到自己的錯誤，他就會流下悔恨的淚水。如今，他害死了自己的妻子，我們也只能說，他也許愛的不理智，可是他愛的很深。他死了，但他卓著的功績仍被大家傳誦。現在，他的繼任者除了把他慘死的經過呈報給威尼斯政府，能爲他做的也只是用最嚴厲的刑法來懲處伊阿古，以安慰奧賽羅的在天之靈。

太爾親王配力克里斯

一般來說，知曉別人尤其是大人物的秘密不是件好事，太爾親王配力克里斯就因此而遭遇了不幸。他發現了希臘皇帝安提奧克斯曾犯下的一件駭人聽聞的罪行，並理所當然地遭到了威脅，因爲當時這個國王的勢力太雄厚了。爲了使他的臣民和城市避開這場可怕的災難，配力克里斯決定離開他的領土，到外面去流亡一段時間。於是，他把國事委託給能幹、正直的大臣赫力堪納斯，就坐船離開了太爾，想等危險消除之後再回來。

親王先前往塔色斯。他聽說那裡的人們正遭遇著嚴重的饑荒，就帶了大批糧食去救濟他們。對於已經山窮水盡的塔色斯人民來說，這實在是從天而降的驚喜。塔色斯的總督克利翁代表所有的人民向他表示了忠心的感謝和熱情的歡迎。不過，配力克里斯在這裡住了不久，太爾城就傳來了消息，說安提奧克斯已經知道了他的住處，很可能會派人來謀害他，請他務必注意安全。配力克里斯接到信後，就搭船走了。他離開的時候，塔色斯當地的人們都出來爲他送行，並祝福這個好心人一路平安。

船行不遠就遇到了可怕的風暴，結果除了配力克里斯被沖到一個不知名的海岸上，其餘的人全部遇難。幸好，配力克里斯在徘徊的時候遇到了幾個善良的漁夫，這才換上了乾衣服，塡飽了肚子。在和漁夫們的閒談中，他得知自己身處在潘塔波里斯，國王叫西蒙尼狄斯。西蒙尼狄斯把國家治理得太平無事，自己也因寬厚仁慈而受到人民的稱頌。他還從漁夫的口中得知了一件大事：國王有個年輕漂亮的女兒，要在隔天過生日的時候舉行一場盛大的比武大會，屆時來自四面八方的王子和國王都會來參加比賽，以贏得公主泰莎的芳心。聽到這裡，親王心想，可惜自己的一付好盔甲掉在大海裡，不然他也可以去參加比賽。誰知，另外一位漁夫正好撈起了一付盔甲，拿給配力克里斯一看，正是他丟的那付。親王激動得說：

「眞是太感謝命運了！雖然我遭遇了不少磨難，但如今總算得到了補償。要知道，這付盔甲是我已故的父親留給我的紀念品，我將它看得無比珍貴，總是隨身攜帶。雖然狂暴的風浪曾經奪去它，但最終還是將它物歸原主了。感謝海的恩賜，讓我重新擁有父親的遺物，那艘船的失事也就不算什麼了。」

第二天，配力克里斯穿上他珍貴的盔甲，就向西蒙尼狄斯的王宮出發了。比武的時候，他表現出驚人的本領，打敗了其他參賽的武士和王子。因爲這次比武是爲了慶祝公主的生日，所以根據慣例，泰莎公主要親手爲勝利的勇士戴上勝利的花環，表示特別的注意和尊敬。泰莎公主很樂意這樣做，她馬上打發掉其他的王子和武士，讓配力克里斯成了那天的幸福之王。而配力克里斯在看到公主的一剎那，也熱烈地愛上了她。

看到配力克里斯高強的本領，西蒙尼狄斯就問起他的出身，不過配力克里斯怕被安提奧克斯知道自己的行蹤，就說自己只不過是太爾的一個普通紳士。善良的西蒙尼狄斯並不介意他的身分，反而很欣賞他的英勇高貴。所以，當他看出女兒已深深地愛上配力克里斯時，他也很樂意地讓這個來歷不明的勇士成爲自己的女婿。

配力克里斯和公主結婚才幾個月，赫力堪納斯就傳來消息說，安提奧克斯已經死了，請他速速回去管理國家。因爲他離開的時間太長，王位形同虛設，太爾的老百姓已經不耐煩了，開始渴望讓赫力堪納斯繼承王位。不過，赫力堪納斯對親王忠心耿耿，他不會接受這樣的安排，所以就派人把百姓的意願傳達給親王。此時，配力克里斯已沒有理由再隱瞞自己的身分了，就說出了自己的身世。西蒙尼狄斯得知自己的女婿竟然是赫赫有名的太爾親王，眞是又驚又喜，不過想到他馬上要離開這裡，又可惜他不是個平民。此時的泰莎已有身孕，西蒙尼狄斯不放心她在海上顚簸，配力克里斯也希望她先留在父親身邊，等孩子出生後再走。可是經不住泰莎的堅持，他們只好同意讓她同行，只能期望她能到了太爾再分娩。

這是一次災難性的航行，因爲不久船隻就遭遇了一場可怕的風暴。泰莎就在暴風雨的混亂和自己的驚恐中生下了孩子，她自己卻停止了呼吸。一會兒，奶媽利科麗達就把娃娃抱到配力克里斯面前，傷心地說：「王后已經走了，這是她留下的孩子。可是孩子太小了，這個地方並不適合她啊。」

得知妻子的死訊，配力克里斯悲痛欲絕，哽咽地說：「神啊，你給了我們美好的生活，可又為什麼要狠心地奪去呢？」

「節哀吧，陛下，」利科麗達說，「王后死了，可她還留下了一個小女兒要您撫養呢。請您看在孩子的份上，振作一點吧。」

配力克里斯把這個小生命抱在懷裡，說：「從未有一個孩子是在這樣的驚濤駭浪中出生，也從來沒有一個親王的孩子在出生時受到這樣粗暴的對待，父王願妳今後平穩安定！妳在來到這個世間的同時也失去了妳的母親，要知道，這種損失是人間所有的快樂都無法彌補的，但願妳日後能永遠幸福！」

風暴仍在狂怒地咆哮著。迷信的水手認為，只要船上留有死屍，風浪永遠也不會平息。於是他們懇求配力克里斯，把王后的屍體丟入海裡。他們說：「您有勇氣戰勝這樣的風浪嗎，陛下？但願上帝保佑你！」

「我有足夠的勇氣，」親王傷心地說，「我不怕風暴，它已經給了我最大的不幸。可是，為了我可憐的孩子，我希望風浪能夠平息。」

「陛下，」水手勸道，「那您就必須把王后丟到海裡，否則風浪是不會停止的。」

配力克里斯雖然知道這是一個荒謬絕倫的迷信，卻也只能無可奈何地屈服了。

就這樣，親王只好和他不幸的妻子告別了。他深情地看著泰莎說：「親愛的，妳孩子生得太痛苦了，沒有光亮，沒有溫暖。而我，來不及爲妳淨身，來不及爲妳準備棺材，甚至還要把妳扔到海裡。本來我應該爲妳立一座碑的，可如今我卻只能讓妳淹沒在海水下面，與那些不值一文的貝殼相伴。哦，不，利科麗達，妳先把孩子抱走，吩咐涅斯托和聶坎德把香料、珠寶、墨水和紙拿來，我要爲王后做最後的祝福。」

配力克里斯爲他的王后穿上綢緞壽衣，全身灑滿了芬芳的香料，輕輕地把她放在一個大箱子裡，旁邊放了一些貴重的珠寶和一張紙條。紙條上寫明了此人是誰，還說，不管是誰碰巧撿到了箱子，請爲她舉行一個葬禮。然後，配力克里斯就親手把箱子推向大海。說也奇怪，風浪眞的慢慢地變小了。配力克里斯吩咐水手先把船開往塔色斯，他說：「孩子跟我們漂泊到太爾太危險了，我要去塔色斯，請人好好撫養她。」

再說那個裝著泰莎的大箱子，漂浮了一夜後，第二天就被人發現了。當時，薩利蒙（他是一位醫術高明的醫生）正在海邊站著，他的僕人把箱子抬到了他跟前，說是海浪沖上岸的。一位僕人還說，他從未見過那麼大的海浪，居然足以把箱子沖上岸。

薩利蒙讓人把箱子抬到他家，打開一看，驚訝地發現，裡面是一個年輕漂亮的女人的屍體。看著旁邊芬芳的香料和華麗的珠寶，他斷定這一定是位高貴的人物。再仔細一看，才發現了那張小紙條，於是他知道了面前的死者是位王后，是太爾親王配力克里斯的妻子。薩利蒙對如此意外的遭遇確實感到驚訝，不過他更同情太爾親王，因爲他失去了這麼可愛的夫人。不過，當他看到泰莎的臉時，他不相信她已經死了，因爲她的臉色太鮮豔了。於是，他一邊責怪把她丟入海裡的人太性急，一邊吩咐生火、拿藥、演奏音樂。如果泰莎甦醒的話，這麼做能幫她穩定情緒。不久，泰莎眞的「死而復生」了，周圍的人都不勝驚訝地看著她，薩利蒙說話了：「諸位，這位王后已經昏迷了快五個小時了，還是先讓她透透氣吧。等她恢復之後，我們再聽她講講她的際遇。」

原來，泰莎根本沒有死，只是生完孩子後極度虛弱，暈厥了過去。現在在這位好心人的照顧下，她又恢復了意識，她甦醒後的第一句話就是：「我在哪兒？我的丈夫呢？這是什麼地方？」

一開始，薩利蒙怕她經不起太大的打擊，不敢把事情的眞相告訴她。等她痊癒後，才把那張紙條拿給她看。於是，泰莎回憶起了那場可怕的風暴和自己的驚恐，但是她不知道自己生了一個女兒；她猜想除了自己以外，其餘的人都失蹤或淹死了，就說：「既然我已經看不到我的丈夫了，我活著也沒什麼意思了，還不如去當修女呢。」

聽見這話，薩利蒙說：「夫人，如果您眞有此打算的話，可以到附近的黛安娜神廟去修行。而且，如果您不嫌棄的話，我的侄女可以照顧您。」

泰莎感激地同意了薩利蒙的提議，等身體完全復原後，她就去了黛安娜神廟，爲她死去的丈夫虔誠地修行著。

與此同時，配力克里斯帶著他剛取名爲瑪麗娜的小女兒到了塔色斯。他打算將女兒留在公爵克利翁夫婦身邊，他想看在自己曾救濟過他們的份上，他們一定會善待自己的女兒的。

把自己不幸的遭遇完完全全地告訴了克利翁後，配力克里斯說：「我可憐的泰莎已葬身大海，這是她爲我留下的瑪麗娜，可我現在又不能帶著她走。所以，我只能把孩子託付給你們了，請你們發發慈悲，務必把她養育成人，並給她公主一樣的教育。」然後，他又對克利翁的妻子狄奧妮莎說：「好心的夫人，就算我求妳了。」狄奧妮莎說：「陛下，您放心吧，我自己也有個一樣大的孩子，如果她們不能受到平等的對待，我寧願委屈我的孩子。」克利翁也做了同樣的保證：「親王，您曾經拯救過我所有的老百姓，他們每天禱告的時候都會感激您的恩德，就憑這件事，我也會將您的孩子視如己出的；否則，全城的百姓都會責罰我的。如果我違背了自己的諾言，情願神靈懲罰我和我的子子孫孫。」

於是，配力克里斯放心地留下了小瑪麗娜，同時也留下了奶媽利科麗達，囑咐她好好照顧小主人，然後就回到太爾去治理他的國家了。

在塔色斯，瑪麗娜度過了自己的童年。克利翁夫婦記著配力克里斯曾經對他們的幫助，也記著自己的承諾，所以他們就像對待自己的孩子一樣，給了瑪麗娜符合身分的教育。瑪麗娜本就聰明、勤奮，到了十四歲的時候，她的學問連那些博學的老先生都不得不嘆服；她的歌喉、舞姿也廣爲人們稱道；除此之外，她的女工手藝也毫不遜色。比如，她摹擬的飛禽、水果和花卉是那麼活靈活現，她用緞子做成的玫瑰和天然的玫瑰放在一起，人們根本無法分辨。然而，正是她的這些優點導致了她的災難。因爲狄奧妮莎的親生女兒雖然和瑪麗娜一樣大，也受到同樣完善的教育，但是不論天資或長相，都遠遠比不上瑪麗娜。當她們兩人的差別成爲大家的共識後，狄奧妮莎的嫉妒終於變成了憎恨，她愚蠢地認爲，只要除去了瑪麗娜，她倒楣的女兒就會出人頭地。

不過在利科麗達還活著的時候，狄奧妮莎是不敢動手的。但瑪麗娜十幾歲的時候，這個忠心的老褓姆去世了。狄奧妮莎就買通了一個叫里奧寧的僕人，讓他把瑪麗娜帶到海邊，設法殺死她，再把屍體扔進海裡。

雖然里奧寧很兇惡，但他也不願意做這種事。因爲瑪麗娜實在討人喜歡，他說：「她是個善良的孩子啊！」

「那豈不是更應該讓她去跟神做伴？」狄奧妮莎已經窮兇極惡了，「看，她已經過來了，可能正在哭著她的奶媽利科麗達。你到底要不要照我說的做？」

里奧寧不敢違背主人的意思，只好說：「我答應。」

正好，瑪麗娜提著一籃花走過來，她說，她要天天去利科麗達的墳前灑花，只要夏天還沒過去，她就要在那裡鋪滿紫羅蘭和金盞花。

接著，她又傷心地說：「我實在是個不幸的姑娘，出生在暴風雨中，母親也死了。對我來說，也許這個世界就像不會停止的暴風雨，奪走我一個個的親人。」

虛僞的狄奧妮莎過來了：「瑪麗娜，妳怎麼一個人在這兒哭啊？我的女兒沒陪著妳嗎？別再爲奶媽掉淚了，妳還有我們啊。這麼傷心對身體不好，看，妳哭得都沒有從前那麼漂亮了。來，把花給我，妳跟里奧寧去散散步吧，新鮮的空氣會讓妳有點精神的。里奧寧，陪她去走走吧。」

「不，夫人，」瑪麗娜懂事地說，「我不能佔用您的僕人。」

「去吧，孩子，」這個狡猾的女人故意找機會讓里奧寧單獨跟瑪麗娜在一起。「我們很愛妳的父親太爾親王。我們天天都盼著他來，好告訴他妳是一個多麼出色的美人。要是他來了，發現妳悲傷地變醜了，他一定會以爲我們沒有好好照顧妳。好孩子，去散散步吧，要像以前一樣開心，才能永遠那麼漂亮。」

瑪麗娜只好說：「好，我去，不過我眞的不想散步。」

狄奧妮莎一邊走開，一邊對里奧寧說：「記住剛才的話。」

瑪麗娜一邊走一邊看向她出生的海邊，說：「現在刮的是西風嗎？」

「是西南風。」里奧寧回答。

「我出生的時候刮的是北風。」她又傷感地想起了奶媽告訴她的過去。她說：「利科麗達告訴我，當時父親絲毫不感到害怕，纜繩磨破了他尊貴的手，甲板差點被沖成兩半，可他始終抓緊了桅杆。」

「那是什麼時候的事情？」里奧寧問。

「我出生的時候，」瑪麗娜回答，「從未有過那麼猛烈的風浪。」然後她又形容起當時的情景。原來，利科麗達經常對瑪麗娜講起她出生時的事情，所以這些場面總是縈繞在她的腦海。不過，里奧寧打斷了她的話，並要她祈禱。

「爲什麼祈禱？」瑪麗娜問，里奧寧的話讓她感到害怕。

「如果妳需要用很短的時間禱告，我可以答應妳，」里奧寧說，「但是不要囉嗦，也不要耽誤時間，我已經發誓要趕快把事情辦完。」

「你要殺我？」瑪麗娜迷惑地問，「爲什麼？」

「這是夫人讓我做的。」里奧寧說。

「她沒有理由殺我啊，」瑪麗娜說，「我從未說過一句壞話，也從來沒有虐待過動物，我甚至連老鼠和蒼蠅都沒傷害過。有一次，我不小心踩死了一隻蟲子，都難過得哭了。請你相信我，我從來都沒有得罪過她，她爲什麼要殺我啊？」

里奧寧說：「我只是奉命行事，沒有什麼道理。」

但是瑪麗娜命不該絕。就在里奧寧準備動手的時候，剛好有一夥海盜在附近登陸。他們跑過來，把瑪麗娜帶走了。

擄走瑪麗娜後，那夥強盜把她當作奴隸賣到了米蒂林，有一段時期，瑪麗娜的生活非常地不幸。但不久之後，她的美貌、品德和才華就在城裡出了名。在那裡，她教人音樂、舞蹈和刺繡，賺的錢全部交給了買她的主人，就這樣，她的主人很快就發了財。更值得一提的是，瑪麗娜的名聲引起了當地總督拉西馬卡斯的興趣，他決定親自去看看這個讓全城交口稱讚的才女。結果，讓這位總督想不到的是，他過去聽到的所有對瑪麗娜的稱讚，都不足以形容她的好。她的談吐顯示出她的高貴、聰明和善良，拉西馬卡斯覺得像她這樣容貌脫俗、儀表不凡的女子實在少見，他愛上了她。可惜，瑪麗娜目前卑微的出身，很難和公爵組成門當戶對的婚姻。

同時，在塔色斯，里奧寧怕狄奧妮莎生氣，就報告說他已經把瑪麗娜殺死了。可是那個惡毒的壞女人卻對外宣佈瑪麗娜患病而死，還裝模作樣地舉行了一個葬禮，立了一座墓碑。這件事之後不久，配力克里斯就由忠實的大臣赫力堪納斯陪同，從太爾來到了塔色斯，專程接女兒回家。想當初，配力克里斯把襁褓中的瑪麗娜託付給了克利翁夫婦，從此以後，父女二人未再見面。如今，這位親王一想起馬上要和親愛的孩子見面，就高興地合不攏嘴。可是，他得到的答案竟然是瑪麗娜已經死了，看到瑪麗娜的墓碑，這個可憐的父親傷心極了。對配力克里斯而言，塔色斯埋葬了泰莎唯一留下的女兒，就等於埋葬了他最後的希望。他實在不忍繼續在那裡待下去，就匆匆乘船離開了。從上船的那一刻起，他就像變了一個人，渾身籠罩著一種沉重的憂鬱，一言不發。

從塔色斯回太爾，必須要經過瑪麗娜所住的米蒂林。正巧，拉西馬卡斯總督看到了這艘王家的船，出於好奇心的驅使，他進行了拜訪。從赫力堪納斯口中，他知道了這艘船從太爾來，現在要把配力克里斯送回太爾去，同時他也瞭解了這位親王的種種不幸。

「大人，親王三個月來一句話都沒說過，也不肯吃飯，」赫力堪納斯愁眉不展地說，「要從頭到尾去說整件事太麻煩了，他現在的憂鬱主要是失去了心愛的妻子和女兒。」

拉西馬卡斯請求見見這位悲傷的親王。然而面對他的問候，親王一點反應都沒有。

這時，拉西馬卡斯忽然想到了那位舉世無雙的瑪麗娜姑娘，覺得她待人溫和，或許有辦法來安慰這位沉默的親王。於是，得到赫力堪納斯的同意後，他就派人找來了瑪麗娜。說也奇怪，瑪麗娜一上船，大家的語氣和熱情好像眞的把她當成了公主，齊聲嚷著：「好漂亮的姑娘！」

拉西馬卡斯聽到他們的稱讚，就高興地說：「這眞的是一位難得的姑娘，如果她的出身再高貴一些，我能娶她作妻子就別無它求了。」然後，他用非常尊敬的語氣告訴瑪麗娜，船上有一位尊貴的親王陷入了一種長久的悲痛和憂鬱，請她盡最大的努力去醫治他的憂鬱。聽他說的話，就好像瑪麗娜能夠賜給人們健康和幸福。

「大人，我很樂意幫他醫治，」瑪麗娜說，「不過只能讓我和我的女僕接近他。」

瑪麗娜在米蒂林很謹愼地隱瞞了自己的身世，她不想讓人知道曾經出身王族的她淪爲奴隸。可現在，爲了把配力克里斯從不能自拔的憂鬱中喚醒，她開始講述自己不幸的身世。因爲她知道，聽別人所遭遇的不幸，更容易引起憂鬱的人的注意。於是，她講述了自己變幻無常的命運，講述了她如何從王族的孩子淪爲奴隸。她悅耳的聲音驚醒了沉默許久的親王，親王終於抬起了那雙呆滯好久的眼睛，可是更讓他吃驚的是，他看到了一張跟王后一模一樣的臉。親王開口說話了。

「看到妳，讓我想起了我最親愛的妻子，」恢復了神志的配力克里斯說，「如果我的女兒還活著，也像妳這麼大了。唉，妳的眉毛、身高、眼睛像極了我的王后，就連嗓音都如出一轍。孩子，妳家在哪兒？父母是誰？我剛才好像聽到妳說妳也曾受過委屈和傷害，還說我們要把苦水都吐出來。」

「這些話我都說過，」瑪麗娜回答說，「而且我認爲，這些話都是有道理的。」

「把妳的身世告訴我吧，」配力克里斯請求說，「即使妳遭受的痛苦只有我的千分之一，妳也像個男子漢一樣能吃苦，而我卻像個女孩子一樣經不起折騰。不過，妳看起來眞的像一個忍耐女神，對什麼苦難都滿不在乎。好了，善良的孩子，講講妳的身世吧，來，坐在我旁邊。」

然而，當她說到她的名字叫瑪麗娜時，配力克里斯實在太驚訝了！對他而言，這不是一個普通的名字，他曾經把自己的女兒取名爲瑪麗娜，用來表示「生在海上」的意思啊！「啊，妳在跟我開玩笑嗎？」他說，「還是哪位神仙故意派妳來嘲笑我的？」

「陛下，請您耐心一點，」瑪麗娜說，「不然我可就不說了。」

「不，說下去，」配力克里斯說，「我一定耐心聽，不過妳的名字太讓我吃驚了。」

「爲我取這個名字的人是我的父親，」瑪麗娜說，「他是一位國王。」

「哦，天哪！國王的女兒！」配力克里斯說，「而且叫瑪麗娜！妳眞的不是神仙嗎？哦，說下去，妳在哪兒出生的？爲什麼叫瑪麗娜？」

瑪麗娜繼續說：「我是在海上出生的，我的母親是一位國王的女兒。奶媽利科麗達經常流著淚告訴我，我剛一出生她就死了，我的父王只好把我留在塔色斯。後來，不知道爲什麼，克利翁那個狠毒的妻子要謀害我，正好有一群海盜救了我，把我帶到了米蒂林。但是陛下，您爲什麼哭啊？您也許以爲我是個騙子，可是如果配力克里斯國王還活著的話，我的確就是他女兒。」

配力克里斯簡直不敢相信這是眞的，他狂喜地喊著侍從們，確信自己不是在做夢。他激動地對赫力堪納斯說：「赫力堪納斯，你打我吧，或者爲我割一道傷口，總之只要讓我感覺到痛就可以了，不然我的生命會承受不住這種歡喜的。啊，孩子，妳生在海上，葬在塔色斯，可如今我終於又找到妳了！赫力堪納斯，快跪下感謝仁慈的上帝，我找到了瑪麗娜！她差點被殘忍的狄奧妮莎害死，不過她總算還活著。祝福妳，我的孩子！——咦，這是誰啊？」他注意到拉西馬卡斯。

「陛下，」赫力堪納斯回答，「這是米蒂林的總督，他聽說您很難過，特意來看您的。」

「殿下，我感謝您，」配力克里斯說，「不過看到瑪麗娜，我已經全好了，我有個好女兒！聽，這是什麼音樂？」他似乎聽到了柔和的音樂，但不知是眞的，還是自己的錯覺。

「陛下，沒有什麼音樂啊。」赫力堪納斯老實地回答。

「你沒聽見嗎？」配力克里斯說，「這是從天上傳下來的音樂。」

其實確實沒什麼音樂。拉西馬卡斯想，從憂傷的深淵到幸福的頂峰，一定是這種突如其來的變化讓親王產生了極度的疲憊感，就讓他先順著國王說，也聽到了音樂。果然，配力克里斯說想睡覺了。也許，過分的歡喜眞的讓他筋疲力盡了，他倒頭就酣然入睡了。瑪麗娜坐在躺椅旁邊，靜靜地守護著熟睡的父親。

配力克里斯睡覺的時候做了一個夢，夢到了以弗所的女神黛安娜。女神吩咐他到她的神廟去，在祭台前傾訴自己一生的經歷和不幸。然後，她以銀弓起誓說，如果他照做，將會得到某種意想不到的幸福。配力克里斯醒來後，精神大振，決定按女神吩咐的去做。

這時，拉西馬卡斯邀請配力克里斯在這裡休息幾天，配力克里斯答應了，他們父女受到了盛情款待。那幾天，拉西馬卡斯還向瑪麗娜求婚，配力克里斯絲毫沒有表示反對，因爲他知道，在他的女兒最卑微的時候，拉西馬卡斯就很敬重她，更重要的是，瑪麗娜本人並沒表示不同意。不過，配力克里斯提出了一個條件：他們倆要先陪他去朝拜以弗所的黛安娜神廟。於是，他們三個人就乘船到了神廟。

配力克里斯走進廟裡的時候，救活泰莎的薩利蒙正站在女神的祭台旁邊，而泰莎如今已成了祭司，站在祭台前面。這些年來，配力克里斯因爲思念妻子和孩子，模樣變了很多，不過泰莎還是感覺他像自己的丈夫。但等他開口的時候，泰莎就確認了，她驚喜交加地看著丈夫。

配力克里斯走到祭台前，說：「黛安娜女神，我已奉了您的旨意，來到了這裡。我是太爾的親王，曾經因爲避難，在潘塔波里斯跟美麗的泰莎結了婚。她因爲生孩子而死在海上，留下了女兒瑪麗娜。瑪麗娜在塔色斯長大，由狄奧妮莎撫養。她十四歲的時候，狄奧妮莎想謀害她，不過幸運之神把她帶到了米蒂林。我坐船從那裡經過的時候，上天又把她送到了我的船上，因爲她的記憶，我找到了自己的女兒。」

聽了這番話，泰莎再也忍不住了，狂喜地喊道：「是你，你就是尊貴的配力克里斯！」然後就暈過去了。

配力克里斯沒有認出自己的妻子，就說：「她怎麼啦？她要死了嗎？各位，快救救她。」

「先生，」薩利蒙說，「如果您剛才說的都是實情，那麼這位就是您的夫人。」

「可是，不對啊，先生，」配力克里斯說，「我曾親手把她丟入海裡。」

於是，薩利蒙又把他如何在海邊發現了箱子，怎樣打開箱子、發現了珠寶和字條，又怎樣幸運地救活了她，把她安頓在這個神廟裡，一一講述了一遍。

這時，泰莎醒過來了，說：「陛下，您不是配力克里斯嗎？您的聲音、相貌跟他一樣。還有，您剛才不是說什麼風暴、什麼生了一個人和死了一個人嗎？」

配力克里斯這才大吃一驚，說：「這不是泰莎的聲音嗎？」

「是我，」泰莎說，「你們認爲我死了，把我葬在水裡。」

「哦，黛安娜女神！」配力克里斯嚷著，虔誠地感謝著神靈的指引。

「現在，我更能確信是您了，」泰莎說，「記得在潘塔波里斯，咱們和父王告別的時候，他送過您一只戒指，就是您手上的這只。」

「上天啊，我滿足了！」配力克里斯嚷著，「相對於你們現在給我的恩典，我過去遭受的一切痛苦都微不足道了。哦，我的泰莎，我再次擁有了妳！」
瑪麗娜也說道：「哦，天哪，我也擁有母親的懷抱了。」
這時，配力克里斯指著瑪麗娜說：「看，誰跪在這兒？這是妳的骨肉，妳在海上生的孩子，我爲她取名叫瑪麗娜。」
「上帝保佑妳，我親愛的寶貝。」泰莎狂喜地摟著瑪麗娜說。
配力克里斯跪在祭台前說：「聖潔的黛安娜，謝謝您托的夢，我每天晚上都會爲您祈禱的。」
接著，經過泰莎的允許，他們當場就把女兒許配給拉西馬卡斯。
故事結束了。不過，從配力克里斯、他的王后和他的女兒身上，我們可以看出：品德高尚的人受到災難性的打擊，爲的是讓人們學會忍耐和堅貞，並且在災難的指引下，戰勝意外和變化，最終得到幸福和成功。從赫力堪納斯身上，我們可以看到忠誠和信義：他本來可以繼承王位的，但他寧願放棄權力也不願損害別人的利益。從薩利蒙身上，我們能夠認識到：在知識的指引下去做好事，替人類創造幸福，這是神的本性。
最後，我們還要提一下那個兇惡的狄奧妮莎，她也得到了應得的懲罰。原來，塔色斯的人民知道了她對瑪麗娜的陰謀以後，就聯合起來在克利翁的王宮放了一把火，把他們全家都燒死了，也算是爲恩人的女兒報了仇。雖然狄奧妮莎的謀殺沒有成爲現實，但這個罪行是嚴重的，所以對他們的懲罰也不爲過，看來神靈應該很滿意。

莎士比亞延伸閱讀

文／漂流物

莎士比亞（William Shakespeare），一位偉大的英國文學家，身兼詩人和戲劇家，擁有三十一部戲劇（包括四大悲劇、四大喜劇和許多的歷史劇）、一百五十四首十四行詩和兩首敘事長詩。莎士比亞對當代和現代世界有何影響呢？其實莎士比亞無時無刻存在我們的生活中，我們有無數種方法可以閱讀和了解他對世界的改變，難怪英國人自詡：「寧可丟掉一百個印度，也不願失去一個莎士比亞」。透過莎士比亞的作品，我們可以欣賞到他的個人色彩和成就。

帶動看戲的風氣

在莎士比亞之前的戲劇主要是以希臘悲劇為主，大都是敘述希臘諸神、英雄、貴族的故事，而且是以宴饗貴族爲主。而英國戲劇是以日常生活和文學作品爲主，普遍流行描述宗教故事的奇蹟劇和道德劇。自伊莉莎白時代開始，莎士比亞改造這些戲劇，讓看戲變得更有趣了，莎士比亞取材於各國文化，不管是各國歷史、社會時事、政治事件都是一個個感人的故事。

莎士比亞應用優美的英語對白，不管主角是王公貴族還是威尼斯商人，都能讓每個角色更具血肉之軀，人物塑造非常成功，不再是遙不可及的階級。而且每個劇本都有一個宗旨，不管是政治、社會、歷史各層面的嘲諷意味。回顧莎士比亞的戲劇歷史，可以說莎士比亞拉近了觀眾和戲劇的距離。所以戲劇成爲日常活動，劇場不再屬於有錢人的空間，任何販夫走卒都可以觀賞，因而帶動戲劇的市場。甚至主角也不再以貴族王冑爲主要角色，商人、平民、馬夫等都可以活在莎士比亞的小型社會中，在四大悲劇和喜劇演出不一樣的人生。也因爲這種戲劇的成就使得戲劇人對其熱愛，每年在世界各地的劇院或學校都有莎士比亞戲劇節，在此期間精彩演出莎士比亞的劇本，以便懷念大師傑出的戲劇成就。

位於史特拉福的莎士比亞出生時的房屋

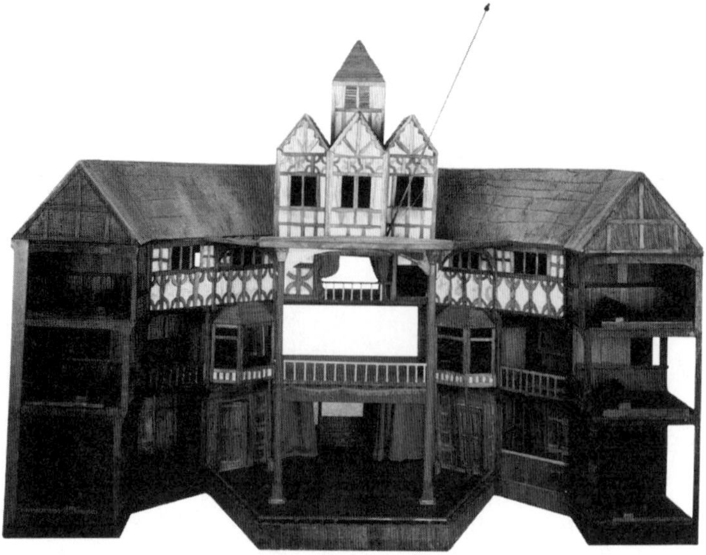

環球劇場的結構模型

電影和影集的最佳原著劇本

雖然莎士比亞趕不上電影和電視誕生的年代，但是後來有無數導演改編莎士比亞著名戲劇，將其幻化成一部部更具聲光效果的電影，影集的數量也相當豐富，另外還有卡通的動畫，不時在世界各地和各電視台上映。有個統計顯示，莎士比亞戲劇被改編成電影約有六百多部，像《哈姆雷特》、《亨利四世》、《亨利五世》、《暴風雨》、《奧賽羅》、《仲夏夜之夢》、《冬天的故事》、《無事生非》都是莎劇改編成的電影。

電影《都是男人惹的禍》就是改編自莎劇《無事生非》，該劇導演肯尼斯・布萊納身兼男主角，其他演員還有艾瑪湯普遜、基努李維等人。劇情描述兩個原本互相討厭的人，每次見面就互相鬥嘴吵架，可是在朋友的湊合之下成爲一對甜蜜的情侶。

除了《都是男人惹的禍》，還有描述莎士比亞年輕時的風流韻史，而榮獲奧斯卡最佳影片的《莎翁情史》。就是以莎劇原本的故事原型經由改編，加上畫面技術和拍攝創意，結合大卡司的演員，讓莎劇更加永遠流傳。

另外像是李奧納多主演的《羅密歐與茱麗葉》http://www.romeoandjuliet.com/（故事劇情的介紹），雖然故事將莎士比亞的愛情悲劇的舞臺，設定在現代，還參雜了黑道社會的，劇中的人不拿劍而改拿槍，但是愛情的悲劇仍然痛徹人心。

也因爲莎士比亞的關係，造就了不少演員的成名和翻身的機會，許多著名的英國演員都參與莎翁劇場的演出，經過一番演技的訓練，隨後才投入大螢幕的參與，而且往往聲名大噪。

文藝復興精神的呈現

有股思潮約誕生於西元十六世紀，主要號召人們回歸到古希臘和羅馬的光榮，拋棄中世紀的封建限制，從知識、成就、美感等層面來無限伸展人的力量，而且威力是無可預期的，此運動統稱「文藝復興」。在英國，西元一五〇〇到一六〇〇年是發展期間，始於喬叟直到一六〇三年爲顚峰期。此時莎士比亞躬逢其盛，雖然他只上過拉丁文法學校，剛到倫敦還當過馬伕，直到在戲院找到自己的專長才漸漸成爲有名的劇作家。但是莎士比亞以其本身的天賦證明劇作家不一定是學富五車的學者，只要有天賦就能創作好作品。莎士比亞打破了文藝復興之前的舊觀念：人不過是附屬於神或是君主之下的物品。莎士比亞證明人可以突破神權和封建社會對個體的限制，大力讚揚人文主義，因此劇中的角色常爲了自由、尊嚴、愛情而奮鬥。最好的代表就是《羅密歐與茱麗葉》，這一對戀人雖然結局是悲慘的，但是他們勇敢捍衛堅定的愛情而反抗封建社會的種種束縛，家族的勢力、社會倫理關係、父母的專制也無法阻擋愛情的追求。雖然生命個體死去了，但是愛情的精神是不朽的。

莎士比亞像

反映當時的社會風情

在伊利莎白時代，英國的海權時代發揮極致，尤其一五八八年英國海軍打敗西班牙的無敵艦隊的勝利讓英國舉國歡騰，並且橫跨大西洋從南美洲掠奪大批的珠寶，重建偉大的大不列顛帝國，全國人民洋溢著樂觀精神。從莎士比亞的早期作品，可以體會出他感染了樂觀精神以及他對現實生活充滿肯定的態度。可是到了伊利莎白晚期，由於人口的增加讓許多鄉村人口湧入都市，進而導致物價波動和社會變革，加上一些貴族佔領平民的居住地，賦稅的嚴苛使得百姓怨聲載道。莎士比亞晚期作品因此較具悲觀色彩，尤其對於人性的險惡，處處可見於其作品中，像是《威尼斯商人》中貪婪的猶太人。

強烈的政治色彩

莎士比亞對政治及歷史劇的喜好，從作品中可以明顯看出。在《亨利四世》、《哈姆雷特》、《理查二世》、《凱撒大帝》、《馬克白》、《冬天的故事》幾部作品中，角色塑造和人物描寫多少呈現莎士比亞對君主的看法。尤其藉由重現或改編這些曾經在歷史上活過的人物，不管是眞實或虛擬這些君主，他們的爲人及行事風格在劇本中流露無遺，像是有一些昏庸愚昧的君主，如《冬天的故事》的里昂提斯，因爲忌妒而使自己成爲一個野蠻沒人性的怪物；或是《馬克白》中那一個聽信女巫的預言而弒君，最後還是躲不過命運捉弄的馬克白。如果沒有眞正的才能和統馭能力，就算當上君王也是總有一天要下台。

人們口中的莎士比亞

對一般人來說，莎士比亞有何意義或象徵呢？莎士比亞在日常的生活中扮演什麼樣的角色呢？一個遙不可及的文學家？還是高尚的藝文人士？其實莎士比亞無所不在，他的優雅用語讓後人讀他的劇本無不感動，有許多網站將莎士比亞的諺語、格言甚至詩句歸納整理，讓人方便查詢使用。如果你自認爲對莎士比亞和其作品非常了解，有一些網站你必須要去拜訪，有各種有趣的遊戲和測驗等你來玩。

談情說愛的引航員

雖然有人認爲莎士比亞的十四行詩並不是爲某情人書寫，可是其情詩和戲劇的經典足以成爲愛情的精神食糧，不管是熱戀必需品或是情傷大補品。寫情書可以抄寫幾首莎翁著名的情詩，或是帶著玫瑰在月光下朗誦幾句動人的對白「爬上了愛的輕輕翅膀，我就能跳過了圍牆，石頭做成的圍牆，怎麼阻擋得了愛情」（《羅密歐與茱麗葉》），氣質指數立刻上升，相信足以輕易捕獲情人的心。雖然愛情詩句可以增加愛情的濃烈，可是愛情善變，往往熱戀的同時，也註定下一刻分手的開始，這時需要安定受傷心靈的詩句：「青春曾經滋養過我，如今被生命消耗。你見到此景會使愛苗壯，好好愛吧！卻因漫長而離開。」（十四行詩 73）

對心理分析的貢獻

莎士比亞作品中的角色往往成爲佛洛伊德心理分析的樣本，哈姆雷特王子和馬克白夫人這兩個角色就是最佳的例子。疑似有強迫性格的馬克白夫人，當其先生馬克白手刃鄧肯國王之後，擔心行蹤曝光的她將鄧肯的血跡抹在侍衛的臉上，從此患下不斷洗手的症狀。根據佛洛伊德的心理分析解釋，這是一種疑似重大創傷後所引起的緊張，如果這種緊張感沒有消失還不斷重複，那就是強迫性重複。至於哈姆雷特王子則是被懷疑患有「伊底帕斯情結」，他從小就有弒父娶母的念頭，懲罰殺害父親的叔叔，彷彿懲罰自己的內心。佛洛伊德好奇哈姆雷特的遲疑，於是，他想從劇中得知莎士比亞的創造意向和哈姆雷特的心理狀態的溝通管道爲何，爲何哈姆雷特延遲報復叔父的行動呢？

帶動觀光業的發達

莎士比亞成名後，最大的造福者是英國的史特拉福小鎮，每年有無法估計的遊客和莎士比亞迷從世界各地來探訪莎士比亞的故鄉，是最熱門和氣質的觀光行程。有一個信託局蒐集有關莎士比亞和其家庭的家具和設備，莎士比亞故居也是他們致力保留的地方。你可以在這裡看到伊莉莎白時期的建築，一棟棟古意盎然的特色古屋聳立在綠野間，結合博物館的參覽，還能進到莎士比亞誕生的房間去瞧瞧！除了搭配莎士比亞故居之旅，還有演出莎士比亞戲劇，各種人物扮相走出劇本，讓你感覺彷彿置身古色古香十六世紀的英國氛圍裡。

國家圖書館出版品預行編目資料

莎士比亞故事集 / 威廉・莎士比亞（William Shakespeare）著；蘭姆姊弟（Charles and Mary Lamb）改寫、劉紅燕譯
—— 初版 —— 臺中市：好讀，2018.06
面； 公分，——（典藏經典；15）
譯自：Tales from Shakespeare
ISBN 978-986-178-462-5（平裝）

873.4332　　107009106

好讀出版

典藏經典 15

莎士比亞故事集【經典插圖版】

Tales from Shakespeare

作者／威廉・莎士比亞（William Shakespeare）
改寫／蘭姆姊弟（Charles and Mary Lamb）
譯者／劉紅燕
總編輯／鄧茵茵
文字編輯／莊銘桓
發行所／好讀出版有限公司
台中市 407 西屯區工業 30 路 1 號
台中市 407 西屯區大有街 13 號（編輯部）
TEL:04-23157795 FAX:04-23144188 http://howdo.morningstar.com.tw
（如對本書編輯或內容有意見，請來電或上網告訴我們）
法律顧問　陳思成律師

填寫線上讀者回函
可獲得書訊及優惠

讀者服務專線／ TEL：02-23672044 / 04-23595819#230
讀者傳眞專線／ FAX：02-23635741 / 04-23595493
讀者專用信箱／ E-mail：service@morningstar.com.tw
網路書店／ http : //www.morningstar.com.tw
郵政劃撥／ 15060393（知己圖書股份有限公司）
印刷／上好印刷股份有限公司

三版／西元 2018 年 6 月 15 日
三版五刷／西元 2024 年 2 月 25 日

定價／ 200 元
如有破損或裝訂錯誤，請寄回臺中市 407 工業區 30 路 1 號更換（好讀倉儲部收）

Published by How Do Publishing Co., Ltd.
2024 Printed in Taiwan

ISBN 978-986-178-462-5